那些年华教我的事

Those Years

袁野 著

海峡出版发行集团 THE STRAITS PUBLISHING & DISTRIBUTING GROUP | 鹭江出版社 LUJIANG PUBLISHING HOUSE

2015年·厦门

图书在版编目（CIP）数据

那些年华教我的事 / 袁野著 .—厦门：鹭江出版社，2015.10
ISBN 978-7-5459-0974-6

Ⅰ. ①那… Ⅱ. ①袁… Ⅲ. ①长篇小说－中国－当代
Ⅳ. ① I247.5

中国版本图书馆 CIP 数据核字（2015）第 199006 号

NAXIE NIANHUA JIAOWO DE SHI
那些年华教我的事
袁野 著

出版发行：海峡出版发行集团
鹭 江 出 版 社
地　　址：厦门市湖明路 22 号　**邮政编码**：361004
印　　刷：北京盛源印刷有限公司
地　　址：北京市通州区漷县镇后地村北街 300 米工业园内　**邮政编码**：101109
开　　本：880mm × 1230mm　1/32
插　　页：2
印　　张：9.75
字　　数：234 千字
版　　次：2015 年 10 月第 1 版　2015 年 10 月第 1 次印刷
书　　号：ISBN 978-7-5459-0974-6
定　　价：28.00 元

如有发现印装质量问题请寄承印厂调换

目 录

序　章

曾经有一位作家朋友告诉我，《水浒传》在今天只有改名为《三个女人和一百零五个男人的故事》才能畅销，这点我举双手赞成。你是愿意读《大院丫鬟的爱与性》《三国·杀》《人·妖·人妖》，还是愿意读——你知道我说的是哪几本。动笔前我花费了许多工夫设计书名，但总想不出一个能够触动早已被网络标题党折腾得麻木了的读者们的神经的书名来。

在电脑屏幕前呆坐了半个钟头，窗外飘来王菲的《匆匆那年》，突然触动了我玩世不恭的屌丝心灵中尘封已久的弥散着小资情怀的那个角落，一瞬间忽然感慨万千，想起了那些年，那些人，那些事，想起了：那些年华，教我的事……

第一章　三千米外的大学生活

小的时候我体弱多病——主要是呼吸道，从鼻子到咽喉到肺，整整五十厘米的气道仿佛是无良奸商修筑的输水管一样，蚯蚓放个响屁也能震出条裂缝来。

但凡久病者，必有良医梦：葛洪年少体弱，李时珍儿时多病，孙思邈更惨，小时候病得“汤药之资，倾尽家产”，扁鹊儿时健康状况不明，不过根据他的名字猜测，可能受过外伤（压“扁”的喜“鹊”嘛）。小时候我每隔几个月就会住一次院，在我记忆中，医院是一个美丽圣洁的地方：

深夜时分，躺在病床上看着窗外。那时候长沙城的夜景不像现在这样灯火辉煌，清澈宁静的夜空，能看到弯弯的月牙和稀疏的远星。古旧的低矮平房被夜幕笼罩，连成了蓝黑的一片。打破这山峦般连绵起伏的屋顶的，是几棵从没经过修剪、肆意而自由地生长着的老树。它们面朝夜空伸展枝条，摆出各种奇特的造型。

空气中弥散着淡淡的消毒水气味。记得以前去烈士公园春游，初春湖畔新发出来的草芽，夹杂着泥土和湖水的气息，就是这种味道。邻床老者的女儿压低了声音，嘀嘀咕咕地陪她父亲说话；老者发出叹息声，声音里面宽慰多于忧虑。远处时不时传来几声孩童的啼哭，并不刺耳，仿佛是清晨远村里的鸡啼、黄昏深山中的鸟鸣一样，反倒衬托出午夜的寂静。

病房里面没有灯，唯一的光亮来自走廊微弱的日光灯。值夜班的护士有时候站在门口，我就欣赏她落在墙上的晃动着的影子。护士每隔一会儿就会进来看一圈，脚步像猫儿般轻盈。有时候我睡着了，有时候醒着，但更多的时候是半梦半醒。睁开迷糊的眼睛，看到的是一张年轻而温和的脸。这时候，你会真正理解，为什么护士们会被称作"白衣天使"。

小时候有时甚至暗中希望生病。生了病就又能享受病房里面的静谧安宁了，医院在我心中仿佛是这喧嚣尘世中一个美好的白色世外桃源。我不止一次在心中暗暗发誓，以后我也要成为这天堂中的一位天使。

想当医生的另外一个原因是，我觉得从事一种能够操控别人性命的职业是一件很爽的事情。正常人的梦随着年龄的增长一般越做越小。我曾经想做宇宙宙长，然后是地球球长，后来又降级为亚洲洲长，中国国长（不对，是皇帝，国号我都想好了，大中华帝国）。后来发现从政是要有比较牛的老爸当后台的——我老爸最高官衔科级，估计帮不上忙。于是我决定经商，当比尔盖帽；或者搞科学，做爱因司机；要不演电影，成奥死卡影帝——那时候已经到了青春期，的确以 Best Actor 的身份 YY 过 N 个中外女影星。后来这些梦都如同美丽的肥皂泡一样一个个破灭，只留下一小滴水珠，偶尔拿到阳光下欣赏欣赏，回忆曾经的绚烂。最后定位了一个比较现实的：当医生。

"这位小姐，你病得很重啊。不过别怕，有我在。"

"医生，我该怎么办啊，我的性命就交给你了，救救我吧！"

"嗯，当然，请你脱掉衣服让我检查检查吧。"

……

镜头对准少女，缓缓拉近：

听到我的话，她低下了头，双眉微皱，眼帘低垂，因为紧张和羞怯，长长的睫毛不住地颤动，大大的清纯的眼中似乎噙着泪珠；皎洁白嫩的俏脸已经绯红，珍珠般的牙齿轻咬着丰润的下唇。她用轻微得几乎听不到的声音说道："医生，你能转过去吗？"当然能（反正还要转过来的），过了片刻，又听到那美丽得让人心醉的声音呓语般羞怯地说道："请，请你转过来吧……"

高考结束，怀着期待的心，我填报了中南大学湘雅医学院。

我清楚地记得我第一次以医学生的身份走进湘雅的那一天。

那是初秋的一个早晨，我收拾好行囊，准备离开生活了十八年的家。尽管心中恋恋不舍，但，翅膀长硬的小鹰会离巢高飞，牙齿长硬的小狮会独自狩猎。总会有远离父母一个人闯天下的时刻！我背上行囊，爸妈把我送到楼下。我对他们说：

"就送到这儿，你们回去吧。"

我怕看到他们哭，更怕他们看到我哭；我毅然转身，迈步走向远在三千米外的未来五年的大学生涯。

老妈在背后喊我：

"晚饭红烧肉里面是放土豆还是放蘑菇？"

我头也不回：

"土豆。"

等等！你是不是写错数字了？"三千米外"？是"三千千米"吧？还有，你老妈做红烧肉放土豆还是蘑菇，干吗要请示你？OK，我坦白：湘雅医学院离我家就三千米，步行半小时，单车一刻钟，的士五分钟。要老妈放土豆是因为我会回来吃晚饭，我喜欢吃土豆。

有个哥们，高考填志愿的时候第一志愿填的是黑龙江的学校，第二志愿填的是海南的学校，我问他为什么这样填，他咬牙切齿地说：

“离我爸妈越远越好！”

也难怪他，高三的时候，他老妈时不时会偷偷地溜进学校，站在教室外隔着玻璃看他是不是在认真听课。后来班主任都看不下去了，给他妈下达了“隔离令”。估计此君今后的遗嘱上会写着：“葬我高山之巅，深海之渊，切勿埋于父母身边。”

我和他是反的，第一志愿是湘雅，第二志愿是湘雅，第三志愿，必须填个三本，我填了长沙大学——总之，生是长沙人，死是长沙鬼。

时间还早，坐公交吧。晃荡了几站路，下车，到了。背着不怎么沉重的行囊（报到证、户口本、一个本子、一支笔、一瓶水），走入来过无数次闭着眼睛都不会走错的湘雅，根本没有成为大学生的感觉。正在我感叹难道大学生涯将会是电影续集《中学 II》的时候，一个提着行李看上去还挺清秀的女孩子走过来问我：

“请问第二寝室楼在哪里？”

我心中一喜，觉得这可能是大学的第一次艳遇，滔滔不绝地用长沙话给她指了半分钟路，她突然怯生生地打断我：

“我……听不懂你在说什么。”

我这才第一次有了“大学生”的感觉！大学的同学不是楼下的小胖，隔壁的花花，住在八百米远另外一栋楼的每天上学路过他家楼下大喊一声“还没起床啊，要迟到了”然后见他口中叼着个包子衣冠不整匆匆出门一起去上学的大毛，而是来自伟大的社会主义祖国九百六十万平方千米的各个角落的有志青年。

看那女孩的表情，恐怕是被我的长沙话给吓了一跳。湘方言素以生硬著称，加上湖南人泼辣火爆的性格，小情人恋爱的甜言蜜语听上去也像在吵架。从前到北京旅游，在天坛公园见到一位仙风道骨的老者拿着半米长的大毛笔沾着清水在地上写字。我和同学一边拍照，一边用长沙话赞赏。老者突然回头，瞪眼道：

“日本人？”

我赶忙用普通话纠正：

“长沙人，长沙人。”

老者微笑点头：

“长沙，革命的摇篮啊。”

这已经不是第一次被外乡人把我的长沙话当成日本话了，看来以后不能在外地随便展示湘音，万一碰上仇日的愤青，没等我亮出“主席老乡”的红色名片就把我暴打一顿，那可就亏大了。

我赶快把语言切换到“普通话模式”，女孩感激地说了声“谢谢”，离开的时候还回头看了我一眼。

按照琼瑶阿姨的小说模式，我和这个女孩应该会在心中留下对方的影子。在某个月黑风高，哦不，风花雪月的场景中，再次偶遇，坠入爱河，结婚生子，慢慢变老。但在我的故事中，男女主人公再也没有见过面。迎接男主人公的，将是一群臭男人和其中一个男人的妈。

目送女孩远去，我转头找到自己的寝室。湘雅老校区的寝室甚有特色：一二楼是男生寝室；三四楼是女生寝室——闭上嘴，我都能看见你的扁桃体了。不骗你，湘雅的女生寝室就在男生寝室上面。开始我们惊喜之余也是百思不得其解，学校领导到底是觉得我们医学院的学生道德素质高不会乱来，还是对女性解剖了如指掌不再产生邪念，抑或压根就打算放纵我们随意野合，并且同意凭学生证人流打八折？后来才知道，学校扩招，实在是安排不出额外的寝室了。

一开始，想着头顶上住着一群女生，学习、工作、洗澡、睡觉、穿衣、脱衣……想得我们这些色男们口水与鼻血齐流。但经过了一段时间的寝室生活，我们才不得不佩服敢这样安排的领导的胆识和英明：男女寝室同楼，反而会降低学生乱来的概率。

首先，无论是男生寝室还是女生寝室，都满满地塞了八口人，而且寝室墙薄如纸，大家一般还不关门。饥渴到敢在寝室乱来的，还不如到教学楼下面的草坪去，反正都属于不怕围观的野合，草坪更宽敞，还更有情趣。

其次，寝室真不是个乱来的好地方。女生寝室还稍好点，男生寝室就有些恐怖了，别的不说，光是那些暂住人口就能吓跑正常人：苍蝇、蚊子、蟑螂、蜈蚣、老鼠……学医的固然比一般大学生口味重，但要在万兽丛中偷香窃玉，恐怕也难有胃口。

最后，男女混居，能够见到真实的对方。女生见到男生穿着大裤衩、破拖鞋，边抠鼻屎边啃包子；男生见到女生蓬头垢面、衣冠不整，卸了妆从林志玲一秒钟变凤姐——双方心中原本美好的形象瞬间崩塌，一腔欲火反而被浇灭。

走入寝室，见到了那些将要共同度过五年大学生活的同学：

大方慷慨但不修边幅的老徐，乐于助人却非常纠结的 Dancing，高大帅气但喜欢裸睡的伟哥，朴实正直却土得掉渣的老廖，虎背熊腰但油嘴滑舌的 Y 胖，热情善良却贼眉鼠脸的 Fox……临床 1 班 16 个贱男，正好挤满 205 和 206 两个寝室。

大部分人虽是初识，但完全能从《中国男生品种分类大全》一书中找到原型；有几个我甚至误认成中学的某个熟人，两者无论从形象上还是气质上都可以称得上传说中的 Doppelganger（参见 *The Vampire Diaries* 里面的 Elena 和 Katherine）。

当然也有从未见过的新品种：胖乎乎的“食神张”。

“食神张”之所以被称为“食神”是有来历的：他对食物有着病

态的热爱，一顿饭可以吃下十个大肉包，而且吃得一点不剩。我指的一点不剩是真正意义上的“一点”不剩，因为他每次吃完饭都要把饭盒仔细舔一圈。你没听错，每餐饭后舔饭盒！虽然“粒粒皆辛苦”，节约粮食是美德，但好歹中国也社会主义许多年了，犯不着每餐舔饭盒吧？记得《白鹿原》里面有个情节：长工黑娃因为受不了每天要看吝啬财主黄老五饭后舔碗而辞工，我现在知道他是什么心情了。

“食神张”对别人饭碗里的食物也不放过。无论谁打了什么好菜，他都会冲上去叉过一块来吃；更让人震惊的是，别人吃剩的食物也要先经他检查一番，确认没有好吃的了才准倒掉。

苍天啊！

如果做这种事情的是来自老少边穷地区的特困生，众人会钦佩同情。中学时有个来自湘西的同学，家里很穷，每次去食堂打饭都只打米饭和一份青菜。食堂大嫂总会顺带舀上半勺肉菜给他，别的同学也会把家里带来的零食分给他吃。但即便是他，也不会吃别人的剩菜。何况“食神张”家庭条件并不差，玩网络游戏从不缺钱。因此我只能将他的行为归结为“对食物极度依恋之病态心理”。

“食神张”让我五体投地的表演发生在一次早晨的解剖课上。他老人家起床太晚，匆忙买了三个包子，边吃边往解剖室冲。冲到门口，包子还剩一个，他竟然——天哪，至今我想起来都要反胃一阵——走进解剖室，一手翻动标本，一手拿着包子啃。这真的是达到了“神”的境界：且不说满眼都是人肝、人肺、眼球、肠子、剥了一半皮的大腿、齐腕切断的手掌、没有头部四肢腹部被剖开的躯干……且不说实验室里面刺鼻难闻让人眼睛酸痛的福尔马林气味，光想想你如果一不留神弄错了手，抓着块人脑切片往嘴里塞，就已经让人……我的“食神”哪！

他的恐怖行为立刻被老师制止了：

“这位同学，怎么到解剖室吃饭！你不小心把油滴到标本上怎么办？”

“食神张”赶忙把包子全塞进嘴里，抱歉地对老师笑了笑，老师面无表情地走开了。

但更让我眼镜（连着眼珠子一起）落地的，是“食神张”的老妈。

开学的第一天，“食神张”的老妈就跟来了，而且带着一块小黑板。在絮絮叨叨地教训了“食神张”二十分钟之后，张母转向了我们：

“你们谁的英语最好？”

大家都看我，我心中有种不祥的预感。果然，张母拿出了那块小黑板：

“小袁，以后每天早晨 7 点 15 分开始，你要带大家晨读英语 30 分钟。每次上完英语课，你把当天学到的生词写到小黑板上，大家一起背诵。”

张母又问：

“你们谁的数学最好？”

大家面面相觑，这还真不知道。我终于忍不住了，出言嘲讽道：

“要不阿姨出道题目考一下我们？”

张母明显不懂 sarcasm 为何物（以她老人家的性格，估计跟 The Big Bang Theory 里面的 Sheldon 一样，成天被人阴一句阳一句地讽刺，早就分不清真假了），以为她母仪天下，大度地说：

“那倒不必了，小胡，数学方面的学习就交给你来督促。有句老话说得好，学好数理化，走遍天下都不怕。你们医学院学生也一定要打下坚实的理科基础。”

这里我就省去她三百字的关于“医学院学生为何也要学好数学”的训导。平素最恨数学的Fox做梦也没想到自己居然能成为阿基米德在湘雅的代言人，脸上表情不知是受宠若惊还是哭笑不得。张母接着又给寝室里的其他人分配了任务：老廖负责监督大家搞锻炼，争取做“德智体全面发展的好学生”；小何负责督促大家搞卫生，“一屋不扫何以扫天下”；伟哥的任务更绝，张母要他每天把《潇湘晨报》的重点文章做成剪报，让大家了解“国内外的最新政治事件”。

如果我是“食神张”，此时必然羞愧得无地自容，但他却一脸淡定。“食神张”真是甘地的传人，将“非暴力不合作”之道发扬光大，消极抵抗其母狂轰滥炸般的训导。他妈一个劲地说，他就一言不发地不断点头。张母一番义正词严苦口婆心的教导之后，带着胜利的微笑扬长而去，以为儿子（以及旁听的室友）再一次地受到了母爱甘霖的润泽，朝德智体全面发展的目标又迈进了一步。但张母一走，“食神张”脸上立刻堆起笑容：

“上网去不？”

可怕，真是可怕。

若“以道德服人”，让百姓保留“廉耻感”，那么“画地为牢”就能做到“路不拾遗”。“国中皆君子，社稷必兴盛”。

但如果“以淫威服人”，把老百姓脊梁骨折断，让他们失去最基本的“廉耻感”，那统治者就会拥有一群特别好统治的愚民、顺民、贱民。但这一切都是建立在淫威之下的，一旦有更淫荡更威武的boss出现，被统治者就会极其自然地转换阵营。

好在张母的淫威没有久留，“老佛爷”走后，大家或三五成群，或分头行动，开始适应新的校园生活。

很快我就发现，湘雅对学生管得不严：绝少查寝、偶尔查课。学风越差的学校，管理越严格。一些民办大学甚至每天清早由班主任去寝室叫床（叫学生起床，似乎不能用简称……），晚上再由班主任监督晚自习并且押送回寝室。湘雅满学校刻苦用功的书呆子，校方担心的是学生走火入魔精神分裂或者压力太大跳楼自杀。

我充分利用了这一点。一开始，我还三天两头体验体验“校园生活”——老妈的大鱼大肉吃腻了，吃吃食堂的饭菜调理调理肠胃；隔三岔五地在寝室住几天，和同学们联络联络感情。几个月后，除了上课和考试，我就很少出现在校园了。我的室友们倒是很高兴我常年不住寝室：十五平方米的兽栏里塞进八头牲口，少一头住起来自然要舒服很多。他们毫不客气地把我的床当成了废品站。有一次我“视察”寝室，抱怨道：

“你们也别太糟蹋我的床了，说不定我哪天还会回来住呢！”

他们异口同声地说：

“你不会的。”

OK，算你们狠。

“但你们至少也把老鼠赶走啊，咬坏了床学校会要我赔。”

伟哥说：

“没事儿，老鼠心疼自己的家，不会乱咬的。”

我诅咒住我铺位的老鼠今晚全家腹泻，把许多稀屎拉到伟哥头上。

虽然还是和中学一样，每天早上背着书包上学，晚上唱着歌谣回家，大学还是给了我不同的体验。下面我为大家介绍一下和中学不一样的课程——别担心，我指的不是学校安排的那个课程表，而是作为一个大学生所需要学到的基本知识：

必修课程 A：

课程 1 “梦周公”

课程 2 “桌面涂鸦”

课程 3 “课堂娱乐之道”

课程 4 “逃脱的学问”

……

必修课程 B：

课程 1 “交友之道”

课程 2 “恋爱大全”

课程 3 “玩转学生会”

课程 4 “如何做兼职”

……

至于“包养”“打胎”“斗殴”“被捕”“赌博”“吸毒”等选修课程，就只有那些高标准严要求的大神们才会去钻研了，我等凡人，不敢涉足。

我很荣幸地在大一就顺利通过了全部的必修课程 A：

“梦周公”：

中学时上课偶尔也打瞌睡，不过在老师眼中放出的高压电威胁下，怎么也睡不踏实。大学课堂，一个教室两三百人，想怎么睡就怎么睡。Y 胖甚至带了枕头，舒舒服服地平躺在最后一排梦周公。有一次大家搞恶作剧，下了课也没叫醒他。他一直睡到另外一个班的同学进门……

“桌面涂鸦”：

中学时我很少在课桌上乱画——中学一人一桌一学年，老师经常检查，不敢妄动笔墨（我一般会在课本上涂鸦，最喜欢的是给历史书上的所有牛人加上眼镜和胡须）。大学是流动座位，许多人成了达·芬奇的传人。由于是历史名校，课桌上已经有了不少前辈的大作，主题以女性裸体和男性器官为主（我总觉得在课桌上画男性器官的爷们，展示的不是阳刚的流氓气息，而是阴柔的基友品质）。绝大部分同学对在课桌上乱写乱画的行为深恶痛绝——考起试来，还怎么在桌上写小抄啊！所以作为一个有道德的医学院学生，我从来不用钢笔在桌上乱画——我都是用铅笔。有时候觉得画得不好，还会擦了重画。

“课堂娱乐之道”：

记得我小学的班规里面严令禁止的行为之一就是“上甲课做乙事”，老师们恨不得将学生嘴巴缝上，双腿剁掉，左手钉在桌子上才解恨。大学课堂，听课是顺便的。我亲眼看见的“课堂行为艺术”包括：吃零食、嚼槟榔、抽烟、喝酒（还有人用高脚杯喝红酒）、打牌（以及麻将）、下棋（没带棋就下五字连）、玩电脑游戏、切水果（both 切水果游戏和切真的水果吃）、发短信、打电话、吵架、打架、表白、分手……总之，基本上就是人类能够做的一切事情。

“逃脱的学问”：

我总以为，要靠点名留住学生的老师，都是不自信的家伙。真正拉风的大教授担心的是课堂爆满座位不够。凡是喜欢点名的变态老师，我们都会在点完名之后再开溜。不能全溜，那样太惹人注目。有一次上“马哲”的老师（我一直觉得，教“马哲”的老师只有两种人：骗子或者傻子。如果你不相信你所教给学生的东西，你就是个骗子；如果你相信，你就是一个傻子）发现自己每次转身，台下的学生就会稀薄一层，转了十几次身，就基本只剩课桌椅了（开始他还以为自己看花眼，取下眼镜擦了擦）。于是他当场发飙。如果不是年级主任说了好话，他会让所有逃课的人挂科。于是逃课也成了一种需要分配的福利——大家轮流逃。我们一般采取“跳窗大法”：首先挑一个靠窗的后排座位，点完名，趁老师转身在黑板上写字，“蹭”的一下窜上窗子，跳下去，潇洒地离开，挥挥手，不带走一粒粉笔灰。“跳窗大法”一般万无一失，偶尔也会有点小差池。记得有一次外科课，轮到我翘课。老徐他们让我把教材先送回寝室，他们下课后直接去网吧。我把十本教材都装书包里，然后从窗户跳下。只听到“咚”的一声，我在走廊上蹲了足足五分钟，觉得大肠几乎都被震了出去——我忘了，《外科学》足足有一千一百二十六页厚，十本教材少说也有二十五斤重。那次没落下个脱肛的毛病算我运气好。

其余的课程就不一一叙述了。必修课程 B 的故事，我会在以后的章节慢慢说给大家听。

第二章　行，我就当模特吧！

日子过得很快，半年时间一眨眼就过去，马上就要期末考试了。

在大学，考试没舞过弊的学生，有可能存在，但估计数量少于华南虎。很多大学生考虑的不是“是否应该舞弊”，而是“应该如何舞弊”。

当然，并不是所有的科目都需要舞弊，有两种课程没有必要：老师学问好的课程和老师人品好的课程。

老师学问好的课程以“生理学”为代表：大学老师一般都是死着张脸念教材，可教生理的“管老太”却是鹤立鸡群。“管老太”五十上下，其貌不扬（这是客气的说法，她长得很像《魔兽世界》里面剃刀高地上的野猪人），不过讲课却真有两下子。记得第一次上课，她开场就问我们：“据说爱尔兰有个小镇上的男人特别的‘强’，各位同学知道是为什么吗？”下面一片沉寂，就连我这样猥琐的人都没朝少儿不宜的方向去想，毕竟台上站的是生理系的副主任，湘雅名师，堂堂大教授。“管老太”眨巴眨巴小眼，说道：“因为那个小镇是‘伟哥’的生产基地，许多人喝了被厂子里排出的废料污染的水，晚上就变得很威猛了。”五秒钟死一般的寂静后，教室里爆发出一阵狂笑，有几个男生甚至鼓起掌来；纯洁（或者装纯洁）的女生们半张着口，脸色绯红，停下手中的笔不再记录。然后“管老太”若无其事地翻开教材讲解血管扩张的原理。

你想想，一个开口就介绍去哪儿才能免费提高性能力的老师的课，咱能不听吗？“管老太”的课场场爆满，爱学习的听课，不爱学习的听笑话。更何况“管老太”的笑话信手拈来，根本不需要准备——不像某些老师上课，两个半小时非得塞二三十个亮点，不然学生不买账。油嘴滑舌之辈还好对付，可怜的就是那些狂背GRE单词出身的民工大伯式的严肃家伙，讲起笑话来犹如姚明穿上芭蕾裙跳《天鹅湖》。“管老太”又不需要学生打分拿奖金，讲笑话纯属性之所然。如果说她有目的，估计就是为了留住我这样的家伙——效果还不错，生理课我大半都去听了，除了笑话，好歹也顺便学了点知识。考试时发现自己有把握做对的题目加起来居然有五十二分之多——剩下的四十八分没把握的，我总不至于一个都猜不对吧。成绩出来，七十七分。至今佩服“管老太”教导有方，并且强烈建议所有学校推广“管式教学方程式”：笑话＋知识点＝超强教学效果。

老师人品好的课程以“系统解剖学”为代表：“系统解剖学”我们全班全部通过，包括每天通宵游戏的老徐他们。倒不是因为我们真记得到底是左边还是右边的支气管更容易被异物卡住（管它哪边，谁叫你吃东西吃那么快，噎死活该），而是人解的实习课老师“武哥”也是个铁杆游戏迷。估计他上学那会儿也和我们差不多，天天在网吧通宵，所以他那当副院长的老爸不敢让他学内科、外科或者任何一个跟活人打交道的科，而是将他扔到人体解剖系来（总不能把死人再搞死一次吧）。“武哥”也就比我们大四五岁，上课的声音比蚊子还要小（他在网吧玩《反恐精英》被人爆头后骂娘的声音却能吓得老板以为发生了命案），讲课讲了一半会突然发现不记得该怎么讲了，然后翻出本全新的教材查啊查的。有一次查了足足十五分钟，就直接下课了。

但我们却发自内心地热爱他：上课从不点名，实习分全给满分，晚上经常和我们一起通宵打游戏——这样好的老师你给我再找个出来？子曰："己所不欲，勿施于人。""武哥"就是把《论语》学得很透彻的人。有些人模狗样的"叫兽"，自己当学生那会儿是垃圾中的垃圾，往讲台上一站就真当自己是个人了，也不回头望望自己的猴子尾巴。"武哥"不光不给我们找茬，茬找上我们了他还能帮我们挡上几招。有困难，找"武哥"，这是我们游戏圈里的箴言。看在这么多年来玩《反恐精英》我给你挡了那么多子弹的份上，难道你好意思让我"系统解剖学"考试挂了？

至于那些老师从学问到人品都无法征服学生的课程，我们就只能靠"大学必修课程 A"中最需要技巧的"考试舞弊"来帮助通过了。

中学考试，我从不舞弊。回想一下还真佩服自己当年的气节：你敢说你整整中学六年考试没作过弊？我就敢！当然并非我真的很高尚，出淤泥而不染。我当时只是想，现在作弊弄出个虚假好成绩有屁用，反正一切为了高考。不过进了大学以后我发现，不染不行了。现实所迫，该作揖就请作揖，该下跪就得下跪，该染淤泥就要跳到泥塘里面滚三滚。

陶渊明不为"五斗米"折腰，世人共仰，其实千百年来大家都没读懂他的潜台词："五斗米"的出场费太少了，折我的腰不划算，经纪人告诉我随随便便就签约的下场是身价大打折扣。如果摆在老陶面前的不是五斗，是五十斗，五百斗，是高官厚禄，豪宅良田，娇妻美妾一大群，他折不折就不知道了。就算他不是装清高，是真清高，前提也是他还没有感受到生存的危机，他尚有薄田几亩，农宅一幢，还能喝喝酒，写写诗，能"采菊东篱下，悠然见南山"。如果菊也没了，篱也没了，锅里没米，杯里没酒，老婆喊着改嫁，儿子饿得骂娘，空空的肚肠里面就剩几句歪诗，不知老陶还能不能挺直腰杆——恐怕他想挺也没力气了。

真的把“尊严”放在“生存”前面的人有没有呢？当然有。不是有个不食“嗟来之食”的家伙吗？他现在怎么样了？挂了！你鄙视生存，生存更鄙视你。你自绝活路，go ahead，没人拦你。中国的穷酸书生似乎总喜欢走极端：一方面可以为了名利贱到极致中的极致——就连行礼致敬都比人家搞得夸张。欧洲人见了国王皇帝，吻手，敲胸，敬礼，鞠躬，最多来个单膝跪下，唯有中国文武百官，非得三叩九拜，五体投地。而另一方面臭脾气发了，似乎又威猛得仿佛吃了一整瓶伟哥，屠九族不够，非要自己申请屠十族——看来以后拜师之前得先问问：“你脑子进过水没？”其实《礼记》里面，那个发粥的大哥似乎也没怎么羞辱那个饿得半死的家伙：举国灾荒，天下大乱，施粥站前想必是排起了长队，一群群拿着空碗的饥民发疯似的冲向大锅。抢别人馒头的，把热粥打泼了的，斗殴的，骂娘的，可以想象当时的场面是如何混乱。发粥的人看到一个饿得奄奄一息的家伙似乎没有力气挤进人堆，好心地说了句：“嗟，来食！”——但，这个家伙居然愤然离去，说不够给他面子：你这是什么服务态度啊？你受过专业培训吗？你知不知道服务行业的格言是什么？“顾客就是上帝！”你怎么敢对着上帝“嗟”来“嗟”去的？嗟，嗟，嗟，嗟你个头！谁稀罕你的破粥？老子走！估计那发粥的看着这位气节猛男远去的背影，惊愕之余，嘴里必然吐出两个字：“傻 × ！”

我也幻想清高，幻想尊严，幻想能够拿着一张一百万美元的支票，撕个粉碎，然后掷到对方脸上，说：“谁要你的臭钱！”（电影里总这样演，不过扔支票的似乎一般是女主角）但第一，没人给我一百万，第二，给我我也不会撕。五斗米（大约折合 RMB 八百元吧）的支票我可以撕，一百万的绝对不撕。耍威风是有价码的：譬如生气了在家里摔东西，摔杯子摔相框摔价值二十块钱以内的廉价小雕塑，气急败坏最多摔一下天翼 3G（摔 iphone 的估计都不多）——很少有人会把 42 寸的液晶彩电抱起来摔吧。

孔夫子天天教别人做君子，讲气节，撕支票，他老人家自己呢？还不是削尖了脑袋往官场里面钻？只不过没钻进去罢了。范仲淹在岳阳楼的时候也没写辞职报告，欧阳修去醉翁亭的时候也还是厅级干部，教人讲气节的往往是那些吃不到葡萄的狐狸——有葡萄吃的才没工夫来说教呢，忙于吃葡萄去了！

哎，说了这么多，不过是给自己作弊扯张遮羞布罢了……

OK。

干吧！

第一次，紧张，真的很紧张，不敢夹带，不敢抄桌子上，偷看的时候也是偷看老师居多。不过眼见旁边的大师们举重若轻挥洒自如地八仙过海各显神通——老徐连厚厚的一本教科书都带进来了，我也就逐渐放开了。自己做一半，抄上一小半，成绩出来，及格！

之后，很惭愧地说，中学那种纯洁的分数就再也没有了。舞弊就仿佛是贪污、吸毒、做小姐一样，有了第一次，就收不了手了。明明有些考试七算八算，自己有把握得的分数算起来也足够及格，等老师一转身，眼睛又瞄到别人卷子上——舞弊已经不光是为了考试过关，而成了一种习惯。哎，既然众人皆醉，我何苦独醒，汨罗江中有屈原，不必再添清高人。

经过不断的努力，我的舞弊水平逐步提高，但这门课程高深，我永远只能得到及格分数。相传印度名妓要掌握歌舞、文学、雕塑、养花等六十四门技艺，作弊比做鸡容易，但也必须下功夫苦练。舞弊宗师级人物老徐曾经多次给我宝贵的指导，下面是我根据徐老谈话记录下来的“舞弊之道”：

夫舞弊之道，智、力、勇、仁、义五者也。

曰智：考场如战场，舞弊有兵法，智者舞弊，讲究天时、地利、人和。观天时：阳光耀眼乎？灯光微弱乎？用地利：考场前排末排，死地也，尽力避之；隐于人丛，方是正道（切勿着艳丽华服，奇异装扮），前方若有胖大者为佳。重人和：战场、球场、考场，牢记四字梵语箴言：缇穆斡珂（Teamwork）。若四周无同窗好友，男生利诱之，女生色诱之。

曰力：眼力，眼观四路，一目十行，蝇头小字，明察秋毫。耳力，耳听八方，警醒机敏，嘤嘤弱语，一字不漏。手力，抽取小抄，轻柔敏捷；接抛纸团，不可失误；掌心手臂，可容百字；桌下翻书，潇洒自如。

曰勇：凡夫俗子，“作”弊也，獐头鼠目，心神不定，冷汗涟涟，手足颤颤；君子大侠，“舞”弊也。舞者，优雅自如，轻盈灵动，神情淡定，面露微笑。然勇非愚勇，急躁鲁莽，万万不可；当静待良机，众目睽睽之下斩获答案，万军之中直取敌人首领！

曰仁：老吾老及老人之老，舞吾弊助舞人之弊。略微侧身，让出半张考卷；轻掷纸团，送上一片爱心。

曰义：胜败乃兵家常事，纵绝顶高手，亦有失手之时。若不幸被擒，当舍生取义，独揽责罚，切勿供认合谋同袍。

当然，如同兴奋剂能提升比赛成绩，最终却可能毁了选手之健康；作弊这玩意儿，不但上瘾，危害亦是巨大。藏在象牙塔里的时候感受不到，一旦走出校门，社会这个无情的裁判就会狠狠地将那些被兴奋剂掏空了身子的冠军们打回原形。我们班四大舞弊天王：老徐、Y胖、马哥、小黑，毕业后都没能当上医生。Y胖和小黑改行卖药，老徐靠关系进了某县级医院的后勤科。马哥更牛，执业医师资格证死活拿不到，一气之下在小区门口开了家烧烤店。手术刀拿不稳的他，用菜刀剁起排骨来还是虎虎生风的。

当然，这已是五年之后的事情了。此时的他们，还在考场上长袖善舞，明眸作弊，挥洒自如，得意扬扬。

通过不懈努力，应考之道我终于也略窥门径。在突击加运气的双重作用下，大一上学期我一门都没有挂。

然而，并非所有的考试都能靠考前突击、考中运气蒙混过关。譬如考实验，老师就站在身旁，要翻书也可以，但无论如何你得把该做的动作都做到。何况实验操作往往是在课堂上现场教授，如果缺了课，再怎么考前突击也不太奏效。这个时候，就得用一用“非常手段”了……

时间：二零零五年六月十五日，距离“诊断学”操作考试还有一周。

地点：湘雅医学院男生宿舍三栋二零六房间。

人物：湘湘姐，我。

班长湘湘姐专门找到我，看着她一脸的无可奈何我真有一丝愧疚了。虽然大家都叫她湘湘姐，其实她比我还小半岁。但是由于她是班长，一天到晚忧心忡忡地担心我们考试挂科，影响全班的排名，我们都恨不得叫她湘湘姨了。湘湘姐知道我“诊断学”的实验课翘了大半，笔试还好，突击几天，偷看几眼，八九不离十。但考操作是不能耍花枪的，正所谓“文无第一，武无第二”，谁都能说自己的文章天下第一，但你说自己武功盖世，行，划下道来，咱俩比试比试。湘湘姐料我操作考试十有八九会过不了（我也是这样想的）。

“Sonny，下周要考操作哦。”

“噢……”

“你能考得过不？”

“不知道。”

“操作考试考前突击可没有用哦。”

“噢。”

“那怎么办呢？”

“不知道。”

一阵尴尬的沉默之后，湘湘姐说：

“其实有个办法。”

“真的？”

湘湘姐停顿了一下，似乎难以启齿。过了半天，她终于鼓足勇气，将那个“方法”说了出来。

说老实话，我不是一个很有廉耻心的人。书生的穷酸臭脾气有几分，但绝不会过分在乎什么“气节”“道德”“荣耀”这些浮云。可湘湘姐说出的这个“办法”还是让我犹豫了片刻。而之后发生的一系列事情，更是让我事后羞愧得暗暗发誓：有生之年一定不会告诉任何人当时在那个房间里面发生了什么。但正如基督徒只有忏悔了一辈子的罪过之后才能上天国一样，如果我把这个秘密深埋心里，它就会如一条毒蛇一般每天每夜每时每刻咬噬着我的良心，让我夜不能寐，昼不得安；让我一次又一次从羞愧的噩梦中惊醒，冷汗淋淋，掩面痛哭。我必须把它说出来，只有说出来我才能重新做人，才能继续生活，才能每次面对孩童们清澈的目光而不会低下我罪恶深重的头颅！

湘湘姐对我说：

“你去当模特吧。”

让我解释一下什么是“当模特”。每年“诊断学”考试，都需要从各班抽出几名男生来模拟病人，同学们就在他们身上操练各种体格检查手法。虽然没有什么过分的动作，但小小的豆腐还是要让别人吃一吃的——需要赤裸上身让人乱摸。当模特肉体上要吃点亏，却有个隐性好处：一般情况下模特是最后一个考试，老师往往不会问得很仔细，比较好蒙混过关。

我的心中展开了激烈的思想斗争！

【后庭花】俺虽无凌云志、烈士心，却也曾铁骨铮铮脊梁硬。且不言苦守了整六年，纵使通宵也不带小抄。就凭我，八尺男儿立地顶天，当模特无颜面。怎奈少了补考钱，更无重修时间。只得学那韩信，受那胯下之辱，明日把衣裳解。

经过足足 23.5 秒钟的思考，我咬牙道：

“行，我就当模特吧！”

湘湘姐抬头看着我，眼中充满了极其复杂的感情：是怜悯？是叹息？是鼓励？是哀伤？是怒我之不争？还是赞我之通达？都有，都没有。Everything, and nothing! 在我们双目交汇的 0.75 秒的时间里面，我们两人一句话都没有说。世界仿佛静止，时间仿佛凝固。湘湘姐嘴唇微微颤动了一下，轻声说道：

“明天大扫除，你们寝室负责一楼的公共厕所，麻烦你通知一下另外七个人。”

湘湘姐转身离开。

我陷入了沉思。

Sell my body…

It’s not that simple…

I need some preparations…

我从沉思中陡然惊醒。

时间无多。

开始准备！

时间：考前三天。

任务：理发。

备注：根据研究，理发三天后发型效果最好。提醒理发师要理一个可爱的 90 后男生的流行发型。

时间：考前五小时。

任务：剃须。

备注：时间得掌握好，剃早了我那雨后春笋般的胡子又会冒出小黑茬来；剃晚了，因为皮肤过敏留下的红印子还没消，老师说不定以为我有红斑狼疮。

时间：考前一小时三十分。

任务：沐浴。

备注：我洗了足足半个小时澡，刷了两道牙，要知道，“模特香喷喷，考试得高分”。

时间：考前一小时。

任务：着装。

备注：要可爱，要清新，要日韩。上身白色的 T-shirt，上面印着绿色的地球和一行英文字：Love makes the world go around；下身蓝色的牛仔裤，配上白色的棉袜和红色的球鞋。

时间：考前半小时。

任务：修饰。

备注：用电吹风把头发吹得蓬松自然；检查身体各处细节（牙缝无菜渣；眼角无眼屎；鼻孔无鼻涕——世界上最恶心的事情就是鼻孔中央悬挂在几根鼻毛尖端的鼻涕珠了）；把衣服整理好，从内裤到袜子都一丝不苟；最后在耳后喷了两小滴 Burberry 的男士香水（气味若隐若现，刚好能刺激老师大脑皮层的快感区域引起轻度愉悦感，又不会让人觉得我很 gay）。

一番“梳妆打扮”后，感觉自己年轻了十岁，考试多了二十分（当然心里也充满无法遏制的羞愧感，真的要“卖身”啊）。

准备完毕。

出发！

我一个人低着头走了一阵，快到实验大楼门口的时候突然听到身后有人叫我，回头一看，是 Fox。

“你来得挺早啊！”

“必须的，看看老师是什么人，好不好说话嘛。咦？”

Fox 很吃惊地上下打量了我一番：

“袁哥，你……”

“怎么？”

“没，没什么……只是……嗯，没什么。”

窃笑之余，考试过关的信心又增加了几分。

“怎么样，准备好了没？”

“准备个毛，昨晚和老徐通宵去了。”

“你彻底放弃了啊？”

“是啊，想准备也没法准备啊，懂操作的几乎都是女生，难道她们会手把手地教我？袁哥你呢？”

“我……湘湘姐要我当模特，听说比较好过关。”

“牛！哎，她怎么不喊我啊！”

“长相问题呗。你整个就一搓衣板，又不是模拟给非洲难民搞体检！”

Fox 打了我一拳，勉强笑了笑——如果是平时，我俩肯定还会继续刻薄对方一阵子，我会说他是白骨精的弟弟排骨精，他会说我怎么不在北京当（烤）鸭，转战长沙了——但现在我们实在是没心情开玩笑。

可能有人要问了，你不是当模特吗？你怕什么？怕，当然怕！如果主持考试的老师类型不对，我的一切苦心就都白费了。江湖上有句老话：笔试分不够，平时分来凑。生死边缘，如果带实习的老师大手一挥施舍个几分，往往就是本质上的不同。而是否能够得到这宝贵的几分，和老师的性别、年龄、背景关系重大。

有三类老师比较容易搞定：B 型、G 型和 S 型老师。

首先是 B（师哥，Brother）型老师。虽说同性相斥，其实男老师比女老师更好搞定。同性相斥的原因乃是因为“性”字，而非“同”字。之所以反感同性，是将其视之为潜在的“性竞争对手”。如果没有异性的存在，同性之间其实会有更多的共同语言。这就是为什么小学的时候往往是男生和男生玩，女生和女生玩——这群小屁孩荷尔蒙浓度还太低，只能用“It”来形容，没了“性”的作怪，大家就“同”到一起去了。一旦进了中学，有了男女意识，同性之间就有了一种紧张的气氛。一般情况下“男学生”和“男老师”这两种雄性动物之间很少出现竞争，所以男老师对学生们一般都是网开一面，考个四五十分通常都是大笔一挥，“过！”——当然太无耻也不行，有一次老徐的“药理”考了个二十七分，也厚着脸皮想要老师给他“四舍五入”及格，老师差点从实验室放出一群小白鼠来咬他。

然后是G（师奶，Grandma）型老师：白发苍苍，慈眉善目，看遍人世风霜。学生们的幼稚无知荒唐愚蠢，她们不过付诸一笑。哭丧着脸要多给点平时分或者从50+算成及格的学生在她们眼里仿佛是顽皮的小孙子一样，可爱多于可恨。仿佛依靠信男善女们的香火钱吃得肥头大耳的酒肉和尚一样，大家一般都会充分利用“教授娭毑们”的仁慈蒙混过关。

最后是S（师姐，Sister）型老师：毕业不久，芳龄三八至四七（3×8=24，4×7=28）；其貌不扬（一般戴有黑边眼镜一副），身段平平（穿着白大褂就更无曲线了），但对男人还没有完全绝望；荷尔蒙分泌水平中等偏下，尚无需激素治疗；“解剖学”考八十五分以上对男女生殖器的功能了解得比武藤兰还要透彻但极少或者尚无实际经验；看到比较sunny的师弟还能YY片刻甚至幻想老母牛啃嫩草的韩剧情节——“师姐”们残存的浪漫是我们考试及格的希望。

B型和G型老师对“小白脸卖身大法”免疫，所以对于我来说，希望最大的就是S型老师了。进门的那一刻，眼前出现了一个年轻的长相中等偏上而且似乎还挺和善的师姐，我心中的石头才落了地，轻声对天花板说道：“Thank you, buddy, thank you.”

两点三十，考试正式开始！

师姐向同学们说明了考试规则：进行3~5项体格检查，回答3~5个问题；实验分占40分，低于24分的必须重考；考前请出示自己的学生证……讲了五分钟，师姐转头对孤零零一个人坐在病床上的我微微一笑，说道：

“我们开始吧！”

我愣了 2.25 秒，然后回过神来——OK，我承认，最开始的 1.1 秒我是真没反应过来，姐姐，考就考，你看我干啥？但我马上明白了她微笑的含义：弟弟，脱衣服吧。紧跟着的那 1.15 秒我是装的，装什么？装纯洁呗！就仿佛约会的时候女人越是装作不懂男人的暗示，男人就越被这个女人吸引一样，我可不能让师姐觉得我是当模特的老手，说脱就脱，谁摸都行。（哎，说得自己都想吐了……）

然后我用略微犹豫的手（装的），稍稍不情愿地（也是装的）把自己的 T-shirt 脱掉。师姐和旁边的几个女生都看着我，我有点不好意思地露出一丝青涩腼腆的表情（还是装的），说：

“哎呀，你们别这样看着我，弄得我好紧张的。”

师姐笑出声来，我心里对自己说：“Well done, Sonny, well done!”

可以感觉到师姐和同学们的眼光都射到了我光溜溜的上身上——不怕，我对自己的身材还是很有信心的。我憎恨运动，没有一点肌肉，但要感谢东方神起这些小白脸们对中国年轻人审美观的熏陶，那种施瓦辛格式的能用乳沟（胸肌沟吧）夹断铅笔的肉弹型猛男在中国并不吃香。相反我这种白白净净皮肤光滑身上没有赘肉也不是肋骨凸显的宅男更受女生欢迎。

第一个上场的是小 T，一个来自邵阳的女生。典型的小地方的小女人——不是小巧可爱，而是小家子气。谨小慎微，小心翼翼，考试的时候双手伏在桌子上，把自己的考卷遮得严严实实。小 T 戴着一副八百度的近视镜，头发稀稀疏疏，如果不当医生，很有做小买卖的潜质。想到自己的“第一次”居然要交给她，心里实在有点不甘，我只好在心中叨念做我们这行的金玉良言：Customer is always right.

Business is business. You don't have to love'em or hate'em. You don't even have to feel anything. Close your eyes and think about England. It will be over soon. It's no big deal. It's not the end of the world.①

小 T 考得很顺利——不顺利才怪，看她的黑眼圈，昨晚肯定又熬夜了。手法干净利落，压根没把我当活人。“诊断学”教材上要求医师先将手搓热，再为病人进行触诊。小 T 记得很清楚，她程式化地搓了三下（搓给师姐看的），然后把玉手（如玉一般的冰凉）按到我的身上——整个过程就仿佛是在对着假人操作。师姐问的问题她答得也是滴水不漏，师姐满意地点了点头。

第二个是老徐，和小 T 一样，浮肿的黑眼圈，不过是因为昨晚上通宵刷装备（今天副本更新，老徐绝对舍不得浪费 CD）。我估计老徐考诊断操作想要通过，除非老师的问题是：“请你正确地指出患者的鼻子所在位置。”师姐首先让老徐在我胸前做“叩诊”，老徐搓搓手，抖抖肩膀，然后把手指骨节按得“咯咯”作响，仿佛他想把我叩出点内伤来一样。他看着我，停顿了五秒有余，在此过程中我们完成了考场上常用的目光对话：

“袁哥，怎么办？叩诊，叩哪里啊？”

“你问我，我问谁啊！我要是知道还当什么模特啊，你以为被他们摸起来很好玩？”

“算你聪明，当模特，现在我该怎么办？”

“我也不知道啊。不过老师貌似已经开始怀疑你的技术了，别犹豫了，动手！不会也动手！叩诊，你叩就是啊，拿出点信心来，装，用力装！”

---

① 顾客就是上帝。生意就是生意。你无须爱他们或者恨他们。你甚至无须有任何感觉。闭上眼睛，很快完事。没什么大不了的，这不是世界末日。

老徐咬咬牙，上前半步，把手背关节对着我的胸口，想要叩下去——虽然我的诊断手法比他高明不了多少，但起码的常识还是有的：你别把我当门敲啊！我瞪了老徐一眼，微微摇摇头。老徐向来在考场上比缉毒犬还要灵敏——耳听离自己五排远的同学低声报答案，眼观十米之外别人的唇语，肤感老师走动的轻微震动，我甚至怀疑老徐能察觉到老师走过来时空气中细微的温度变化——他马上反应过来，手腕一翻，准备用中指直接叩上去。我又瞪了他一眼，然后微微抬了一下左手。老徐此时大脑的领悟力已经达到银河超级计算机主机的档次，立刻把左手往我胸口一放，然后用右手去叩左手，还装模作样地凑上去听一听，双眉微皱，目光凝重，表情之严肃，仿佛真听出我得了空洞型肺结核病一样。

接着老师又让他检查我的神经反射、叩诊我的肝区——还有一大堆似乎非要诊断我患了绝症或者证明老徐啥都不知道的检查——老徐求助地朝我望去。只可惜，第一，我也不知道要怎么弄；第二，就算我知道，我也没法用眼神和手部的细微动作给他讲解。我微微耸了耸肩膀，意思是：兄弟，我也没辙了。老徐脸上做出就义烈士的表情，根据他的猜测，抓着我一气乱捏——如果不是对他知根知底，我会大喊：吃豆腐啊！

我瞟了瞟师姐，她的眉头明显皱了起来——师姐长得其实蛮不错，清清秀秀，高高挑挑，再加上一身白大褂，更是漂亮。老徐捏了我三分钟，师姐终于无法忍受下去，打断了他。师姐张嘴想说点什么（估计是句脏话），却只是叹了口气，挥手让老徐退下。

我心里也微微地叹了口气：看来老徐是没得救了，诊断操作占40分，就算是小T和湘湘姐合体，笔试也不可能得满分。我突然有点纳闷了，怎么湘湘姐不派老徐去当模特呢？我去考诊断操作再不争拿个一半的分数也没问题啊，咋不把这个宝贵的名额让给更需要它的阶级弟兄呢？当我的目光落到老徐那泛着油光的黑乎乎的领口上的时候，恍然大悟了，湘湘姐是怕引起流行病大爆发，不敢让老徐脱衣服。老徐的个人卫生问题是出了名的，上次 Dancing 的床板坏了没法睡觉，老徐正好又去网吧通宵，Dancing 宁可在桌子前面坐一晚上看书，也不肯睡老徐的床。

第三个上场的是阿蓉，我心中微微一动。阿蓉应该算是半朵班花了。其实她长得并不漂亮，皮肤还有点黑。但一则湘雅盛产欧巴桑式的女学究，稍稍有点风韵的妹子就会被奉为绝代佳人；二则阿蓉虽然长相一般，但笑起来很可爱（有一颗虎牙），而且比较活泼，喜欢和男生眉来眼去，因此在本年级也很有几个追求者。

平时对阿蓉我都是油嘴滑舌，但今天生死关头，不容贫嘴。见我板着副脸，阿蓉颇感惊讶，但她没有心情来考虑这个问题：她是自身难保。幸亏阿蓉和小 T 住一个寝室，长期耳濡目染，好歹也记了点东西。磕磕绊绊战战兢兢，她算是混够了及格分。瞟到师姐在计分表上写下的 28，阿蓉的心中立刻阳光起来。趁师姐转头招呼下一个同学考试，阿蓉用手指狠狠地戳了我胸口一下——“诊断学”里面可没有“戳诊”这一条，她是在报复我居然装严肃不理她。

接着是 Y 胖。Y 胖的真实姓氏是“雍”，姓“雍”的人当医生真的很吃亏，再优秀也是个“庸医”（隔壁班还有个姓“游”的，“游医”）。不过 Y 胖的医术和形象都很符合“庸医”之名头。Y 胖身高一米七，体重一百八，皮肤黝黑，小眼大口。他是湘雅的子弟，极善钻营关系，从院长的小姑到门卫的二舅，都是他的熟人。Y 胖考试舞弊战斗力和老徐不相上下。如果有一天两位大师级的舞弊高手要切磋技艺，估计 Y 胖会说：“考中，吾不如君；考前考后，君不如吾。”但凡没把握的考试，他都会和带试验或者阅卷的老师拐弯抹角地攀上关系，比如：“刘老师，当年在周口店，您的太太太太（n 个）爷爷和我的曾曾曾曾（n+1 个）祖父一起猎杀过猛犸象，您不记得了吗？”但 Y 胖是那种 man’s man——他的社交魅力对男人更有效：喝酒、嚼槟榔、说脏话、看 NBA、骂国足、对女人评头品足说低级趣味的笑话——如果今天监考的是一个建筑队的包工头，Y 胖绝对能得满分。

只可惜今天监考的是包工头的绝对反面：师姐。让我们用表格的形式将两者进行比较，再预测一下 Y 胖今天的考试结果：

人物	性别	学历	烟酒槟榔	是否说脏话	兴趣爱好
包工头	男	小学－初中	热爱	是	嫖，赌，偶尔砍人
师姐	女	博士－博士后	憎恨	否	韩剧、村上春树的小说、苹果公司 i 开头的产品

Y 胖一边给我做检查，一边开始和师姐套近乎，从表情到动作，活脱就是一个一边打麻将一边谈生意的工程承包商。师姐开始还敷衍他几句，后来见他越来越不成样子了——嘴里大谈自己是医学世家从小耳濡目染八岁就给家里的母猫接生过，手上的动作却仿佛是在刨土豆——师姐打断他说：

“别说无关紧要的事情，认真考试！”

Y 胖的表情仿佛是端起酒杯给领导敬酒，却突然发现杯子中有一只苍蝇。他勉强笑了笑，闭嘴，然后抓着我进行所谓的“体格检查”。师姐接着又问了他几个超有难度的问题（再次证明 Y 胖的计划彻底 backfire），Y 胖的回答是“呃……这个……嗯……呵呵……”师姐面无表情地点点头，说：

“好，下一个。”

好在Y胖是经历过大风浪的，淡定得很。他对我吐吐舌头，耸耸肩，小眼睛咕噜咕噜转动了几圈——他肯定在盘算接下来该找哪个熟人帮忙了。我对他眨眨眼，意思是："Good luck with that."

Y胖后面是也门籍留学生纳吉。见到纳吉我打了个哆嗦，做实验手抖手重手下不留情是他的专长。有一次药理课，他简单的腹腔注射就弄死了三只小白鼠，全都死得血肉模糊。纳吉的手又大又粗糙，骨节凸出，老茧遍布，更像石匠而非医生，而且从手臂到手背都长满密密麻麻的黑毛——这一点我总想不通：白种人毛茸茸的还正常，纬度高日照少，多层鄂尔多斯保暖；阿拉伯人是生在地球上最热的地方，为什么也一个个进化不完全般的浑身黑毛。

纳吉学得很认真，但也很郁闷。有一次见到他忧伤地站在走廊上，那看上去有四十五岁而实际上只有二十一岁半的脸上愁云密布，出于对亚非拉阶级兄弟的友好和礼貌，我走上前关心地问：

"What happened？"

不知道是他的英文也和中文一样的烂还是到这种时候了他还念念不忘要练习中文，他用他那每句话不超过5个字句法和阿拉伯语差不多的Chinese回答道：

"我，心……"

然后他用食指指着自己的心口，忧伤地看着我摇了摇头，看得我毛骨悚然。问了半天才知道，原来他由于学业压力过大，有轻度抑郁症倾向。

师姐对纳吉说：

"请你检查一下病人的颈部淋巴结。"

纳吉皱着眉头看着师姐，师姐又字正腔圆地重复了一遍，纳吉还是一脸迷惑。师姐指了指我的脖子，然后一字一顿地说了第三遍，纳吉脸上肌肉抽搐了一下，问道：

“检查……脖子？”

师姐脸上的肌肉也抽搐了一下，我实在看不下去，用英语对纳吉说：

“She asks you to examine the lymph glands around my neck.”

纳吉英语远胜中文，脸上立刻开朗，伸出毛乎乎的大手掐向我的脖子。我顿时后悔告诉他要检查的部位了，小白鼠们惨死的样子浮现在我的脑海。纳吉掐了我半天，回头对老师说：

“他，OK.”

师姐又要求纳吉检查了几个地方，我一一翻译，他下手部位误差基本上在二十厘米以内（比如检查心脏，他没有去摸我的小腹）。这已经超出师姐的期望值了，她在评分表上写了个24，让纳吉闪人——我松了口气，再让他检查下去，我非受内伤不可。

师姐转向我，微笑道：

“你的英语说得很好听啊。”

我憨厚地“呵呵”了一声，站在师姐旁边的湘湘姐非常配合地补充了一句：“他是我们全班英语最好的学生呢！”——我当时感动得差点要亲吻湘湘姐——虽然我向来自认清高，最怕别人当面赞美，但如果开履历报头衔能够保佑我考试过关，我恨不得连小学五年级手工艺比赛捏橡皮泥得了二等奖和初一的时候游泳班毕业比赛三等奖（总共就十七个选手，除了我是初中生，其他小孩都是小学生）——都报给师姐听。不过不用了，从表情可以看出，我在师姐那里的声望[①]至

① 声望：著名网络游戏《魔兽世界》中，玩家需要通过做任务或者杀怪来获得某个阵营的声望，声望值有仇恨、冷淡、中立、友善、尊敬、崇敬、崇拜七个级别。

少已经刷到了“友善”。

接下来是湘湘姐，然后是伟哥，然后是Dancing，然后是Fox……同学们前赴后继地轮流把我摸了个痛快——基本上男生都是把我当玩具一气乱抓；女生都是把我当假人认真练习。由于是考完一个走一个，所以考到最后，空荡荡的实验室里面就只剩下师姐和（赤裸着上身坐在床上的）我了。

我的心跳开始加速，Show Time。如果现在是在澳门赌博，那之前我都是在不断地押注，而且场场大胜。现在是最后一把，我将所有的赌注都押在上面，赢了，大获全胜；输了，血本无归。我抬头微笑着看了看师姐，心中祈祷：make it easy, honey, make it easy!

师姐也微笑着看了看我，说：

“当了这么久的模特，累了吧？”

我叹息道：

“还有点冷。”

半裸着坐了大半天，虽然是夏天，损失的热量也不少啊。

“嘻，看你也挺可怜的，算了，我就不问你问题了，你也没法给自己做体格检查啊。给你算35分，早点回去休息吧，今天辛苦你了。”

我心头狂喜：我还只是期待她让我做个膝跳反射之类的简单检查或者问点“人长了几个肾”之类的问题，谁知师姐竟然让我免考，我不禁笑了出来：

“嘻嘻，那就谢谢师姐了！”

穿衣，穿鞋，对师姐报以最后感激的微笑，走人！

考试过关！

第三章　新官上任先干活儿

大一下学期，已经完全适应了大学生活的我们，开始攻读“大学必修课程 B”里面的科目。一天下午，Dancing 跑到寝室里面报告：

“学生会和学社联在食堂门口招新，咱们去报名不？”

大家愣了片刻，“学生会”和“学社联”？好陌生的概念啊。整个中南大学文娱活动的气氛都比较淡薄。中南的每一条砖缝中都散发着“理工”的气息，遍地都是浓眉紧锁表情严肃寡言少语的男生和穿着老土面黄发枯从啤酒瓶底般的眼镜片后面射出呆滞目光的女生。水塘边，垂柳下，花园中，草地上，坐满了一堆堆捧着四六级托福 GRE 单词书苦耕的学子。中南也有英语、文学、艺术这些课程，但在这里，戏剧失去了激情，诗歌失去了意境，音乐不优美，英语不时尚——一切都成了换取学分和奖学金的工具。也难怪，中南大学的前身是中南矿冶学院，一群研究挖煤打铁冶炼矿石的人，能指望他们“文艺”得起来吗?

中南最有文艺气息的物什可能要属食堂门口的那台钢琴了——全世界最可怜的一台钢琴。不知何年何月何人出于何种目的，突发奇想，把学校琴房淘汰的旧钢琴扔到了食堂门口，任何人都可以上去砸两下。钢琴油漆剥落，布满污渍灰尘，食堂的油烟和刚吃完饭就用油乎乎的手指去弹琴的学子们让白色的键盘变成了黄色。当这台钢琴的兄弟姐妹在中央音乐学院的琴房里或者中国大剧院的舞台上，和郎朗、李云迪、理查德·克莱德曼这些艺术大师们一起接受观众喝彩的时候，它却要蹲在食堂门口忍受着种种羞辱和摧残。

我感觉它像是一位落入红尘的亡国公主。

曾看到过一位酒足饭饱的“恩客”走向“公主”，在众人的起哄声中，用单手弹出了旋律：

咪拉哆哆，咪拉哆——，西西拉唆，咪——

来来来拉，来咪唆——，咪西西唆，咪——

《爱情买卖》……

中南的本部好歹还在河西大学城，旁边就是师大的音乐学院。《绿野仙踪》里铁皮人般的理工生，出了校门还能沾染到些许文艺的气息，润滑润滑生锈许久的关节（考入理科大学的男生其实大可不必因为 20 ：1 的男女比例而担心自己会成为千年老处男，只要旁边有一所文科大学，两者就可互通有无，调和阴阳，共建和谐社会）。但孤悬河东的湘雅就没有这种运气了，恋爱交友只能内部解决、近亲通婚。这就仿佛是钢筋娶了混凝土，导致整个校园里铺满了整齐划一坚硬粗糙的水泥预制板。缪斯女神们可能也来过湘雅，但都被呛鼻的福尔马林气味熏得落荒而逃。

一个师大的女生曾经问我：“你们湘雅也有学生会？”

在外校学生眼里，我们就是一群成天围在死尸旁边如痴如醉的变态狂人，饭前解剖人体标本增加食欲，便后用小白鼠尸体擦屁股，晚上枕着骷髅头睡觉。

姐姐，你干吗不问：“你们湘雅的学生是……人不？”

我们当然也有学生会！规模跟师大湖大比不得，只算麻雀级别，但也不少肝少肺，器官齐全。我们还有学社联，共有吉他协会、戏剧协会、书法协会等二十多个社团，成员超过一百五十人（你数学好，算算每个协会的平均人数）。今天，就是中南大学湘雅医学院学生会和学社联招新的日子！

为了给湘雅学生活动捧场，我们寝室的男生集体前往食堂报名去了！

食堂前面，人头攒动，热闹非凡。学生会所有部门全体出动，报名的桌子排成长长一线，桌子后面是印着各部门的活动照片和宣传口号的海报板。口号一个比一个雷人：

纪律部："纪律就是一切！"——适合纳粹宣传部。

生活部："让生活美丽起来。"——你还能更gay点不？

体育部："身体是革命的本钱。"——穿越到"文革"了？

学习部："学习学习再学习。"——明显欠扁。

外联部："你们搞活动，我们来出钱。"——公款吃喝的口号？

一边端详各部门的活动照片和干事长相（目标：美女），我认真考虑应该参加哪个部门。

学习部？如果要学习，我应该去自习室，而不是学生会。

生活部？从小到大没洗过一次衣做过一顿饭，十几岁还系不好鞋带，我觉得我还是先管好自己的生活再说。

体育部？排球场上我找不着球；足球场上我踢中人多于踢中球；篮球场上我身体其余部分接触球的概率远大于双手（被砸中）。算了，丢不起这个人。

纪律部？从小喜欢违反校规，恨透了那些把红领巾打得仿佛销售员的领带一样笔挺，一手叉腰（为了显示他们手臂上的两道杠三道杠），一手指着我问话的学生干部。

外联部？当听旁边的人介绍外联部“对外联系”的不是外校的女生，而是为各种活动联系商家拉赞助，我就失去兴趣了。我向来没有买卖人的素质，如果我去要钱，只会说一句话：Your money, or your life.

于是我走向了文艺部的展台，一个方面大耳的眼镜师兄（后来才知道他就是文艺部的部长老赵同志）递给我一张表格：

“麻烦填写一下基本信息，如果有什么文艺方面的特长，请都写上。”

我坐下，开始写履历：全市中学生辩论赛冠军（吵架一直是我的专长），全国钢琴等级考试六级（业余），全国小学生绘画大赛银奖（后来才知道，那种比赛是半骗钱性质的，你就是画一坨屎，至少也有入围奖。然后发给你奖状，让你交几百块钱，送你一本厚厚的作品集）。

见我几乎把格子填满还没写完，老赵眼中放射出（不知是激情还是“基情”的）光芒。也难怪，前面人的“特长”一栏基本上空空如也。如果把人比作植物，那湘雅园里长满的都是大麦、水稻和豆子，拥有各种雕虫小技的我在此处竟是一枝独秀的奇葩。

不过也别小看这些小把戏，小时候我学得可是痛不欲生。

中国父母一方面把子女当成“学奴”，逼着他们从五六岁开始就奔走于各种补习班、提高班之间。从器乐、绘画到游泳、武术，从英语、奥数到演讲、写作，恨不得小孩三百六十五天每天二十四小时眼睛看书耳朵听课嘴巴练口语最好全身的每个毛孔里面都塞进知识。还要美其名曰：这是为你好。

哼，为孩子好？你自己小时候爬树捉虫玩泥巴，打架骂娘谈恋爱，不学无术但却自由自在，无才无德然而快乐健康——现在年纪一大把，眼红别人家财万贯、学富五车、能文能武、风流倜傥，心理极度不平衡。或是感到人生不完整，逼着小孩继续自己没能够做成的梦；或是将子女当成绩优股，现在投入少量学费，将来他们出名发财，回报率百分之二百五；更多的是看到别人家的孩子抬手弹钢琴画油画，张口读英语唱美声，脱了衣服躺地上还能胸口碎大石——羡慕嫉妒恨，回去拖着自家的“狗蛋”去学贝多芬和莎士比亚。

另一方面，又把孩子当成了祖宗，衣来伸手，饭来张口，十几岁了系鞋带还是对老妈一伸脚。自己吃稀饭吃酸菜也要让孩子吃肉，吃不上恨不得把自己的肉割下来喂孩子。用一辈子的工资供养子女长大，用一辈子的积蓄送子女出国深造，最后再腾出住了一辈子的房子让子女结婚生子，自己则沦为孙子辈的奴仆，再次做牛做马，给二世祖们喂饭穿衣洗尿布直至归天的那一刻。

从子女出生到自己咽气，中国的父母们无时无刻不在操心：

操心孩子的健康问题（太胖了操心，太瘦了也操心）；

操心孩子的工作问题（游手好闲找不着工作操心，努力工作经常加班也操心）；

操心孩子的恋爱问题（二十岁前操心孩子早恋，二十岁一过，又操心孩子不恋，会成剩男剩女）。

悲哀，孩子们的悲哀，父母们的悲哀，中国人的悲哀！

而我的悲哀则是，小时候，我的父母也未能免俗，加入了折磨自己折磨子女的大军之中。我三岁学琴，八岁学画，学校里凡是有的比赛，包括我一窍不通的物理奥赛，都给我报名（后来比赛的时候，我只做出了“下面哪几位是华人物理诺贝尔学奖获得者”这道选择题）。

受了十几年折磨，今天总算获得一点点回报了。

老赵接过我的履历，看了一下，站起身来激动地握着我的手说："欢迎来到文艺部！"

过了一个星期，学生会公布了新干事名单。大家聚在一起开了个会，就算正式加入。开始的半个学期，基本上没干什么正事儿。当时正逢学生会青黄不接的时期，许多老干部因为毕业或者考研辞职，留下来的人都忙得焦头烂额，没有精力和时间来组织活动。新人们基本上就是每周开一次例会，偶尔出去贴贴海报，摆摆展台。这段时间主要让大家了解一下学生会内部的情况（具体方式就是大家坐在一起八卦）。

由于原来的学生会主席和几个副主席都进入临床实习，学生会暂时处于无政府状态。团委书记一时也决定不了提拔谁当主席（而且按照传统，当主席前先得当一段时间副主席），就让文艺部的部长和纪律部的部长兼任副主席，培养、观察一阵子再决定。

团委书记原本是好意，想挑出最佳人选，但无意中却将学生会分成了两个派别。一派以文艺部部长老赵为核心，成员包括文艺部、学习部、生活部。另一派则以纪律部部长潘子明为核心，成员包括纪律部、外联部、体育部。两派表面上和谐融洽，私底下却暗暗较劲。

老赵其实是个老好人，原本没什么野心，觉得当个文艺部部长就很满足了。而且就是这部长，他也当得有点窝囊：脾气好得像圣人，总是被下属欺负；搞活动，脏活累活都是自己干，经常被小弟小妹指挥得团团转；部下女生居多，老赵时不时还要充当"妇女之友"，听下属倾诉男友不忠或月经不调等生活、生理问题。但有些时候，再老实的人，权力的大肉包塞到嘴边了也会"食指微动"。就仿佛苏联的勃列日涅夫同学一样：轮到你当老大，你不当，小弟们还不干呢。

潘子明则是另外一个极端，精力旺盛，野心勃勃。他和老赵一个年级，比我只大一个月，但说话办事完全就是一个政治老油条，城府极深。他高高瘦瘦，戴一副厚厚的眼镜，说话爱打官腔，见谁都握手，然后露出极其真诚的虚假笑容。

了解了学生会的实际情况后，我挺庆幸当时参加的是文艺部。我要真想学习玩政治搞斗争，我就报考人民大学政治系了。一群医学生，埋头读书，低头砍人（哦不，做手术），搞什么政治斗争啊。好在文艺部是整个学生会气氛最和谐、环境最优美的一个部门：同事们关系融洽，情同手足；更盛开着湘雅的两朵校花：娟子和双双。

娟子高我一届，药理系的；双双和我同年级，护理系的。娟子还好，有个关系很稳定的男朋友，双双却是换男人比换鞋子还频繁。其实她也不是什么 playgirl，但谈恋爱很任性，前男友就因为在超市多看了一眼美女，被她当场甩掉（还当着一群买菜的中年妇女面痛骂了一顿）。有人找我打听双双的“状态”，我只能告诉他：“一周前她似乎还有男朋友，现在我就不知道了，要不要我帮你问问？”

寝室的“贱男春”们很羡慕我左娟子右双双的状态，但从他们的羡慕中，我也读出了鄙夷：你小子也太没用了吧，两个大美女，你一个都没搞定。但事实是：娟子我不会横刀夺爱（而且她男朋友是个一米八五的东北大汉，我有刀子也不敢横）；双双我泡得到 hold 不住，我可不想闹出学生会开例会的时候被当众殴打的丑闻来。

就这样每周开例会，混了半个学期，老赵突然单独约见我，说：

“Sonny，你愿不愿意当文艺部的副部长？”

我吃了一惊：

“可……我还什么事情都没做过啊！”

老赵道：

“现在情况特殊。我的主要精力放在和团委那边打交道上面了，文艺部的事情得有人来管理。前面两位副部长进病房实习后，我就一直是个光杆司令。你是我们部门唯一一个有文艺特长的，不提拔你提拔谁？”

我想了想，也是，文艺部除了两朵鲜花惹人注目，其余的干事们都是些听交响乐大声叫好的土豆、黄瓜、大白菜；就连老赵本人也只擅长策划，而且品位接近其东北家门赵本山，搞个“西洋器乐演奏会”都可能带上二人转的风格。恭敬不如从命，我点点头：

“好吧，那就多谢了。”

老赵接着道：

“对了，有件事情想请你帮忙。”

啊，别人是“新官上任三把火”，我是“新官上任先干活儿”？我问：

“什么事？”

老赵道：

“湖南省要举办大学生英语戏剧比赛，你英语很好，弄个英语剧，代表湘雅参赛，如何？”

我皱眉道：

“学社联不是有戏剧社吗？”

老赵连连摇头：

“那是忽悠人的玩意儿。三年来就演过两场，每次都是戏还没演完观众就差不多走光了。而且他们英语都很差，拿不出手的。”

我说：

“让我考虑考虑。”

老赵急了：

“别考虑了，我都跟张书记说了！”

我打了他一拳：

“你是我老妈还是我老婆，怎么敢擅自给我做主！”

老赵道：

“文艺部已经好久没有搞大活动了，再不弄出点动静来，别人都会忘了有我们这个部门。这个学期已经过了一大半，搞什么比赛都来不及喽，你就算帮我们大家一把，拜托了！”

我眼珠子转了几转：

“参赛是可以，但我以什么名义参赛啊？英语戏剧似乎跟文艺部没有任何关系。”

老赵道：

“这个不是问题，你算是‘以文艺部的名义个人组织临时剧团编排剧目占用中南大学三个参赛名额之一代表湘雅医学院参加首届湖南省大学生英语戏剧大赛’。”

在我搞清楚这句话的语法结构之前，老赵补充道：

“你放手去弄，我全力支持你！”

有了老赵这句话，我放心了。回去开始琢磨剧本，并且要老赵帮我打听一下其余学校会上演什么剧目。

老赵的谍报工作做得很不错，三天后就弄来了别的学校的剧目名单：

《音乐之声》《绿野仙踪》《白雪公主和七个小矮人》《威尼斯商人》……

全是改编的经典名著，我要拿出点原创的东西来！

主题随便，但一定不能很阳光。老赵给我的剧目名单散发着六一儿童节、迪士尼乐园和白金汉宫的气息，我要拿出一部阴暗诡异的精彩激烈的哥特式的动作爱情大戏来！

想到“哥特”二字，我脑海中闪过自己最喜欢的主题：吸血鬼。

在种种东西方奇幻怪物中，我特别欣赏吸血鬼。偏好某一种妖魔，往往并非纯粹欣赏其外观或法力，而是觉得它和自己有一些共性。我觉得我如果是妖怪，就应该是吸血鬼：吸血鬼一般都很帅（不管你信不信，反正我是信的）；很白（宅男，不怎么见阳光）；很有贵族气质（这个嘛……哎，我算“乡绅”好了）；实际年龄超过容貌年龄（这个我有信心，表妹小我六岁，别人以为我是她同学）；讨厌吃大蒜（还有一切蔬菜，老妈，别逼我，不然我咬人）；而且吸血鬼不像兽人、巨人、牛头人这些肉弹型的怪物，把实力写在发达的肌肉和獠牙利爪上，表面上温文尔雅苍白清秀的公子哥儿，一瞬间可以爆发出致命的杀伤力（这种感觉我认为很酷，所谓“君子引而不发”嘛）。

我更欣赏的是吸血鬼的内在品质：孤僻傲慢，离群索居，避开明亮的喧嚣尘世，躲入幽暗的深深古堡；点燃蜡烛阅读古老的羊皮卷轴，兴致来了在宏伟华丽但空空荡荡的大厅中用管风琴弹奏没有听众的中世纪安魂曲；几百年漫长的生命，以不同的名字、不同的身份，过了几生几世不同的生活；阅尽人间沧桑，看破俗世凡尘；爱的人恨的人都一个个离去，留在古堡里的只有将在永恒的生命中不断咀嚼品味的一段段的回忆。

嗯，就是这个主题了！而且刚好，我还有一篇现成的文章可以使用。我从一个最后访问日期是两年半前的文件夹中，调出了一篇旧作：《吸血鬼之心》。

第四章　吸血鬼之心

我站在玛格丽特大街的街角，注视着被夜色笼罩着的老橡树。

这棵被C市市民称为“约翰老爷”的橡树是三百年来这儿唯一没有改变的风景。九十年前（正是路易十六被送上断头台的那一年），C市改造街道，市政官员曾打算砍掉它。市民们手牵手围着大树，宣称要Ils ne passeront pas[①]，誓死保卫，官员们只得作罢。国王的脑袋都不能保住，这棵橡树却能幸免，不能不说是个小小的奇迹了。

正对“约翰老爷”的，是C市历史最悠久的面包店。面包店的老板，皮埃尔·阿姆斯特朗小心翼翼地锁上店门，战战兢兢地朝五个街区外的公寓走去。其实他十七岁的侄孙兼学徒已经完全能够独自经营这家店铺，但皮埃尔老头却总放心不下。他今年已经七十三岁，背很驼，头发掉光，满面皱纹。但脸上严肃的表情却简直和七十年前我用巧克力糖逗他玩的时候一模一样。

噢，忘了介绍，我今年已经三百七十五岁。

我是一个吸血鬼。

我出生那年，C市还只是一个小镇。面包店从前是个杂货铺，我就出生在里面。从懂事开始，我的世界就围绕着杂货铺转动。从打扫卫生，到进货收账，我成了杂货铺最重要的帮手。杂货店收入不多，

---

① Ils ne passeront pas=They shall not pass，凡尔登战役法军的口号，意为誓死保卫。

刚够一家五口的日常开销。但我父亲很满足这种生活，他经常指着店门上面的木招牌对我说：

“以后，这一切都是你的了。”

这是我最厌恶听到的一句话。

我不想在杂货铺待一辈子！

邻居水果店老板有个侄儿，在巴黎当过贵族的听差。他向我描述了外面的精彩世界，让我听得心神荡漾，浮想联翩。

我多么希望能够离开C镇，去外面闯荡！我要做生意发大财，我要成为全法国最富有的庄园主；我要去巴黎去剑桥去慕尼黑读大学，追求美好的知识；我要学习医学，学习法律，学习哲学，四十岁的时候成为全欧洲最著名的医生、律师或者学者；我还要学习艺术，成为画家，成为音乐家，成为文学家；我甚至可以去参军，去从政，建立赫赫军功，步入上流社会，我会当将军，当大臣，我会被册封为伯爵，和国王陛下共进下午茶。

但我知道，这一切都是白日梦。

我父亲没有钱，也绝不会同意我去巴黎深造。在他心里，就连离开C镇的念头都是大逆不道的。

而我母亲关心的只是我的婚事。两个姐姐出嫁后，她就一门心思想给我找个老婆。半年前，我和相隔两条街的奶酪店老板的独生女订婚了。那女孩长得挺漂亮，人也很善良。母亲希望我早早地娶上这位“门当户对”的妻子，生四五个孩子，将来把两家财产合并，成为C镇杂货店兼奶酪店老板。她常对我说：

“将来，你说不定会成为C镇的头面人物的。”

这是我最厌恶听到的另外一句话。

C镇的头面人物？我要成为全法国甚至全欧洲的头面人物！

安逸的生活算什么，甜美的爱情算什么，幸福和快乐算什么！

我要财富，我要学识，我要权力！

我要变得强大起来！

为此，我每天向上帝祈祷，祈祷出现奇迹。

上帝没有听到我的祈祷。

魔鬼却听到了。

一天晚上，我正准备打烊，一个披着黑色斗篷的年轻人走进了杂货店。

“对不起，我们要关门了。”

黑衣人抬起头，他容貌很英俊，但脸色却白得吓人。他盯着我的眼睛，问：

“你想变得强大起来吗？”

“什么？”

“我可以让你变得强大，你能拥有你祈祷的一切：财富、学识、权力。”

这是一个恶作剧吗？他怎么会猜到我的心思？一个衣冠楚楚的陌生人为什么要跑过来捉弄一个杂货店老板的儿子？

“你怎么知道我想要变得强大起来？”

黑衣人露出一丝笑容：

“因为我是一个吸血鬼，我能够读出你的心思。”

这个恶作剧也太低级了！正当我打算把这个无礼的陌生人赶出去的时候，他突然从我眼前消失了。

“咦？”

“回过头来。”

黑衣人竟然站在了我身后。我跳了起来：

“怎么可能！”

“吸血鬼的动作太快，人类的肉眼看不清楚。”

我感到自己的心脏怦怦狂跳：难道他真的是一个吸血鬼？他为什么要来找我，他想要杀死我，吸我的鲜血吗？

“我不打算杀死你。我找你是因为我感受到了你内心渴求力量的愿望。”

“你真的能够……”

“读心？呵呵，终于相信我了？好，我再问你一次，你想变得强大起来吗？”

我毫不犹豫地回答道：

“想！”

“我能让你变得强大，超出你想象的强大，但——你要付出一些代价。”

“什么代价？”

“人性。”

“人性？”

“是的。我能把你变成一个吸血鬼，你会获得强大的力量和永恒的生命。只要运用得当，你最终能获取你想要获得的一切：财富、学识、权力。可是，一旦变成一个吸血鬼，你就会失去人性。你再也不会感受到任何人类的情感：没有快乐，没有痛苦，没有喜悦，没有悲伤，没有欢愉，没有烦恼。你不会恨，但，你也不会爱——你的心脏会停止跳动，并且和你的身体一样，变得石头般的冰凉。这，就是你要付出的代价。”

我脸上露出一丝微笑：

“不会恨也不会爱，这所谓的‘代价’听上去怎么像是一个附带的‘好处’？”

黑衣人盯了我一阵子，点点头：

“好吧，你已经做出了决定，就让我们开始吧！”

当天晚上，他就把我变成了一个吸血鬼，然后教给了我所有吸血鬼应该掌握的基本知识。日出前的一个钟头，黑衣人飘然离开，再次见到他，已经是三百五十年之后了。我的创造者对我说的最后一句话是：“记住，吸血鬼最强大的武器不是力量、速度和‘读心术’，而是永恒的生命。你有几个世纪的时间来让自己变得强大，慢慢来吧。”

第二天夜里，我离开了C镇，隐居到了K市。我走的时候，没有跟父母姐姐和未婚妻告别，我连一张纸条都没有留下。

我一点都不感到难过，失去人性让许多事情变得很方便！

我用最初的十年时间掌握了一个合格的吸血鬼应该掌握的基本技能：如何避开白天的阳光，如何不让别人怀疑自己的身份，如何处理受害者的尸体，如何控制自己超自然的力量和速度，如何运用“读心术”等吸血鬼的特殊能力……

接着，我朝变“强大”的第一个目标进发：获取财富。

当时，商业已经成为欧洲经济的命脉，我也加入了无数投机商的行列。从贩卖水果杂货开始（很有讽刺意味的是，我又在从事最憎恨的杂货店老板工作），到后来数百万法郎的大买卖，我的财富以几何倍数增加。商业谈判对我而言太简单了，我有“读心术”，谈判对手脑子里想的东西，我比他们自己知道得还要清楚。就算我不使用吸血鬼的异能，他们也不是我的对手。那些自以为老谋深算的家伙，不知道眼前这个年轻人其实拥有近百年的智慧。一个六十五岁的伦敦葡萄酒商人，骂我是“冲动无知的毛头小子”。但他不知道，六十年前我在同一张桌子前和他祖父做过买卖。

一百年后，我成为欧洲最富有的人，罗斯柴尔德家族（Rothschild Family）都曾经找我借过钱。用“富可敌国”来形容我一点也不夸张，我真能买下半个国家!

然而有一天，坐在挂着大师名作的金碧辉煌的大厅，看着一群群穿着礼服的仆人来来往往，把玩着一堆堆价值连城的金银珠宝，我心中突然有了一个问题：这些财富能为我带来什么?

两万法郎一瓶的昂贵美酒不能让我沉醉；宫廷御厨精心烹制的美食珍馐味同嚼蜡；貌美如花的社交名媛的芳唇吻在我冰凉的脸颊上，我丝毫感受不到她的温暖；我没有爱人，没有子女，没有朋友，觥筹交错的晚宴结束后，空荡荡的房间里面只剩下我空荡荡的心：我要这些财富干什么?

我还活着吗?

如果是，那么，为什么活着?

这世间只有两样东西还能让我感觉到自己的“存在”：

鲜血和阳光。

鲜血仍然让我充满渴望，每隔一段时间，我就会寻找一个受害者。每次贪婪地吸吮着富含生命力的热血时，我还能感受到自己那似乎早已不在的“生命”。

而阳光则会毫不留情地焚烧我的身体。

最初的几十年，我对阳光十分畏惧。但后来，能够将我焚烧成灰烬的阳光竟然成了我很依赖的一种“必需品”。

有时候，我会在白天把手伸到窗外。阳光一瞬间就将我苍白冰凉的手烧焦。

痛得撕心裂肺。

我把手缩回来，用不了一会儿，吸血鬼强大的自愈能力就让我的手恢复原样。

我会再次把手伸出窗外。

只有这样，我才感觉到自己还“活着”。

可是，为什么活着？

我想到了自己的第二个目标：学识。

我把财富交给忠实的管家打理，自己则隐姓埋名（其实我一直是这样做的，即使是最亲密的生意伙伴也只在晚宴上见过我一两次），进入欧洲各大著名学府深造。

我花了一百年的时间，把能学到的知识都学到了。我有九十五个博士头衔；我会说四十国的语言和一百二十种方言；我能够教授所有大学里的所有科目。我结识了一大批在历史上留下赫赫声名的良师益友：肯特郡的威廉·哈维（William Harvey）研究血液循环的时候，我是他的解剖助手；波尔多城的查理·孟德斯鸠（Charles Montesquieu）出版《论法的精神》的时候，我帮他仔细校稿；佛罗伦萨的济安·劳伦佐·伯尼尼（Gian Lorenzo Bernini）设计罗马圣彼得大教堂前广场的时候，我和他一起进行实地考察——我还学了许多别的东西，具体内容不再赘述。总之，我曾经是伦敦最好的医生、巴黎最好的律师、罗马最好的建筑师。

等没有任何老师能够再教授我任何知识的时候，我转向了书籍。我觉得书籍真是美好的东西：一个个简单的字符，承载了无数伟大的思想。

我曾认为，书籍，能够伴我度过永恒的生命。

但我错了。

我“扫荡”了全欧洲所有图书馆里面的新旧书籍，直至再也找不到任何能够让我感到新奇的文字。我已经是全法国全欧洲甚至全世界最有学问的人了，但合上书本，仍然空虚。我仍然没有找到问题的答案。

我转向哲学和宗教。

我通读了自苏格拉底以来的所有哲学、神学书籍，甚至遥远的东方哲学我都有所研究；我能够背诵天主教、伊斯兰教、佛教的所有典籍。

但先知们却仍然无法解答我的问题：

为什么活着？

我在剑桥大学教书的时候，一位教授艺术史的同行曾经引用古希腊哲人希波克拉底的一句名言告诫我：

“生命是短暂的，艺术是永恒的。用短暂的生命追求永恒的艺术，是一件很危险的事情。”

这句话适用于凡人。但吸血鬼拥有永恒的生命。

现在，既然永恒的生命让人感到空虚，就让永恒的艺术来填补吧。

其实我没有多少艺术细胞，最初学习油画的时候，我的老师——拿破仑的首席宫廷画师Jacques Louis David——骂我是“油漆匠的儿子”。我心想，差不多吧，我是“杂货店老板的儿子”。

但我有普通杂货店老板儿子所没有的东西：永恒的生命。

我花了二十年的时间学会了各种乐器；又花了二十年精通了绘画和雕塑。我曾在罗浮宫待了十年，又用了十年时间把大英博物馆所有的藏品仔细研究了一遍。

我敢说使用雕刀和画笔，我不亚于罗丹或者米开朗琪罗；弹奏管风琴或小提琴，我能胜过肖邦和莫扎特；进行文学创作，我的生活经历比莎士比亚、雨果、巴尔扎克他们所有人加起来还要丰富，我甚至用不同的笔名出版过好几部小说——当然，艺术家的灵感，不是靠几百年的生命能酝酿出来的。我只能成为画匠、乐师、写手，不能成为真正的大师。

我还精通歌剧、舞蹈、朗诵。甚至连杂耍、魔术这些旁门左道的东西，我都加以研究。

对了，我还是欧洲最好的剑客。

一开始我还很享受击败对手的乐趣，但很快我就厌倦了这种对对手太不公平的游戏。吸血鬼的力气是人类的几十倍，动作快得肉眼看不清楚，再加上普通武器无法造成伤害的不死之身——和凡人决斗就仿佛是抢夺婴儿的玩具一样，不能带来什么成就感。

我仍然感到无比的空虚。

我仍然不断问自己：

为什么活着？

在厌倦了财富和学问之后，我决定追求最后一个目标：权力。

在各种舞会、沙龙上，我结交了来自全欧洲的精英们：大臣、将军、省长、公爵、亲王，甚至国王和王后。奥尔良公国的菲利浦公爵很是赏识我，经常邀请我去他家做客。很快我就获得了第一张政治游园会的入场券，巴黎市警察厅厅长的头衔。

唯一的麻烦是，我不能出现在阳光之下。

我找了个令人信服的借口：我有一种特别的皮肤病，不能见阳光。

好在法国贵族们并不介意，白天他们也都在睡大觉，巴黎的精彩从午夜开始。

当我是杂货店老板儿子的时候，我觉得政治游戏只有最富有智慧的贵族们才配玩。

当我真正成为游戏玩家的时候，我发现政治游戏真的很幼稚。我虽然是新手，但玩得很不错。

没过多久，我就成为能够左右法国甚至全欧洲的政界大佬。当然，英国人有句谚语：爬得越高，跌得越重。树大招风，一个在几年内平步青云的年轻人很容易招人嫉恨。一夜之间，我有了许多政敌。

我可怜我的政敌们。

如果你的对手是全欧洲最智慧、最富有、最强壮的人，他能够随意读懂你的心思或者轻易拧断你的脖子，你还跟他斗什么呢？

我的最高职位是法国宫廷的第三号人物，有时候我甚至想，我是否能成为最高统治者呢？当法国国王可能不现实，通过联姻和权术成为某个欧洲小国君主却不是没有可能。

在决定是否这样做之前，突然传来法国和普鲁士爆发战争的消息。已经开始厌倦政治游戏的我，找到了新的消遣方式：指挥军队。

通过小小的政治运作，我成了法国陆军中将。我指挥了法军和普军的四场战役，全胜。

普军增派了军队，接下来，我将指挥一场八万人对抗十三万人的大决战。

但就在决战的前夜，我又厌倦了战争游戏。我把指挥权交给我的副将皮特，要他第二天率领军队发动全面进攻。

他的脸色变得比我还要苍白：普鲁士的军队人数比我们多了一半，而且他们有更先进的毛瑟枪和更高昂的士气。

更厉害的是他们的指挥官是普鲁士军队的明星——“军事鬼才”威廉。

我说：“没关系，威廉明天不会指挥军队。”

死人怎么能够指挥军队呢？

我回到卧室，脱下军装，披上黑色斗篷，佩戴好长剑。

我很顺利地找到了威廉的大本营，已经是深夜两点了，他还在和手下将领开作战会议。

难怪法国人打不过普鲁士人。这时候大部分法国将领应该正搂着情妇在酣睡。

我原本不想惊动守卫。当年我杀掉在聚会上让我难堪的路易十八的财政大臣的时候，连他家的猫都没有惊动。

但普鲁士的卫兵比法国贵族家的猫警惕多了。

我只不过踩断了一根枯枝，一瞬间就有二十多名全副武装的卫兵包围了过来。

为首的军官命令我跪下，高举双手。

他说的是法语。聪明的家伙，知道这时候在军营里游荡的，不是敌人的间谍就是刺客。

我朝他走了过去。

所有的士兵同时开枪。

改进后的毛瑟枪威力真的很强大，我的斗篷一下子就被打得千疮百孔。

我拔出了长剑。

士兵们的尸体在我面前摆成了一个圆圈，都是头朝外，脚朝内，整齐得仿佛是刻意摆放出来的一样。

我推开作战指挥部的门，一眼就认出了普鲁士指挥官威廉。

他叫出了我的名字。

对了，他也认得我。几年前，我在腓特烈亲王的宫廷舞会上见过他一次。

我说："对不起，我已经厌倦了战争游戏；为了早点退出，我只能作弊了。"

我举起长剑，威廉的副将冲上来想要用身体挡住我的剑。

他的动作很快，但人类的速度和吸血鬼的不能用同样的单位来计算。

我的长剑刺入威廉咽喉的时候，他的眼睛睁得大大的，眼里充满了疑惑。

我知道他想问什么：

"你是怎么进来的？你怎么可能瞬间就移动到我的面前，刺死我后又瞬间回到原处？你到底是谁……到底是……什么？”

很抱歉，我不想解释，而且他已经死了，我也没法解释。

其余的军官都拔出佩剑，威廉的副将更是愤怒地向我扑了上来。

我突然想起了明天就要统率军队的皮特。

很忠诚的一个年轻人，如果有人要刺杀我，他也会毫不犹豫地用胸口去挡住利剑或者子弹。

但他的军事才能真的很平庸，帮他就帮到底吧。

我在一点五秒的时间内刺出了十一剑，指挥所里面躺倒了十一位普鲁士军官。

我叹了口气，在更多的卫兵冲过来之前离开了军营。

后来发生的事情我是在报纸上读到的，三天后，《巴黎日报》以“完胜”为标题报道了法军八万人打败普军十三万人的辉煌胜利。

法国和普鲁士的官方都没有解释我的消失和威廉的死。也难怪，在动辄死上十几万人的战争年代，突然少了两个高级将领未必会引起太多关注。

皮特接替我成为中将。战争结束后官运亨通，做到了陆军部部长。

我则从军界和政界彻底消失。

但我的问题却没有消失：

为什么活着？

特别是，如果要在“活着”前面加上一个词“永恒地”，问题的答案就更为重要了。

在我第一次产生疑惑的时候，我就开始用一种特别的方式来对付永恒的空虚。我会为自己修建一个陵墓，然后在石棺里面长眠，一睡就是几年。

醒来后我发现周围的世界变化很大，但有一样东西没有变。

我的空虚。

离开法国军队之后，我睡了几百年来最长的一觉。

醒来，已经是二十年之后。

我回到了家乡，C镇已经变成了C市。几百年来，我曾多次造访这里，每次都几乎变得让我认不出来。只有几栋最老的建筑，市中心的教堂、街角的老橡树，和郊外的公墓一直没有变化。

公墓里有我父母和两个姐姐的墓碑。

夜已经很深了，C市比不得灯红酒绿的巴黎或者伦敦，一入夜，大部分店铺都会关门，路上行人也寥寥无几。

我突然感到有点渴望鲜血。

皮埃尔老头战战兢兢的背影消失在街角。我不打算伤害他——他是除了老橡树之外C市让我看了亲切的少数几样东西之一。

而且，我更喜欢年轻人的鲜血。

突然，我嗅到了青春的气息。

一个穿着白色裙子的女孩，捧着一个青色的东方瓷器朝这边走了过来。

我嘴角露出微笑，就是你了。我双足轻轻一点，一瞬间就出现在女孩的背后。放心，我不会让你受苦的。你的鲜血一下子就会被我吸干，你还没有觉察到就已经死去。

正当我打算一口咬到女孩脖子上的时候，她突然一个趔趄摔了下去。

我一只手扶住女孩，另一只手接住了差点落地的瓷器。

女孩回过头来，充满感激地说道：

"太谢谢您了，如果摔坏了这个古董瓷器，我爸爸会骂死我的。"

我发誓，当我见到女孩那张有如断臂的维纳斯大理石雕像般美丽精致的脸时，我的心脏突然跳动了一下。

这怎么可能！

我的心脏已经三百多年没有跳动了！

这一定是错觉。真奇怪，吸血鬼居然也会产生错觉。

女孩从我手上接过瓷器，微笑着对我说：

“我叫艾米莉，请问您叫什么名字，先生？”

“我叫桑尼·德·霍里。”

这是我几百年来使用的几十个名字中的一个，最后一次用它似乎还是我在伦敦当外科医生的时候。

我们四目相望了片刻，女孩行了一个屈膝礼：

“再次感谢您，先生，祝您今晚做个好梦。”

我机械地微微鞠躬，答道：

“晚安，小姐。”

看着女孩离去的背影，我感到自己的心脏似乎又跳动了一下。

真是见鬼了！

第二天傍晚，我又遇到了那女孩。

不是偶遇，我从太阳落山起就开始等她从古董店走出来。

这次我们坐进了一家咖啡馆，聊了一整晚。

她叫艾米莉·弗朗西斯，今年十七岁，父亲是C市的古董商人。她喜欢唱歌，弹奏竖琴，天气好就出门画风景写生。白天她会在父亲的古董店帮忙，有时也留在家里和母亲一起烹饪或者刺绣。她是家里的独生女，小时候和三个表姐一起长大，表姐都已经嫁人。她还有一个堂兄，是里昂市市长的女婿。她最喜欢吃的食物是鱼子酱，但C市很难买到新鲜的鱼子酱。她小的时候父母给她请了一个家庭教师，叫作玛丽，玛丽教会了她许多东西，是她最好的朋友，五年前远嫁英国了。她养了两只小猫和一只鹦鹉，那只叫“汤姆少爷”的黑猫总想吃掉鹦鹉，但鹦鹉太狡猾，黑猫吃不到……

真没想到，艾米莉絮絮叨叨的家常话竟然比巴尔扎克的小说或者亚里士多德的哲学还要有趣。

之后的几个星期，我几乎每天傍晚都会和艾米莉见面（我还是以古怪的皮肤病为理由，解释为什么白天不能出门）。我们有时候会出去散步，有时候会逛街，更多的时候是坐在咖啡店聊天。

我突然不再感到空虚。

万贯家财、广博学问、爵位权力所填补不了的心灵空虚，竟然被一个十七岁的女孩给填补了。

为了方便和艾米莉见面，我买下了C市的一幢房子和两个店铺，并且以“来自巴黎的珠宝商人”的身份拜访了她的父母。

我甚至有了在C市定居下来，和艾米莉结婚，生几个小孩，组建一个家庭的念头！

难道我爱上她了？

不可能！三百年前，我的创造者明确地告诉我，变成吸血鬼就会失去人性，失去人性就不会再有爱恨这些感情。

他同时也告诉我，我的心脏不会再跳动。

可每次见到艾米莉，我的心脏都会跳动一次到数次不等。

真是见鬼了！

自从有了在C市安顿下来的念头，我就开始重新清算我的财产。

一百多年没有打理，加上战乱、灾荒和政权更迭，我发现自己损失了百分之九十以上的财产。

但剩下的百分之十也足够我和艾米莉过一百个世纪的富足生活。

当我到伦敦最古老的银行兑现一张七十年前的支票的时候，银行职员脸上露出惊诧的表情：

“这是您祖父留给您的吧？”

我接过满满一皮箱的英镑，微笑着点了点头。

取完最后这笔款，我回到家中，发现一个黑衣人坐在客厅的沙发上，他朝我笑了笑。

我几乎不敢相信自己的眼睛：

“是你！”

“是我。”

是我的创造者。我已经三百多年没有见到过他了。

我和他聊了很久——三百年不见，有多少话可以说啊！我发现这么多年，其实他遇到过我很多次，只不过用他的话来说，“你过得很好，我也就不想打扰你了。”

“那你现在为什么突然找上门来？”

他起身，把手掌放在我的胸口。他叹了口气：

“原来传闻是真的。”

“什么传闻？”

“我听人说，C 市有一个吸血鬼，竟然爱上了凡人。”

我很吃惊：

“你怎么知道？！”

他耸耸肩膀：

“除了你我，还有很多吸血鬼啊。身为最古老的吸血鬼之一，我消息很灵通的。”

“不，我是问，你怎么知道，我……爱上了凡人？我自己都说不准。这是爱吗？你不是以前告诉过我，变成了吸血鬼，就不会有人性？”

他点点头：

“应该是这样的，但凡事都会有特例。你不是第一个因为爱情而逐渐恢复人性的吸血鬼，在你之前还有几位。我之所以知道，是因为我能感觉得到，你的心脏即将恢复跳动。你自己也有感觉吧？当你和她在一起的时候，心脏偶尔会跳动几次。”

原来如此！

“你想知道在你之前的那些吸血鬼怎么样了吗？”

“告诉我。”

“都死了。”

“什么！”

“‘死’也许不是一个准确的词，吸血鬼全都是‘能走动的死人’。他们都停止走动了吧。”

我皱眉道：

“为什么？他们被杀死了吗？爱上凡人，恢复人性，违背了吸血鬼戒律而被长老们处决了吗？这是你来找我的目的吗？”

他笑道：

“吸血鬼什么时候有这条戒律了？”

“那他们为什么会……”

他的表情严肃起来：

“你知不知道我们为什么要摄取人类的鲜血？”

“为什么？”

“因为，从我们变成吸血鬼的那一刻开始，我们的身体实际上已经死去，只有不断吸取饱含生命力的鲜血才能让我们继续‘活着’。这些鲜血并没有进入到我们的血管里，而是转化为了能量，这也就是我们的心脏无需跳动的原因。而一旦恢复人性，你的心脏就会重新开始跳动。心脏恢复了跳动，血管里面却没有鲜血，用不了几分钟你就会死掉的。”

我沉默了。他接着说道：

“你也可以把‘不要爱，不要恢复人性’称作吸血鬼的一条戒律。不过这不是约束我们，而是保护我们。千百年来，极少人违背这条戒律，违背者通通都已经灰飞烟灭。因此，作为你的创造者，我奉劝你，不要自取灭亡。”

我仍然没有回答，他盯着我的眼睛，我问他：

“你在阅读我的思想吗？”

他摇摇头：

“我根本不需要读你的思想，我只要读你的眼睛就知道你在想什么了。我能够理解你现在的心情。”

“是吗？”

“你知不知道，五百年前，我也差点爱上了一个女人。”

“差点？”

“是的。”

“后来呢？”

“我在心脏重新开始跳动之前，杀死了她。”

我沉默了。

“你也可以这样。”

“我做不到。”

“你必须做出选择：享受永恒的生命，还是短暂的爱情。”

我闭上眼睛，说：

“其实，有时候我会恨你。”

“恨我？”

“是的，你给了我永恒的生命，却夺走了生命的意义。这几百年来，我一直在问自己一个问题：‘为什么活着？’获得了财富，却无法享受财富带来的快乐；获得了知识，却不能享受知识带来的喜悦；获得了权力，却没有享受权力带来的满足。告诉我，我的创造者，这种没有恨、没有爱、没有悲伤、没有快乐的生命，有什么意义？这样活着，这样永恒地活着，到底是为了什么？”

他摇摇头：

“我不知道。”

我抬起头看他：

“因此，我选择后者。”

他长叹一口，站起身来和我握手：

“那么，再见了，我的朋友。”

我的创造者走后，我突然顿悟了：从前我所瞧不起的东西，原来正是生命的意义。

亲情、友情、爱情。

或者说：人性。

与其继续这富有的智慧的强大的但却是空虚的没有意义的永恒的生命，倒不如享受片刻的热烈爱情。

嗯，就这样吧。

我不知道自己什么时候会突然死去，但我知道，这一天不远了。

我的心脏越来越频繁地发生跳动，每次都是我见到或者思念艾米莉的时候。

我没有时间等待了。

我派仆人给艾米莉送去了一张纸条：

“明天黎明时分，请在城郊的树林旁等我。”

我到的时候，艾米莉已经在那儿，穿着我第一次见到她的时候的那条白裙子。

艾米莉微笑着朝我走来，我单腿跪下，拿出一枚戒指：

“艾米莉·弗朗西斯，你愿意嫁给我吗？”

艾米莉眼中流出快乐的泪水，伸出手指让我为她戴上戒指。

“愿意，愿意，一千个愿意，一万个愿意！”

我们紧紧地拥抱，我的唇吻上她的唇的时候，清晨的第一缕阳光照射在我的身上。

我没有感到灼热的刺痛。

相反，我觉得很温暖很温暖。

阳光很温暖，艾米莉的嘴唇很温暖，我的心里面很温暖。

我清楚地听到，自己的心脏恢复了跳动。

开始很慢，很虚弱；然后越来越快，越来越有力，最后又逐渐地平稳下来。

艾米莉抬起头来，对我说：

“我爱你。”

我微笑着回答道：

“我也爱你。”

我跳动的心脏中充满了人性的光辉：快乐、悲伤、喜悦、愤怒……

但更多的，是让人心醉的爱意。

我感到自己的力量开始迅速消散，我的意识开始模糊。

我知道，作为一个吸血鬼，我正在死去。我将近四个世纪的生命，即将走到尽头。

但在这一刻，我不再感到空虚。

在我意识消失前的一瞬间，我找到了问题的答案：

为什么活着？

为爱而活着……

第五章　狗血的英语剧

经过一周的奋战，我把中文小说改成了英文剧本——当然，剧情有重大修改：十分钟的舞台剧，要探讨“为什么活着”这类主题，简直就是谋杀观众。因此，根据《暮光之城》等青春剧的套路，我往剧本上泼了许多狗血：身为吸血鬼的主人公本欲袭击一少女，少女失足摔倒，主人公扶她起来之时，突然惜香怜玉，坠入爱河。主人公假扮凡人与少女交往，为了她不惜和血族决裂。吸血鬼长老将少女囚禁于古堡中，命令主人公亲手杀死爱人；主人公和长老战斗，不敌。在长老的尖牙咬上少女脖子前的一刻，主人公击碎古堡里所有窗子，阳光直射进来。主人公最后拥吻爱人，在她怀抱中化作灰烬，与长老同归于尽。

改编完毕，在诸多阳光剧目之中，多出了一个阴森森的名字：

英文剧名：*The Vampire's Heart*

中文译名：《吸血鬼之心》

影片分类：魔幻、惊悚、动作、爱情

家长评级：PG13

时长：10 分钟

制作成本：人民币五百元

编剧：我

导演：我

主演：我

终于过了一把梅尔·吉普森的瘾！

开始选演员了！

跑龙套的很好选，反正他们也没几句话要说，就喊了寝室里面那几个家伙。他们为能够登台兴奋不已，老廖还花了一晚上练习仅有的一句英文台词。

女主角就有点难找了，临床系也有美女，但全都英文不好；口语棒的女生也有几个，不过实在没胃口和她们上演感情大戏。头一次当导演，虽不能潜规则女演员，找个养眼点的对戏总不算过分吧。正发愁呢，老赵雪中送炭，告诉我学习部有个女干事，姓钟，和我同一个年级，英文很好，人也漂亮。问老赵要了她的电话，打过去，耳边响起清脆悦耳的小女娃子声音，钟钟说她对演英语剧也很感兴趣。约她面谈，她说她现在正在寝室，要我上楼去找她。

我兴冲冲地跑到四楼的女生寝室，敲开 408 的房门，一个身高体壮肥头大耳却穿着印有 Snoopy 粉色睡衣的大姐出现在我面前。我心里对自己说："如果她就是钟钟，我立刻罢演。否则吸血鬼要变成吸脂鬼了。"

好在大姐说：

"找钟钟吗？她在里面。"

走进寝室，见到书桌旁坐着个小巧精致的长发 MM，我的心才落了地。

"你好，我是 Sonny，刚刚给你打电话的那位。你是钟钟吧？"

女孩点头，我开始用英语跟她介绍剧情，她也用英语回答——嗯，不错，形象气质佳，发音纯正，就是她了！钟钟把剧本通看了几遍，和我商议着改了几个小地方，就敲定下来了。

剧本演员全都搞定，只剩下道具了。老赵不是承诺“全力支持”我吗？找他要钱去！可等见到老赵我才发现，如果有人承诺“全力”支持你，你必须把这个词拆开分析。首先，他会不会“全”力；其次，他有没有全“力”。老赵的支持的确是“全”的，他为了这次戏剧比赛召开了三次会议，要求整个文艺部放下一切活动通力支持；自己更是跑上跑下东奔西走，就差没每天给我送早饭了。但老赵的支持却真的不太给“力”——力不从心啊。

我对老赵说：

“我需要租一套黑色礼服，一套白色礼服，三套红色礼服，一套粉色长裙，五把道具剑，三杆道具火枪……”

我发现我每增加一样道具，老赵的眼睛就要睁大一圈，在他眼珠子掉出来之前，我停住不说了。

“还……还有没有……”

“当然，但看你的表情，我想先知道你能弄到多少钱。”

“五百……”

“你是打发叫花子吧！光是一套礼服就要两百元一天的租金，你让别的演员裸体上台啊！”

老赵一脸尴尬：

“哎哎，对不住了，真对不住了。这五百元还是我好说歹说才找外联部要来的呢。上学期文艺部的歌咏大赛超支了三千元，这个学期外联部把我们的钱卡得死死的。要不，要不我自己……”

我用一个坚决的手势制止了老赵自掏腰包的方案：

“亏你还当了两年部长，连道上的规矩都不懂了？你干吗不提议文艺部的干事每人捐款一百元？”

学生会的人都知道，拉外联的行规是：自家有一个亿也不能出一分钱，否则活动办得再精彩别人也会鄙视。以前有个外联部部长，是个富二代，总是找他老爸“拉赞助”。他那开饭店的老爸一出手就是大几万，还时常请学生会的人吃海鲜。大家当面称赞他“财神爷”，背后都喊他“傻大款”。外联部的口号是：“裸体上战场，空手套白狼。”

“那怎么办？”

我想了想：

“把钱用在刀刃上，只租弄不到的玩意儿，其余的道具，自己动手，丰衣足食！”

由于在金钱上对不住我，老赵就“金钱债肉偿”，贡献出了自己的女朋友当民工：老赵的女友花姐是师大美术系的，老赵把她叫过来帮我们 DIY 道具。

提起花姐，我现在还会脑袋直摇：老赵你是不是精神上的“受虐狂”啊？花姐虽然长相不错，心肠不坏，但难道你受得了她那条涂满了氰化物的“毒舌”？估计花姐和非洲的眼镜王蛇 French kiss，死的会是那条蛇！再说，兄弟我招你惹你了？你自己喜欢受虐，为啥要把这花斑剧毒美女蛇带到湘雅来糟蹋我呢？

花姐第一次登场就把所有人都给“毒”了一圈。首先是我，花姐一见我就嚷道：

“哎呀，怎么还有戴眼镜的吸血鬼啊！”

姐姐，你以为我不知道吸血鬼不会有近视眼啊！但你也不想想，难道有戴眼镜的多萝茜、罗密欧和白雪公主？当代中国大学生近视率高达 90%，你让大家脱掉眼镜上台，那只能演《阿炳的故事》！

“没办法，六百度近视，不戴眼镜会栽跟头。”

“怎么不戴隐形或者做手术啊，取掉眼镜给姐看看什么效果，快快，取掉取掉。”

我取下眼镜，花姐端详片刻，摇头道：

“算了算了，你的眼睛太小，还是戴眼镜好点。”

花姐啊花姐，你要不是老赵的女人，我非策[①]得你吐血不可！正当我担心花姐会不会接着策我的大鼻子和招风耳时，她转移了嘲讽目标。花姐同志提出：“食神张”要减肥，Fox要补充营养，老廖要打扮得年轻点——在场唯一没被花姐批评的只有钟钟，她甚至一个劲儿地夸她清纯靓丽，但听说钟钟还单身，花姐又开始毒舌了：

“妹妹，你不会是‘拉拉’吧？”

钟钟赶忙澄清自己性取向正常，花姐爽朗一笑，对我们几个一指：

“你们是不是单身？怎么不追求追求？是怕追不到吗？”

大姐，我们要是敢追或者想追钟钟，难道自己不会动手？还需要您来指点江山啊！一时间，大家都感到尴尬无比。好在老赵过来解了围——他使用的是堵枪眼的方法，花姐的嘲讽火力一瞬间就集中到了老赵身上：

“都几点了才来，你这个当领导的也太不称职了吧。哟哟哟，怎么穿了件这么花的衬衫啊，都是奔三的人了，打扮得跟个小妖精似的成何体统？还有，我的笔记本电脑你送去修了没啊？还没有？都三天了，我等着用呢。你啊你，我怎么说才好……”

不过花姐加盟的作用还是巨大的，美术专业的她很快就为我们制

---

① 策：湖南方言。可根据具体语境理解为逗、调侃、谋划等意。参见娱乐脱口秀节目《越策越开心》。

定了最佳方案：城堡用旧课桌椅和纸板制作；女主角的衣服钟钟用自己的裙子；配角的礼服用学生会仓库里面的几套破戏服改造；佩剑找体育系去借。老赵把整个文艺部的人都召唤过来帮忙，看着干事们热火朝天地改造旧课桌椅，打磨太极剑，修补破礼服（而且是个男生在修补，看他麻利地缝针和打完结老练地用嘴咬断线头的动作，我觉得他将来要么会成为一个优秀的外科医生，要么就会去泰国变性），我感觉自己回到了大炼钢铁的20世纪60年代，喊着“超英赶美”的口号，把家里的菜锅扔到山寨高炉里面加工。

一周之后，行头搞定；万事俱备，只欠排练。我和钟钟约好，每天中午在学校礼堂彩排一个钟头。

对白不成问题：我和钟钟都是拼分数考上的湘雅，几千字的剧本三天就滚瓜烂熟；两人都是好莱坞电影迷和美剧发烧友，英语对话驾轻就熟。

头疼的是动作戏。我自幼小脑就不发达，别说上台演戏，竞技比赛，就连广播体操都能被我做成滑稽喜剧（初中班主任倒没骂我，而是偷偷喊来别的老师一起观看，笑得老师们前俯后仰）。钟钟也好不到哪里去，据说从小学开始连续十二年体育考试不及格。体育笨蛋和运动白痴上台演动作戏，哎……

最难的是男女主角相遇的那一场。我的难点在于如何找个潇洒的姿势跟上钟钟：演了好几次，披着黑斗篷的我看上去总像小偷或者偷窥狂。而钟钟的戏更难，她必须在我抓住她之前的那一刹那摔倒下去。人还真是一种奇怪的动物，平时不小心摔个狗啃泥是常事，但演戏的时候刻意要往前摔倒却很有心理障碍。我给钟钟设计的动作是双膝扑通跪下，双手撑地。一开始她死活摔不下去，我不得不亲自演示给她看。演了好几次，钟钟才能很自然地摔倒（最后一次，有几个女生路过，看到我扑通一声跪在钟钟脚下，以为我是做了亏心事给女朋友道歉的花心贱男，对我投以极其鄙视的目光）。

光是这个动作我们就练了四十分钟，我跪了十次，钟钟跪了二十次。等我觉得满意的时候，两人都已经累得半死。钟钟掀起长裙，指着又红又肿的膝盖说：

“好痛的。”

我一时不知如何是好：第一次有女生对我掀起裙子（虽然只掀到了膝盖），我总不能跪下抚摸她受伤的地方，心疼地说“伤在卿膝，痛在吾心”吧？

我摸摸脑袋：“我请你吃饭吧。食堂今天好像有红烧猪脚。”

钟钟瞪了我一眼，我才意识到这句话的歧义。我们跑到食堂，两人一边开心地讨论剧本，一边更开心地大吃红烧猪脚。

事后回想，其实钟钟完全能成为我的理想女友：都是学医的，都喜欢英语，都是长沙本地人，家庭背景也差不多。她小小巧巧，我高高瘦瘦；她温柔可爱，我油嘴滑舌；她是小清新，我是大贱男。但不知怎么的，一开始我俩就压根没把对方当成 candidate。她在我眼里是个小妹妹，有爱也是可爱的爱，而非性爱的爱；我在她眼中是个老大哥，对她要求严格甚至有些严厉，对她的爱是疼爱而非情爱。后来钟钟找了个和她一样很可爱的男生，两口子看上去比实际年龄小七八岁；手牵手甜蜜蜜地走在校园里，仿佛是蜡笔小新牵着樱桃小丸子。

一周后，男女主角的戏练熟，可以加入配角们了。好莱坞大片看得多，我知道什么元素能吸引观众：缠绵悱恻的不伦之恋，血腥暴力的恐怖谋杀，激烈混乱的追车枪战……因此，除了和钟钟的感情戏，我还精心设计了几场打斗戏——身兼编剧和主演就是爽，我可以名正言顺地在台上搂着钟钟，再把老廖他们狠揍一顿，他们还要配合地做出各种倒地动作。“食神张”每次被我“杀死”的时候，还会发出一声非常专业的惨叫：“啊——啊——”

原本我们应该用牙齿和爪子战斗：正统的吸血鬼从不用武器。但我实在不想扑到“食神张”的肩膀上，张嘴去咬他油晃晃的肥脖子。于是我设计了斗剑的场面：演员们穿着 18 世纪的华服，在金碧辉煌的大厅里，一只手背在后面，一只手拿着 Rapier（过去欧洲贵族用来决斗的一种薄刃长剑，剑柄有一圈圆形护手）斗剑。

可惜《吸血鬼之心》的总投入只有五百元，租戏服就用掉了一大半。我只好跑到学校体育组，借了几把体育课练习“太极剑”用的破铜烂铁。那剑刃是铁皮制的，拿在手里哗啦哗啦直响；剑柄握起来倒还顺手，只是缠在上面的黑色胶布有点煞风景。

不过破剑也有破剑的好处。如果租来的是昂贵的道具剑，我们就只能花拳秀脚地比画几招。既然这剑已经是残破不堪，剑刃布满缺口，那我就“破剑破摔”，来真格的。我跟演员们布置：咱们在台上，真砍！

请不动我的三叔袁和平（我的大伯是袁隆平，叔祖是袁世凯，另有牛人祖先袁枚、袁绍、袁崇焕等人），武术指导也只能我亲自兼任了。

理想中的斗剑场面是这样的：

午夜。血红的月亮。如刀削的绝壁。

黑衣人矗立在山崖。夜风卷动着他的斗篷。

三个红衣人从背后悄然逼近，他们是来取他性命的。

黑衣人纹丝不动，仿佛没有觉察到利刃出鞘的寒意。

三剑同时刺出，落空。

一瞬间，黑衣人已经到了红衣人的身后。

“下山去吧，你们不是我的对手。”

又是三剑刺出，再次落空。

“不要枉自送了性命，生命可贵，永恒的生命更加可贵。”

再刺，再落空。

月光落在黑衣人脸上，他的面色如雪一般苍白，神情如雪一般冷峻。

但他的声音更是如雪一般冰凉：

“我已经避让三次，再不走，我就要出手了。”

红衣人犹豫片刻，依然冲上来。

剑出鞘，极细，极薄，极锐。

剑出手，刺，刺，再刺。

三个红衣人无声地倒下，冰冷的尸体排成扇形，咽喉上都有一处极细的伤口。

黑衣人忧郁地望着昔日好友僵直的躯体，微鞠一躬，飘然离去。

但我知道，真正在舞台上是不能这样演的。舞台剧不是电影，镜头不能拉近拉远，前排的观众还能勉强看清演员的表情，后排的就只是看猴把戏了。何况绝大部分观众都是来看热闹的，他们喜欢的是春节舞龙灯或者广场上扭秧歌般夸张的肢体表演，我那梁朝伟般深邃忧郁的眼神既无人看得到，更没人会欣赏。剧情、台词、表演都不重要，关键是让他们看到很新鲜很刺激的场面！

老赵再次充当间谍，探听回对手们的“必杀技能”：师大会使“美人计”，他们的《威尼斯商人》中有十几个穿着暴露的美女上台跳舞（莎翁九泉之下老泪纵横）；商学院会用“金钱政策”，《绿野仙踪》光是戏服成本就高达五六千；湖大则走“明星路线”，客串演员据说有“快男”和“星姐”。

这些我们都做不到，我们只有四头贱男、一只萝莉和五百元人民币。

想要获得名次，我们只能让观众看到精彩的真实的打斗场面：

我们的制胜法宝是：

暴力！

具体的场面我就不描述了，总之，足足练了一个星期，所有演员的虎口都磨出了血泡，剑刃被我们激烈的对砍劈得有如锯齿。

终于可以正式上台了！

比赛地点是中南校本部的大礼堂，台上金碧辉煌美轮美奂，台下黑压压人头一片。

我们的节目排在倒数第二个，演员们先在后台待命。我们吭哧吭哧地抬着纸板和桌椅拼凑成的简陋城堡，朝后台走去。迎面走过来《绿野仙踪》里盛装的演员：铁皮人全身披挂着订制的闪亮铝合金盔甲，狮子脑袋上的金毛比芭比娃娃的还要精致，多萝茜更是穿着量身打造的《绿野仙踪》电影里面的经典蓝裙子、红鞋子。

我倒抽了一口凉气：这得花多少 RMB 啊！

光看他们的气势，我们的演员就矮了半截。我感觉是带着几百名装备着三八大盖的游击队去袭击日本人的坦克师。

舞台上，第一个剧目已经开演，我们在后台做准备。上场前的等待是最为漫长的，所有人都焦虑不安地踱着步。也难怪，这里面除了我，谁都没有上台表演的经验。等了一个多小时，老赵跑进来通知我们“还有十分钟，准备上场”，钟钟害怕地抓住了我的手：

“我好紧张啊！”

我把她的手拉到唇前，很轻地吻了一下：

“Don’t worry, honey, you are the best.”

Fox 抓住我另外一只手：

“我也有点紧张。”

我甩开他：

“死一边去！”

上台了！

一切顺利！

没有人忘词，没有人失误；男女主人公相遇的时候，演出了爱情的火花。特别是“斗剑”的那场，我一剑劈下，Fox被逼得连退了几步，台下观众传来“噢”的倒吸凉气的声音。哈，要的就是这个效果！

演完下台，观众热烈鼓掌。老赵跑过来拥抱了每一个人，就连《绿野仙踪》里面的铁皮人和稻草人都走过来对我们说：

“你们演得挺成功的啊！”

等我们卸了妆，回到观众席上，比赛的结果已经出来了，第三名。这已经超出了我的预期，小成本电影是没法和《泰坦尼克号》竞争奥斯卡奖的。老赵还有点愤愤不平，说我们比《绿野仙踪》演得好多了，我安慰他说：“人家一套铁皮人的戏服就比我们整个预算还值钱，能得第三名已经是评委慧眼识英才了。”

捧着成本可能只有十块钱的“拖泥奖”奖杯，大家兴高采烈地回到湘雅。老赵私人破费，在学校门口的大排档请大家吃“庆功宴”。

《吸血鬼之心》，完美谢幕。

第六章　我们都是好孩子

忙活了一个月的英语剧，并不仅仅让我收获了一个破奖杯（老赵倒是挺看重，把它放在了文艺部奖杯橱窗最显眼的位置）。英语剧比赛让我在友情和爱情方面都有了不小的收获。

先说友情。排练英语剧那段时期，是我这辈子在寝室里持续住宿最长的时期（连续三周，周六周日都没回家）。除了和室友们增进感情，还深切地体会到了劲爆的“寝室夜话”。

世界上的内涵段子有一半是在男生寝室里面创造的（另外一半写在了男厕所的墙壁上）。越是内心纯洁的人说话越色，真正的采花大盗才没心思说这些呢，人家修拉链门艳照门去了。我们一群贱男口口声声：“哎，咱们学医的，什么东西没见过”，仿佛一个个都是阅女无数，雌性生物的裸体就差母鸭嘴兽没见过，其实内心深处纯洁得跟贪官情妇养的巴西龟龟缸里面放的玻璃球一样。

纯洁之人对抗心中的淫魔有两种方法：一是效仿古代和尚，二是讲内涵段子。和尚为什么会要说“臭皮囊下面不过是枯骨”呢？因为他们得不到满足，于是只能反过来意淫，吃不到葡萄就说葡萄酸。

至于讲内涵段子，那可是我们寝室最重要的夜生活内容。不过有个家伙不说，小何，老实巴交的一个农村娃。我给他取了个英文名，Hawk，并且大大地解释了一番这个名字的水准是如何之高：既压了中文“何”之韵，又生猛威风，“鹰，鹫”。小何屁颠屁颠地接受了——其实我取名的灵感是觉得皮肤黝黑的、眯眯眼塌塌鼻的何同学总让我想起电影里见过的某位印第安酋长，Hawk 是一个很符合印第安文化传统的名字，而且给人取名有一种当干爹的快感。小何从不参与我们的“午夜讲段子”活动——灵魂肮脏得仿佛掉入过茅坑的城市娃们不禁叹服农村孩子的纯洁，不管我们怎么样毫无顾忌口无遮拦，他总是侧过身子睡觉，直到一天——Dancing（也是我给他取的名字，压中文名“谭”之韵，而且他有点娘娘腔）讲了一个杀伤力极强的笑话，据说是世界上最短的 gay joke: sperm says: oh shit! ——向来英语听力很成问题的小何在整个寝室寂静无声十秒钟后，突然爆发出一阵无法遏制的狂笑——我们才知道原来他一直都在装傻装天真装纯洁装睡，我们讲的每一个字他都听进去了，而且还会在梦里面慢慢回味……

于是我们把他拖起来，强迫他也讲一个——听了我们这么多，总要回报回报吧。小何想了半天，说：“可以讲亲身经历的不？”我们全都坐了起来，眼珠子有如饿狼一样的在黑暗中闪闪发光：“可以！”难道小何真是传说中的隐藏 boss？他又说：“跟动物有关哦。”四个睡在上铺的家伙差点掉下去——难道此君真的修炼到性爱大法第九十九层，做到了众生平等？“快讲！”小何慢条斯理地说道：“小时候我在家门口看到一只公狗和一只母狗在交配，我就冲上去大喊一声，结果母狗拼命地跑，公狗的小弟弟卡到里面没出来，被拖到后面，痛得汪汪直叫，不晓得受伤了没有……”

再来说爱情。有人说，大学不谈一次恋爱，人生不完整。这话挺在理，在这纸醉金迷的社会，只有象牙塔里还残存着些许纯真的爱情。一旦离开大学校园，爱情就被公式化：

男人的价值 = 钱的数量；女人的价值 = 漂亮的程度。

男人会用无数理由拒绝女人，但理由背后只有一句潜台词：你不漂亮。

你太优秀了，我配不上你。（潜台词：你不漂亮。）

我还想做几年事业。（潜台词：你不漂亮。）

我们两个家庭背景差异太大，以后会有矛盾的。（潜台词：你不漂亮。）

女人也会用无数理由拒绝男人，但背后也只有一句潜台词：你钱太少。

我们两个性格不合适。（潜台词：你钱太少。）

我还没能从上一段恋情中走出来。（潜台词：你钱太少。）

我害怕如果恋爱失败，连朋友都做不成了。（潜台词：你钱太少。）

但这次英语剧却让我们完整了一回。由于在比赛期间我们走出了爱情荒漠湘雅，频繁游荡在被饥渴男称为 happy hunting ground 的河西大学城，我们寝室的光棍率从 75% 瞬间下降到 25%——除了早就有女友的伟哥和 Dancing，我、Fox、老廖，甚至“食神张”都因为参加英语剧而找到了另一半。只要再帮不善交际的小何和把电脑视作情人的老徐找到女朋友，我们寝室就皆大欢喜了。

让我来介绍这一次春风荡漾的“脱光之旅”吧！

首先是 Fox，他去中南预演的那天偶遇了从前的中学同学，一个瘦瘦的物理系女生。两人压抑了好几年的热情一下子爆发，没几天就好得如胶似漆。

然后是“食神张”——居然还是那个女生追的他！真不知那女生看上了他哪点，但从她胖胖的脸蛋来看，可能是 like knows like，想和“食神张”将孔老夫子的人性追求——“食色”在现实生活中完美结合吧！

接着是老廖。跟前面两个 Lucky Bastard 相比，老廖的爱情就曲折多了。他喜欢上了护理系的一个女孩，给我看了照片后问我两人配不配，我说：“配，她是‘人面桃花’，你是‘人面禽兽’。”只可惜老廖仿佛是从赵树理的小说中走出来的人物，碰一下就可能会掉下土渣子。捧玫瑰、弹吉他、唱情歌真不是老廖的风格，他更适合捧大白菜扛锄头喊劳动号子。好在他追的那个女孩也不是 gossip girl，为了省钱给女友买施华洛世奇的水晶首饰，老廖吃了一个月的包菜。谁知那女孩拿了水晶，高兴地对饿得面如包菜的老廖说：“哎呀，我上铺的姐妹在校门口买了个一模一样的，你还了价没，是二十还是二十五块钱买的？”老廖笨拙的浪漫，最终还是赢得了对方朴实的芳心。

Fox、“食神张”、老廖恐怕和“高富帅”三字完全不沾边，是“屌丝”族的模范代表。但正所谓 If Jack is in love, he’s no judge of Jill’s beauty. 爱情能让“屌丝”在“粉丝”心中变成“金丝”（猴）和“银丝”（卷）。偏偏就有女生喜欢 Fox 怕老鼠，喜欢“食神张”舔碗，喜欢老廖用《潇湘晨报》包玫瑰花。

维纳斯阿姨也没忘掉我。我也找到了这辈子的第一个女朋友。

比起现在的 90 后、00 后，80 后的人还是比较纯洁的。而对男女之事，我又比同龄人晚开窍了许多。小学时我视女生为仇雠（女生一般比较听话，经常成为班主任之爪牙。而我这种不服王化的蛮夷则成了镇压迫害的头号目标），经常和女生发生肉体关系——扯辫子、踩裙子、扔垃圾，她们则以指甲还击。最激烈的战场是课桌，20 世纪 80 年代的小学同桌是真正意义的同“桌”，两人共用一张桌子（而且还“同椅”，同坐一张长条板凳。突然站起来让对方摔一跤也是常用斗争手段之一）。同桌男女生会在桌子中央刻上一道“三八线”，手肘越过此线的危险绝不亚于高举“打倒金胖子”的旗帜从韩国进入朝鲜。记得三年级整整一年，我和同桌一个黑胖女孩发生了近百次激烈交火，双方最后都动用了生物武器（唾沫）、化学武器（墨水）和核武器（用钢笔相互乱戳）——至今我左手手掌上面还有一个黑点，那是“黑胖妹”给我留下的最后纪念。

进入初中，不少早熟的同学已经开始了人生的初恋，我虽也早不再敌视女生，但恋爱的那根弦却仍然没被撩拨到。到了高中，青春期都快结束了，我仍然是纯洁的好孩子。

中学阶段我和全天下的正常男性一样，也经常想着女孩子（就连全身瘫痪多年的“宇宙之王”霍金同学，当记者问他每天想得最多的是什么的时候，他的回答居然也是：Women！）。我甚至总结了天下男人对女人的不同态度，以便将来参考：

崇拜爱慕：“大地结束之处可以找到男人，天堂开始之处可以找到女人。”——雨果

怜香惜玉：“让女人哭泣是男人的耻辱。”——列昂尼德・安德烈耶夫

迷惑不解：“女人究竟在想什么？”——弗洛伊德

怒其不争：“软弱啊，你的名字叫女人。”——莎士比亚

万般无奈：“唯女子与小人难养也，近之则不逊，远之则怨。”——孔子

狡猾利用：“婚姻是用来让一个管家觉得自己是主人的贿赂。”——

桑顿·怀尔德

轻浮玩弄："想要女人，就拍一拍手，叫她们进来。不想要女人，也拍一拍手，叫她们出去。"——拜伦

视如尘芥："兄弟如手足，妻子如衣服。"——刘备

仇恨反感："想到女人那里去吗？别忘了带上你的鞭子。"——尼采

而且，中学时其实也有个女生跟我关系有点 Special。Ruth，一个大眼睛圆脸蛋的聪明女孩，初中高中都和我同班，当了我六年的班长。

Ruth 一直是我最好的朋友：她数学好，我语文好，我们就一起搞学习；她是班长，我是卫生委员，我们就一起搞卫生；她喜欢策，我也喜欢策，我们就一起参加辩论赛；我们还一起出黑板报，一起办艺术节，一起帮老师做幻灯片油印讲义整理办公室。

感觉我们是革命时期一起工作学习追求进步的纯洁而热情的穿绿军装的红色小两口。

有一段时期我们的关系似乎变得有些特别（不知是我的青春期，还是 Ruth 的生理期，抑或是春天的气息），我俩经常放学后在学校散步。有时候会碰到老师，但他们都只是赞许地朝我俩微笑；我俩也极其淡定地跟老师打招呼，而不像其他小两口那样慌忙装作不认识对方。原因很简单：第一，她是好孩子；第二，我是好孩子；第三，我们在用英语对话。老师们眼里只有两个好孩子在用英语对话，怎么可能冲上来干涉呢？

我和 Ruth 在中学别说接吻，就连手都只牵过一次。

记得那是一个冬雪过后的清晨，班主任让 Ruth 去八中递交参加奥赛的同学名单。Ruth 要我陪她一起去。她穿着厚厚的黄色羽绒服，我穿着厚厚的紫色羽绒服；她戴着毛茸茸的小熊手套，我戴着毛茸茸

的河马手套。我们一起走在沿江大道上。

那年的雪很大，踩上去就是一个深深的脚印，咯吱咯吱的很好听。清晨的雪是最好看的。再过上几个钟头，雪就会被路人踩得一塌糊涂。那天是周日，我们可能是长沙街头的第一对行人。长长的沿江大道，仿佛长长的白色羊毛围巾，洁白、柔软、崭新，就等着我们去踩踏。

走了一阵子，有点热了，我解开了羽绒服，Ruth 也解开了羽绒服；我脱下手套，塞到口袋里；Ruth 也脱下手套，塞到我的口袋里。我伸出左手，说：

“我们手牵手吧。”

Ruth 耸耸肩，牵过我的手。我俩就这样，手牵手，一句话都没说地走了好久好久。

然后呢？

然后没有然后了。

高三 Ruth 保送进了中山大学，我和她就只是每年同学聚会才见面，平时最多在 QQ 上聊几句。

许多年之后，我在 QQ 上问已经远嫁美国的 Ruth，当年我们算恋爱吗？ Ruth 回答说：

“没有 kiss，不算 date。”

好吧，不算就不算。我的初恋发生在大学。

我们相遇在激情迸射的英语剧舞台。

那天大家在预演，铁院的剧目是莎翁的《罗密欧与朱丽叶》。如果他们和商学院一样，将名著改编，可能还有几分观赏价值。可惜铁院的负责人、话剧社的社长、一个英文名也叫 Romeo 的英语系书呆子，坚持每一句台词都必须是原文。幸好按照规定每个剧只能控制在十分钟之内，否则这小子估计会全剧照搬，演两三个小时。

Romeo 同学本人据说是铁院的英语狂人，自诩能说一口标准的伦敦腔，极度推崇英语经典，有事没事就捧着莎士比亚的剧本摇头晃脑地背诵，不知他老人家是真懂还是装懂。其实百分之九十九的名著都被百分之九十九的人“贱读”掉了——我建议小学教材一律删除唐诗宋词，黄口小儿，哪读得懂这些，什么“国破山河在，城春草木深。感时花溅泪，恨别鸟惊心”——杜甫老爹，不好意思，俺这辈子，国还没破过，春天城里面也只见到发情的宠物狗，草木不怎么深。这些诗词选入课本，既折磨儿童，又辱没大师。观众们还好，就当在看没字幕的枪版好莱坞大片。苦就苦了铁院的其余演员。到了彩排那天，配角们的台词还没有背熟，急得 Romeo 同学恨不得提前饮下那杯毒药。

Romeo 急，Juliet 倒很淡定，站在台下冷眼旁观。我走到她身后，说了句：

“Romeo, Romeo, why art thou Romeo!”

女主角转过头来，是个眼睛大大的女孩子，长长的头发染成栗色，还真有几分 Juliet 的气质。

“你是湘雅的那个吸血鬼吧？”

我咧开嘴，露出门牙，用指甲拨了一下：

“如果是《猫和老鼠》的动画片，你就应该听到‘嗡——’的震颤声。”

女主角笑着摇头：

“亏你还是演吸血鬼的医学生，你难道不知道吸血鬼是用犬齿咬人，不用门牙？只有老鼠才用门牙啃东西。”

我吐吐舌头：

“碰上专家了，佩服佩服。我叫 Sonny，中南大学湘雅医学院临床系的。”

女主角伸出手，微笑道：

“我叫 Kate，中南大学铁道学院工商管理系的。”

很快，舞台下面就开始上演真实版的 *Romeo and Juliet*，原本来自两个竞争单位的男女主角坐在了一起，卿卿我我打情骂俏。等英语戏剧比赛结束，我们已经成了男女朋友。

我的初恋很温馨，很甜蜜，很规矩，很普通。

我们每周见面一次，有时候去爬岳麓山，爬上山顶，再坐缆车下来，到通城商业广场去吃肯德基；有时候去烈士公园划船，“让我们荡起双桨，小船儿推开波浪”——有一次荡得太远，差点没能划回岸边；有时候去看电影，挑那种原声的外国大片看，只是我不能看 3D，看了头晕；有时候我们去逛步行街、坡子街、堕落街，融入成片成片恋爱中的莘莘学子中；更多的时候我们就在铁道学院的校园里看书，上网，用英语对话，然后在食堂或者学校后门的小店吃饭。

偶尔 Kate 也会来湘雅，只可惜湘雅老校区实在不是个恋爱的好地方：本来就很小的教学区，还和病房混杂在一起。一天到晚人来人往，熙熙攘攘。而且来医院的人，无论表情还是心情都坏得很。说不定两人正浓情蜜意，突然前方爆发出一阵哀号，然后就看到一群呼天抢地的人拥着一张白布蒙着的床挤了出来，旁边还跟着一两个表情尴尬的医生。

唯一一个稍稍可以避开病人和家属的地方，就是我们的操场了。每晚九点以后，操场上就可以看到一对对的情侣手牵手在散步。只可惜操场不大，几十对人只能排着队（相隔十来米）在跑道上走，不知情的人还以为是邪教在集会。更糟糕的是，操场没有铺塑胶，全是黑土黄沙，把情侣们弄得灰头土脸。若是大风天，鼻孔、耳朵、嘴里面都是沙子，甚至可以嚼得咯吱作响。

这样的恋爱持续了近半年，如果按照现在流行的《非诚勿扰》之类的节目，对我和 Kate 进行数据上的配对，从家庭背景、学历品位、身高长相、兴趣爱好等方面衡量，我俩应该算是天作之合。

我们之间只缺少一样东西：激情。

原因很简单：我们都是纯洁的好孩子。

有时候，纯洁是一件可怕的事情，甚至可能扼杀爱情。

心理扭曲变态、极度憎恨女性的哲学家叔本华曾经说过一句话：

“哪有什么爱情，压根是性欲的升华罢了！”

叔本华说得可能有点极端，但爱情的确可以分开来看，一部分是爱（欲），一部分是情（谊）：

“情谊”主要是精神上的，和友“情”、亲“情”有许多共性，聊天、工作、学习、娱乐……“情谊”就仿佛是车子的外壳，组成共同生活的大部分。

“爱欲”则是肉体上的，仅限两人之间，牵手，接吻，抚摸，做爱……“爱欲”仿佛是车子的马达，推动着爱情幸福地前进。

没有安装马达的车子，怎么可能跑得长远！

其实在理论方面，我堪称专家，但理论和实践之间是有差距的，有时候填补这个差距的是四十万人头（赵括同学），有时候，则是继续当处男……

也不全是我的错。虽说一个巴掌拍不响，但即便另一个巴掌很被动，只要主动的巴掌多多努力，还是能通过拍手背、拍大腿、拍耳光等方式发出清脆的响声。可如果两个巴掌都蜷缩痉挛，那就只能倾听纯美的《寂静之声》了！偏偏 Kate 也是一个纯洁的好孩子，从小家里管得很严，虽然父母远在天边，但“女生最重要的，就是自尊自爱”之类的教训仍然时不时通过昂贵的长途电话传过来。

如果男生不是韦小宝，女生最好就是建宁公主；但如果是郭靖碰上了双儿，两人恐怕一辈子都会在胸口挂着 21 世纪大学生象征耻辱的红字：V（Virgin）！

就连我们的 first kiss（也是我人生的 first kiss）都带有喜剧色彩。

记得我的初吻发生在我向 Kate 表白后的那个下午，在铁道学院门口的公交车站，她送我回家。Kate 突然用英文说：

“Kiss me...”

Kate 闭着双眼，脚尖微踮（明显是好莱坞浪漫电影看多了）；我深情地吻了——她的额头！ Kate 瞪大眼睛，我傻里傻气地看着她。她脸上肌肉抽搐了一下：

“我爸就是这样吻我的。”

“Oh.”

然后 Kate 向我演示了男生应该如何 kiss 他的女朋友。

My very first kiss...

And I have to learn it from a girl...

这种没有肉体接触的 old-fashion 爱情其实也可以很美好，我相信大学中也还有很多纯洁的好孩子和我们一样，光“爱”不“性”，只“灵”不“肉”。但糟糕的是，几个月后，我们发现连精神方面的交流都有点障碍了。

太诡异了！要知道，我可是能够和门口卖槟榔的老大娘都侃上一个钟头直到她笑得皱纹荡漾对我一见倾心死活要我留下电话号码想要把侄孙女介绍给我！

怎么和自己的女朋友就没话说了呢？

其中原因可能是，在别的女孩子面前，我会油嘴滑舌地用各种带颜色的段子哄得她们又生气又开心（就连和卖槟榔的老大娘都要贫嘴说“您老要是年轻四十岁，我肯定每天来买槟榔”）。但 Kate 是我的女朋友啊，男人怎么能对自己的女朋友讲这种话呢？没了颜色段子，我们的爱情变成了黑白照片。

难道真的是“男人不坏，女人不爱”吗？

我和 Kate 的爱情，太纯洁、太正经、太礼貌了！我们在一起没有吵过一次架，红过一次脸，甚至没有斗过一次嘴。从来都是彬彬有礼，递给对方一样东西都会说谢谢。如果现在还像古人一样席地而坐，我们恐怕当真会“举案齐眉”地进餐！我们仿佛是一对八十岁的老夫老妻，进行着柏拉图都觉得太纯洁的爱情。

这还是我吗？

半年之后，我们风平浪静的爱情浪静风平地结束了。

记得那是一个春日的黄昏，我俩手牵手漫步在湘江边。柳树刚抽出嫩黄的新芽，几只麻雀在青石台阶上啄食一个小女孩扔给它们的面包屑。迎面吹来微带鱼腥味的暖暖的河风，几艘窄窄的渔船载着当天捕获的鲜鱼向河岸靠近，留下一圈圈金色的涟漪。

我们走了一阵子，无话可说。这几周我们见了七八次面，能交流的话题早已用光。就连 weather 也于昨天在电话里面讨论过，只可恨今天居然不变天，否则还能扯上几句。

又走了几百米，我们突然同时开口：

“你……”

又同时闭嘴。

Kate 说：

“你讲……”

我说：

“Lady first.”

Kate 叹了口气，道：

“你觉得我们……”

我接口道：

“似乎恋爱起来……”

Kate 接道：

“没有……”

我接道：

“激情？”

两人同时点头。这是我们恋爱以来配合得最为默契的一次，Kate 又道：

“我们是不是应该……”

我接道：

“做朋友？”

两人又是同时点头，停步，微笑地看着对方。我伸出手：

“Hello，friend.”

Kate 握住我的手：

“Friends. Forever.”

再次见到 Kate 已经是差不多十年后，她已经嫁作人妻，在广州过着幸福的生活。

第七章　来世千万别让我当兔子

初恋结束，继续学习。

新学期，多了门“药理学”，开始频繁地进行动物实验。

我应该是所有同学中（包括勤学好问的湘湘姐和亲手杀过猪宰过牛的老廖）最有经验的一个——十年前我就搞过动物活体解剖。

小学四年级的时候家里飞进了一只蝙蝠，被我和老爸合力捉了。中国人普遍认为蝙蝠谐音“福”，是吉祥的象征；西洋文化中则认为吸血鬼可以化作蝙蝠吸人鲜血。“传染病学”教材上还有一条：蝙蝠是狂犬病毒的重要携带者，美洲每年有许多人死于蝙蝠咬噬。总之，无论从哪个角度出发，老爸当年都应该把那长翅膀的哺乳动物赶出去，而不是帮忙捕捉。

如果抓的是一只鸟，我可能会养起来或者吃掉；但作为经常收看《动物世界》的长沙市新风小学四丙班的自然课课代表，我很清楚蝙蝠是没法饲养的。

于是我把装在鞋盒中的蝙蝠交给上级机关——教我们自然课的刘老师处理。

刘老师是我小学时代最喜欢的老师，他在学校成立了一个自然小组，用课余时间带我们出去观察植物，捕捉昆虫，制作标本。刘老师曾送给我一只独角仙标本，被我玩了几天弄丢了。读大学后在一家昆虫标本店看到类似的东西，才知道价值不菲。只可惜我没有真的成为著名的生物学家，否则著书立传的时候还能写上一篇《记我的启蒙恩师》。

刘老师比我老爸还胆大，他看了看蝙蝠，说："把自然小组的同学叫来，我们把它给解剖掉！"（幸亏那只蝙蝠没有狂犬病，刘老师用乙醚麻醉蝙蝠的时候被咬了一口。）

解剖蝙蝠其实没有太大的学术价值：蝙蝠太小，五脏六腑都看不太清楚；而且翼手目的动物应该算是哺乳纲最怪异的品种了，不能作为典型代表。但记得当时大家都极其兴奋，看着刘老师把蝙蝠麻醉，钉在木板上，然后小心翼翼地取出它的各种脏器，一一陈列。

作为蝙蝠的贡献者，我还获得了一样纪念品：蝙蝠的心脏。我用塑料瓶盖装了那颗小小的还在跳动的血淋淋的心脏，然后倾斜蜡烛，把它封在了蜡油里面。这个可怖的纪念品成了我诡异藏品中的第一件（别的东西还包括一个三个月大的婴儿尸体——这个故事后面会说，二叔胆囊中取出来的橄榄大的"人黄"——胆结石，一个别人从西藏给我带回来的牛头骨）。

中学有专门的生物课了，我开始接触真正的动物实验。记得当年我做出来的"脊蛙"腿抖得比芭蕾舞演员还漂亮，我还把小字选修实验也一一完成，曾经目不转睛地盯着泡在生理盐水中的青蛙心脏盯了好几个钟头，直至它停止跳动。

医学院的动物解剖不再是娱乐多于学习的课后活动，而是正式的系统的严肃的科学训练。药理实验课也是我不多的几门从来不迟到早退的课程之一。

最先面对的动物是小白鼠，老师指了指一个大铁笼，让我们每人抓一只。湘湘姐举手提问：

“老师，小白鼠咬人不？”

老师摇头：

“小白鼠不咬，大白鼠才咬。”

湘湘姐放心了，推了我一下：

“帮我也抓一只来。”

我从笼子里拎出几只小白鼠，分发给女生们，然后自己也抓了一只放在实验台上。小白鼠很乖巧地蹲在台面上，时不时用粉红的小爪子去抹自己的脸，两只黑豆豆般的大眼睛炯炯有神地盯着前方。我把手指伸到小白鼠嘴边，它嗅了嗅，又用鼻尖蹭了蹭，然后继续抹脸。我用食指轻轻地抚摸它的背部，白色的绒毛柔软温暖；我又去碰它的胡须，它抖了一下，仿佛小孩子被妈妈挠了脚丫一样。我把左手放到小白鼠面前，它不动；我用右手在后面推它，它才不大情愿地爬上我的手掌，蹲在上面，小爪子挠得我手心痒痒的。我使坏把手掌倾斜，小白鼠滚落到桌面上，一瞬间就恢复了平衡，继续乖巧地蹲着。比起邻桌那几只满桌子乱爬的小坏蛋，我这只应该算是“三好白鼠”了。

这时讲台上传来老师雄浑的声音：

“我们今天学习如何‘拉尾处死小白鼠’。请各位同学用左手食指和拇指将小白鼠颈部按在实验台上，右手迅速而有力地拉扯小白鼠的尾部，其颈椎就会和头部分离。”

我叹了口气，按住了小白鼠的颈部。小白鼠很瘦，可以清晰地摸到它皮毛下面一节节的颈椎。它“吱吱”叫了两声，挣扎了几下，但并没有拼死反抗。我右手抓住它的尾巴，按照老师的指示“迅速而有力”地一拉（这时候如果手软，只会让动物吃更多苦头；如果手太重，则可能让小白鼠身首分离，血肉模糊。力度一定要掌握得很好）。我左手手指明显地感受到了小白鼠颈椎从皮毛下滑过，耳中听到极其轻微的“咔嚓”声。大脑和脊椎分离的小白鼠浑身颤抖，没几秒就断了气。

小白鼠是我们用得最多的实验动物，平均每个医学生手上至少有二十条以上的鼠命血债——而我是这个数字的十倍。一天做完实验，老师问：

“今天谁值日？”

我说：

“我。”

老师说：

“你来。”

他把我带到另外一间实验室，指了指桌上的一个大铁笼，笼子里面有百八十只小白鼠。老师说：

“拿去处死。”

我吃了一惊：

“处死？”

老师点头：

“做完实验，按照规定，所有的实验动物必须处死。”

我记起来了，实验书里面似乎讲了一条，所有医学试验结束后的动物，必须全部处死，尸体送专门的实验室销毁（没有处理好的实验动物成了科幻恐怖片的常见题材，感染了烈性病毒的老鼠，疯狂吃人的狗，占领整个星球的猴子，等等）。

“怎……怎么处死？”

老师有点不耐烦了：

“拿到对面池子里，淹死。”

我不敢再问，上前去提铁笼——至少三十斤重，死沉死沉的。我费力地把笼子拿到水池旁。小白鼠们叽叽喳喳地闹个不停，许多双黑豆子般的眼睛调皮地看着我，粉红的小爪子不断地抓着铁笼子。杀生我并不陌生，但一下子要我处死上百只 Mickey Mouse 的哥哥姐姐弟弟妹妹，我还真有点下不了手。犹豫了几秒钟，我咬咬牙，把笼子浸到了水中。

瞬间，所有的小白鼠都浮向铁笼顶部，柔顺的白毛全都散开；铁笼沉到水底，水面没过笼子，一串串小小的气泡从水底升上来。小白鼠们疯狂地挣扎着，用爪子牙齿拼命地和铁笼搏斗。它们挤成一堆，绝望地想咬开铁笼或者从缝隙中挤出来，有的嘴角甚至流出了血丝。挣扎了一阵子，所有小白鼠都扬起头，似乎在尖叫，却没有发出声音。更让人心碎的是，即使到了生命的最后关头，它们的脸上也没有任何表情（这也许就是人类感受不到动物痛苦的原因之一吧），一双双黑豆豆般的小眼睛仍然炯炯有神地瞪着。

过了不知多久，小白鼠们停止了挣扎，铁笼里面漂浮着一堆白色的尸体。

我离开水池，虚弱地向老师报告：

“都淹死了。”

愿这些可怜的小生灵们早日超生，来世做人。

下半学期，开始用兔子做试验，清一色的白兔。

突然觉得白色的动物很倒霉，白鼠、白兔、白马、白牛……由于白色动物比较稀少，白色在东西方文化中又象征纯洁神圣，因此古人喜欢拿它们献祭：古罗马奉献给奥林匹亚诸神的都是白色动物（只有给冥王黑帝斯的才是黑色动物）；汉高祖白马之盟也是“刑白马而盟”；英语中甚至有谚语：The whiter the cow, the surer it is to go to the altar.（母牛越白，越容易被送上祭坛。）

白色动物，原本就是异类。热带雨林的绿色，戈壁沙漠的黄色，广阔海洋的蓝色，都让它们觉得格格不入。唯有冰天雪地的北极，纯白的熊、狼、狐狸才有属于自己的方寸空间——但就是这寸草不生的严酷环境，也因为地球变暖冰川融化而越来越狭窄。这些在自然界难以生存下来的白化变异种，却在实验室中找到了舞台。但它们凄美的死亡之舞却是建立在被活体解剖、电击针刺、注射无数种化学物质的基础上的。为了人类医学的进步，无数只白色动物在白色的实验室里，流淌着殷红的鲜血。

我并不质疑动物实验的道德性：

第一，动物有“兽权”，但人更有“人权”。最重要的一条“人权”就是活下去，侵犯“兽权”为的是发展医学对抗疾病，保护“人权”。不知国内外那些吃饱了饭没事做，成天疾呼“动物权利”，今天解救猫狗，明天买蛇放生，后天头脑发热疯子般冲到实验室解救动物的虚伪的环保分子，自己哪天躺在病床上，发现没有药物能够治疗自己的绝症，还会不会叫嚣着要废除动物实验。

第二，让动物死在实验室，未必比让它们死在屠宰场更残忍。你知道屠宰场是怎么杀猪宰牛的吗？你见过麦当劳养鸡场里的环境吗？你自己难道没有杀过活鱼活鸡？你能做到素食主义，我就赞同废除动物实验。

第三，动物实验的确残酷，但“残酷”其实是千百万年来一种很自然的现象。Discovery 频道的纪录片里面我见过一群虎鲸追杀一条蓝鲸，活活啃咬了它 30 个小时，几公里的海水都被血染红；见过老鹰抓住鸽子，一根根把羽毛拔光了才开始慢慢进食；见过一群狮子扑翻一头幼象，没有立刻结果它而是从肚子开始慢慢吃，吃了一晚上，第二天早晨被吃掉一半的幼象还在那里垂死挣扎。要想把一切“残酷”

从地球上抹去，唯一的做法就是抹去一切生命。

只是，在做实验的时候，应该尽最大的可能减轻实验动物的痛苦。

方法很简单，注射麻药。

不同的动物注射方法不同，老鼠就往腹腔注射，兔子则是往耳部静脉里打。这活儿看起来容易做起来难，而且和天生的“手性”有关：学习最认真的湘湘姐课前预习，课后复习，把老师的讲解一字不漏地抄下来认真研习。但真要动手了，拿注射器的手却总是抖个不停。她并非害怕或者紧张，但就是控制不了自己的双手。可怜的兔子被打得满耳朵窟窿，麻醉药就是进不了体内。而十课九逃的“伟哥”（今天他居然来了，还穿着白大褂！难道是网吧停电？）接过注射器，问了湘湘姐几句应该怎么打，眯着眼睛，平平稳稳地一针刺了进去，注射成功！湘湘姐看了，想死的心都有。

打完麻药，等兔子倒下，就用手术钳狠狠地夹一下兔子的腿骨。如果它动了，证明麻醉不完全，还得补药。最佳麻醉状态是兔子呼吸平静，心跳正常，但没有任何痛觉。

麻药的剂量很难掌握，稍微打多了，兔子就会停止呼吸，许多生理药理实验就无法进行——用老师的话说，“这只兔子就彻底浪费了”。老徐他们倒不怕，死了正好，被老师骂几句，然后闪人（“食神张”临走前甚至问老师：这兔子肉还能吃不？）但小 T 这些把学习看得重如泰山的人就紧张了，只要看到兔子呼吸减弱她们自己就开始呼吸急促，恨不得冲上去来个口对口的心肺复苏。

于是，她们就减少麻药剂量。

麻药打得不足动手术，可以想象感觉如何。“撕心裂肺”在这里不是比喻性的成语，而是真实的手术过程写照。

你听过兔子叫没？我听过。

声音微弱，沉闷沙哑，但很尖锐。

我向佛祖祈祷，来世千万别让我当兔子；当兔子就不要当白色兔子；当白兔就不要被送到医学院来做实验；做实验就不要落到麻药剂量掌握不好的菜鸟手里；菜鸟就最好是老徐这种仿佛生产注水牛肉的奸商，只恨麻药打得不够多的菜鸟，而不是小T这样认真学习的菜鸟……

我可以用人格保证，小T绝不是残忍之辈，她只是普普通通平平庸庸认认真真简简单单的千万中国女大学生中的一员。

但她却干出了比网上用高跟鞋踩死小猫的女人还要残忍的事情。

小T刀下的兔子发出好几声虚弱的惨叫，听得让人起鸡皮疙瘩。我走上前：

“你再补点麻药嘛，兔子都痛得叫出声来了。”

小T一脸迷惑：

“不会吧，兔子也会痛？”

我相信小T不是要跟我进行庄子和惠子关于“子非鱼，安知鱼之乐”的辩论；她更不是故意装傻装天真。之所以会问出这种问题，是因为小T眼中的兔子，根本不是一个有血有肉有感觉的生命体。她看到的，只是血管、肌肉、器官、骨骼，是一团白色的实验用品。她是发自内心地认为：兔子不会痛。

我想起曾经读过的一篇文章：

三六九等的“杀”

据说杀人的动机还能分成三六九等：

有“尊敬而杀”，有“爱护而杀”，有“职责而杀”，有“误杀”，有“仇杀”，有“自杀”，有“利益而杀”，有“娱乐而杀”，更有“麻木而杀”。

上上者，乃是因尊敬而杀：相传一名日本大将在战场上俘获了一个贵族少年，因怜其年幼，要放他走，但少年不肯偷生。眼见身后的步卒们赶了上来，大将道："与其让卑微的士兵将你斩杀，不如让你有荣耀地死在我的手里。"武侠小说中，许多绝世高手都愿意死在自己钦佩敬重的敌人剑下。《老人与海》里面的老渔夫一边杀死大鱼，一边叨念"he is my brother"，也是一样的道理。杀死为荣誉而战斗到底的敌人，是对其最高的致敬。

次之是因爱护而杀。安乐死是21世纪医学和伦理学的热点话题，与其让癌症患者多遭受几个月彻骨的疼痛，让全身瘫痪的病人浑身长满褥疮痛苦不堪，让植物人毫无知觉地苟活下去，不如提早结束其痛苦的生命，让其有尊严地离开这个世界。虽然主流宗教都反对安乐死（基督教的《十诫》认为"不可杀人"，死抠教义的人将安乐死亦视为杀人；佛教则认为病人受的苦是前世的"劫数"，如果提前结束病人生命，只会让他在来世继续受这个报应），绝大部分国家的法律也不认可"安乐死"，但相信"安乐死合法化"将成为21世纪的一个趋势。

再次之是因信仰、追求或者义务等职责而杀。这种情况下，杀人者和被杀者并无私下仇恨，甚至是至交好友。杀人的动力源自背后某种更强大的力量：宗教信仰、爱国热情、军人天职。徐锡麟刺杀了视自己为心腹的安徽巡抚恩铭，被捕的时候他询问"大帅安否？"别人骂他"畜生"，他义正词严地答道："恩抚待我，私惠也；我杀恩抚，天下之公也。"中世纪把许多无辜妇女判为女巫、活活烧死的西班牙宗教裁判所的修士们，心中自认是在拯救她们的灵魂。刽子手行刑，士兵射杀敌人，特工行刺政要，都属此类。在广岛投下原子弹的美国飞行员恐怕是历史上亲手杀人最多的人，但在道德上没有人能谴责他。因职责而杀人的人，在自己的阵营中往往被视作"烈士""英雄”“伟人”——本·拉登虽然是西方人口中的头号恐怖分子，但在无数宗教狂热分子心中，他却是 Hero No.1。

也有误杀。有人说，世界上有一半的坏事是好心或者无心而干的。酒后驾车的司机、心不在焉的医生、枪法不好的警察——他们都可能无意中从天使变成魔鬼。伊拉克战争期间，美军四分之一的伤亡为“友军炮火”造成。精神病人控制不了自己的行为而杀人也属此类；心智健全的人因一时愤怒而“激情杀人”，在某种意义上也可以算是“误杀”（而非“仇杀”）。

还有自杀：自杀乃是比较特别的一种杀人形式，杀人者剥夺的是自己的生命。不同文化对自杀有不同看法：三大主流宗教都把自杀视作叛教行为，自杀者死后会下地狱（基地组织恐怖分子开飞机撞世贸大楼在他们看来不是自杀，而是“圣战”）。东方的文化和宗教则不然，认为在受辱时自杀是保持尊严的光荣行为。荆轲就因为临行前多交代了隐士田光一句，请他保守秘密，田光就认为这是对自己的不信任，拔剑自刎；日本武士更是热衷自杀之道，切腹比切西瓜还顺手。

更有仇杀。国仇、家仇、公仇、私仇、父仇、情仇……世界上有多少爱，就有多少仇。从丹麦王子哈姆雷特到斯巴达国王墨涅拉奥斯，从“漆身吞炭”的豫让到“卧薪尝胆”的勾践，从诈死越狱的基督山伯爵到掘墓鞭尸的伍子胥，复仇杀人的故事激励了一代又一代的文学家、哲学家、历史学家。

邪恶的人还会因为利益而杀：绑匪杀人灭口，毒贩街头火拼，抢劫犯持枪顽抗，黑手党清理门户，背后都是利益在作怪；白宝山、雷国民、张君、周克华……这一个个邪恶的名字后面，是因为欲望而扭曲的心。引发全国性关注的“药家鑫案件”也属此类，原本是赔点钱的“交通肇事”（甚至都不是“误杀”），却因为他想保护自己的利益——金钱、名誉、自由——而变成了“故意杀人”。

更邪恶的人甚至会为了乐趣而杀。南京大屠杀进行杀人比赛的日本军官就是这种恶魔的典型代表。和平时期，也有许多人因为心理精神问题，变成变态杀人狂。美国最著名的连环杀手 Henry Lee Lucas 虐杀了一百多人，还吃掉了一些受害者的尸体。他说：“我喜欢杀人就好像其他人喜欢散步罢了，只是嗜好不同。”安东尼·霍普金斯的奥斯卡获奖影片《沉默的羔羊》把变态杀人狂演绎得淋漓尽致。杀人者邪恶，享受观看杀戮之乐的人也不是善类。莫言在《檀香刑》中写刽子手凌迟美艳妓女的时候，“北京城万人空巷，菜市口刑场那儿，被踩死、挤死的看客就有二十多个”。“乐趣而杀”的受害者除了人，还有动物。狩猎、斗牛、钓鱼这些 blood sport，本质也是“为乐趣而杀戮”；网络上引发人神共愤的“硫酸泼熊”、“高跟鞋踩猫”、“微波炉烹小狗”则是现代文明禽兽们的“杰作”。

不过在我看来，还有一种更为可怕的“杀”：麻木而杀。

邻居主妇，温柔胆小。凡是电影里有血腥恐怖镜头，都会掉头不看。平时见其幼子扯小猫尾巴为乐，立刻阻止：“宝宝别这样，小猫也会痛的噢。”但见她在厨房杀鱼，把活生生的鱼儿抽筋刮鳞开肠破肚，甚至鱼嘴还在一张一合的时候就扔入油锅，动作麻利，脸上毫无难色。问她：“你不怕杀鱼？”答曰：“不怕。”再问：“你觉得鱼会痛吗？”答曰：“不会吧……”

曾经在网上看到过一个“活剥浣熊”的视频：屠夫将一只只浣熊剁掉后脚，钉在木柱上，活活剥掉全身皮毛。浣熊拼命挣扎，屠夫却很淡定地边剥皮边和旁边的人聊天。被活剥掉全身皮肤的浣熊被扔到板车上，浑身颤抖，有一只竟然还抬起头，去看被钉在木柱上的自己的皮毛。如果屠夫在剥皮前，能割开浣熊喉管放血，浣熊就不会遭此大罪。剥皮前割上一刀，浪费不了屠夫多少力气，视频上的屠夫是个憨厚的北方汉子，看上去也并非残忍之徒。他之所以会每天做出让无数网友义愤填膺的残酷暴行，正是因为他心灵的麻木：浣熊在他眼里，和用来切割的猪肉没有两样。

之所以将“麻木而杀”置于最末等，可怕程度甚于“乐趣而杀”，是因为：以“杀”为乐者享受“剥夺生命”的快乐，至少还把被杀者视作生命；但麻木而杀者却完全把牺牲品视作没有感觉的草木，彻彻底底漠视了生命的存在。更可怕的是，最平凡最普通最善良的百姓，也可能成为“麻木而杀”的魔鬼，令人发指的恶行可能每天每夜每时每刻发生在地球上的每一个角落！

一百多年前，鲁迅先生因为看到纪录片中观看同胞被枪毙时一脸麻木的中国人而弃医从文，希望用“匕首和投枪”唤醒国人的灵魂。

今天，厚着脸皮想要追随大师脚步的我也想“呐喊”一声：

尊重生命，拒绝麻木。

第八章　学生会的那点事儿

英语剧之后，学生会的工作少了许多。老赵那家伙也不见了人影，文艺部的工作基本上就是每两周由我主持开一次例会——大家边喝茶边聊天。直到一天下午，老赵突然打我电话：

“Sonny，晚上有时间没？我想请你去学校旁的咖啡之翼吃饭，有重要事情想和你商量。”

“咖啡之翼？怎么？你终于打算出柜并且向我表白了？ I’m sorry, you are a good guy, but I’m not gay. You will find a good man to love in the future, trust me.”

老赵顿了片刻（估计是在脑子里翻译英文）。

“你……去死！我是要和你说正事儿！”

晚上六点半，在学校对面的咖啡之翼和老赵碰头：

“好久没在学生会见到你，死哪里去了？”

“咳，忙保研啊。”

“能成不？”

“有点难度，即使能入围，恐怕也只有点选剩的专业，我可不想去皮肤病性病专科。”

“傻了吧你，那才是热门科室呢！收入高，风险小，而且能碰到许多找你治病的美艳风尘女子。你把她们治好之后她们肯定感恩戴德免费为你服务，那岂非又干净又爽快还不花一分钱？”

“……”

“听说你和花姐分手了？”

“是啊，分手一个多月了。”

“为什么要……算了，不用解释，我认识花姐。我还真想问，你为什么和她谈了两年？”

“……”

“咦，等等，保研有难度，和女朋友分手，下一步你是不是打算辞掉学生会的工作专心考研？”

老赵叹了口气：

“开始还真有这个想法，但昨天张书记找到我，希望我参加下个月的学生会主席选举，我有点心动了。”

我问老赵：

“对手是潘子明？”

老赵点头。

“我有点犹豫，不知道是否应该参选。”

我冷笑道：

“和潘子明这种小人竞争，就仿佛是去踩狗屎，弄脏自己的鞋。”

“你的意思是我应该退出？”

“但不跟他争，就是让他把狗屎拉到自己的头上。”

“你能不能别绕弯子了，你到底觉得我应不应该参选？”

“当然应该！你在学生会多少年了？两年半？三年？混了这么久还是个千年老二，对得住自己不？弄个主席头衔过把瘾，当个半年后光荣退休，还有一整年的时间准备考研。”

老赵思考了片刻，问：

“你觉得我有几分胜算？”

我心中飞快地计算了一下：学生会一共 8 个部门，每个部门一个部长两个副部长，除去参选的老赵和潘子明，一共有 22 张选票（出现平票情况则由团委书记再投下关键一票）。文艺部、学习部、生活部的票肯定是老赵的；纪律部、外联部、体育部的票则是潘子明的。变数将会出现在一直有点“墙头草”的“宣传部”和常年保持中立的“卫生部”两个部门。

“五分五。”

“部长们投票前候选人还要进行演讲。”

我笑道：

“那你的胜算升到六分五了，回去写篇稿子，我帮你改，然后教你怎么讲。保证你成为湘雅的马丁·路德·赵！”

三天后，老赵把 3000 字的初稿交给我。内容还不错，自我介绍，政绩总结，施政纲要，etc，etc。唯一的问题是，这是一篇很好的记叙文，不是演讲稿。有些东西读起来舒服，讲出来就拗口了，演讲有演讲的语言特点。我曾几次听到英语演讲比赛的选手因为引用 Where there is a will there is a way 这句名言而咬到舌头——大哥，你怎么不说“扁担长，板凳宽”的绕口令？要用名言励志，喊上一句 Never Say Die 不是更好吗？

改完稿子，我让老赵狠背了几天。虽然不是正式演讲比赛，但如果能脱稿，演讲效果会更好。

稿子背熟，剩下的就是教他怎么在台上表演了。中学的时候我对演讲术辩论术很感兴趣，最崇拜的人是被评选为 20 世纪西方八大演说家之首的阿道夫·希特勒，经常研究他的演讲视频（虽然希哥是个大坏蛋，但上台演讲却真有两把刷子。你明明知道他是纳粹大魔头，你看的视频是黑白的而且画面模糊，你根本听不懂德语——但，你听上五分钟，肯定热血澎湃，情不自禁地握起拳头和画面中几十万狂热的德国人一起呐喊“元首万岁”)。自己没机会参选，能够把老赵调教好上台也算是满足心愿了。我花了整整一周的时间，每天帮老赵磨演讲，最后终于把他整成了威风凛凛气势汹汹的希特勒二世。

哼哼，训练好赵大白脸，专咬潘小白脸。

选举当天，湘雅大礼堂座有虚席（部长、副部长加起来不到30人），团委书记作了开场发言后，让两位候选人上台演讲。首先是老赵，他一身西装，昂首挺胸地走上台，大家热烈鼓掌；我瞅了瞅潘子明，他脸上露出支持的微笑，眼中射出真诚的光芒，鼓掌的声音比谁都大。如果不知底细，别人绝对以为他才是老赵的铁杆哥们。

老赵开始讲了，嗯，不错，发挥很正常。开始的时候语速慢一点，让听众跟上。声音压得低沉点，显示自己的成熟和稳重。手势跟着情绪来，或打开手掌表露真诚，或食指朝上凸显权威。讲到高潮处，老赵按照设计，握紧右拳，放在胸口位置，目光坚定，声音铿锵地说道：

“让我们大家共同努力，把湘雅医学院学生会建设成全湖南甚至全国最好的学生会！”

大家热烈鼓掌，我心里感觉自己仿佛是看着爱子在毕业典礼上接过博士证书的慈父（sorry，老赵）。我又偷看了一眼团委书记，书记脸上露出欣慰的微笑。呵呵，赵主席，提前恭喜你了。

正当老赵打算宣讲他未来的施政纲领，礼堂的大门突然被人推开。一个穿着红裙子的女孩冲了进来，指着台上的老赵厉声喝道：

“赵德嘉！”

我定睛一看，心知大事不好，来者竟然是老赵的前女友花姐！老赵脸色大变，对花姐说：

“你来干什么？”

老赵啊老赵，你有没有搞错，怎么说出这句话来！这明明是《雷雨》第二幕周朴园认出鲁侍萍时说的台词！而且老赵是对着麦克风说的，声音里面的又惊又疑又惧又怒清晰可辨，不知道的人听到了保准以为我们在彩排话剧。接下来的情节比《雷雨》还精彩，花姐走上台，把一张照片举到老赵鼻子面前，怒斥道：

“你看看，这是什么，这是什么！照片上的女人是谁！是谁！你和我分手，口口声声说是‘性格不合’，口口声声会‘一直爱我’，口口声声‘祝我幸福’，放屁！你分明是喜新厌旧，见异思迁！你看看照片上的日期，你刚和这狐狸精出去鬼混，照了照片，没过两天就跟我提分手，你有没有良心啊！两年来，我为你付出了多少？你竟然这样对我，你还是不是人啊！和你分手，我哭了一个星期，我一直在自问：我的性格到底有什么问题？原来不是我的问题，是她，是她，是她！”

不得不承认，花姐的演讲技巧比老赵高明多了。我手把手地调教老赵，但排练多次，总有做作痕迹。花姐却是天生的演说大师，从语音语调到肢体动作都是激情澎湃，无懈可击。

花姐最后咬牙切齿地指着老赵说：

“赵德嘉，你这个没心没肺的陈世美，你想要我死，我这就死给你看，你等着收尸吧！”

言毕，夺门而出。老赵追了上去，出门前停步，回头对团委书记说：

“张、张书记，我……”

张书记脸色铁青，印堂发黑，老赵咬咬牙，出门去了。

会场里面一片寂静，大家面面相觑，不知说什么才好。我心里对自己说：

“完了，彻底完了……”

潘子明打破了尴尬的场面，他站起身，走到台上，对着麦克风说：

“如果可以的话，我希望开始我的竞选演讲。”

得到了张书记的目光许可之后，潘子明开始了他的演讲。他讲得也挺不错，但我一丁点内容都没听进去，我耳朵里只回响着一个词：“阴谋，阴谋，阴谋！”在学生会主席选举的节骨眼上，突然上演了一出“怒斥负心郎”的大戏，这里面阴谋的味道太重了。而且，我敢用下个月的生活费打赌，潘子明就是阴谋的幕后导演。

但我转念一想，花姐虽然毒舌，但并非胡搅蛮缠的撒泼之人。如果没有确凿证据，绝不会干出这种荒唐事来。花姐手上不是有张照片吗？难不成老赵真的……

看来只有开完会去问老赵本人了。

潘子明演讲结束，张书记上台，干巴巴地说了几句“学生会主席的职位十分重要，希望大家慎重投票”的废话。众人填选票，然后投入木箱。这已经没有任何意义了，闹出了这“负心门”，就算能选上，老赵也没脸当主席了。老赵成为历史上第 N+1 位被“门”挤死的（准）政治家。

一出门，我就赶紧拨打老赵的手机：

“老赵！”

“Sonny。”

“你在哪里？”

“我在的士上，送花花回学校。”

“你……她……”

我很想问“你是不是真的脚踏两只船，找了第三者啊”，但问不出口。老赵猜出了我的问题：

"我大约一个小时后回来，等下到我寝室见面说吧！"

一个小时后去老赵寝室，他神色郁郁地坐在桌前。

"老赵……"

"事情不是你想象的那样，我没做对不起花花的事情。"

"噢。"

"你来看这张照片。"

一张皱巴巴的照片上（一看就是被一个愤怒的女人捏住过），老赵和一个年轻漂亮的女孩子脸贴脸对着镜头笑，每人手上拿着一个酒杯。照片右上角金黄色的印刷小字注明了时间：2006 年 2 月 21 日。

老赵指着照片说：

"这都是两年前的照片了，那时我才大一，文艺部搞完一次大型活动，晚上举办庆功 Party，喝了点酒，照了几张搂搂抱抱的重口味照片。这女孩是外校学生会派来助阵的，我跟她纯粹是工作关系，现在她姓甚名谁我都不记得了。"

我指着照片时间问：

"可这日期？"

老赵叹气道：

"你难道不知道有 PS 这种技术吗？你看看照片后的背景，对，右上角这个楼。"

"这似乎是旧的医疗大楼？"

"对。"

"这楼不是去年拆掉了？"

老赵苦笑，我一拍桌子：

"你当时怎么不解释！这肯定是潘子明玩的鬼把戏！"

"你让我当着整个学生会干部和团委书记的面，指着照片右上角的旧建筑的背景，向我疯狂的前女友解释，这是两年前的照片？”

“那你现在也可以去跟张书记解释啊！”

“越解释越黑，没意思。刚才我已经发短信给张书记，辞去学生会里面的所有职务。”

我说：

“潘子明玩这样的阴招，你就坦然受之？我们完全可以反击的啊！”

老赵摇摇头：

“哀莫大于心死，我对学生会，真的是死心了。”

我叹了口气，老赵说到底还是个书生，逆商太低。真正的政客是：即使你被迫向全国人民认错：“我确实与莱温斯基女士有不正当的关系。”——结尾句还要继续“高大上”，希望全国人民转移注意力，“去面对下个世纪的挑战和机遇”。后来我才知道，潘子明从学生会的旧相册里面找到老赵这张照片，扫描到电脑里面，PS 上今年二月的时间，冲洗出来。然后辗转找到花姐，把照片交给她，并且编造了老赵脚踏两只船的故事。花姐当时就要跑到湘雅来砍人，但潘子明告诉她，真想报复老赵，就应该当着全体学生会干部和学校领导的面把这事抖出来。在潘子明的指点下，前任赵夫人卡准了时间，在老赵竞选演讲的最高潮闯进来上演“怒斥陈世美”的大戏（我怀疑她一直等在大礼堂门口，等潘子明发短信就冲进来。否则时机怎么可能把握得那样好，简直可以拍电影了）。不得不佩服潘子明的手段，用“作风问题”打击政治对手，这是从战国时代到美国大选，古今中外五千年来百用不爽的经典招数。潘子明又一次地将之完美演绎。

我问老赵：

“那你以后怎么办？”

老赵笑道："什么怎么办？回寝室好好学习呗。别忘了，我们是医学生，将来要救死扶伤的。我打算考骨科的研究生，辞掉学生会的工作，正好全力考研。"

我突然感到有点羞愧，这段时间总泡在学生会，居然忘了学生的本分应该是学习。

"干脆我也辞职算了。"

老赵连连摆手：

"不行不行！你要也走了，我们就真栽在潘子明手上了。我走后，肯定是你接任文艺部部长，你就是咬着牙也得干上一个学期，替我争回点面子来！"

"这烂摊子，你让我接？太没良心了吧！"

老赵真诚地说道：

"不光是为了我，还为了你自己，为了娟子，为了双双，为了文艺部的全体干事，为了学生会所有支持过我们帮助过我们的朋友！"

老赵啊老赵，你学什么不好，学倪萍阿姨煽情，恶心不恶心啊！

"这个……"

"你答应我！"

我打了个寒战：

"行了行了，我答应你。别煽情了，恶心死了！"

老赵松了一口气，我抖掉一身的鸡皮疙瘩，转身出门。

一周之后，团委书记找我谈话，让我当文艺部部长。想起今后顶头上司是潘子明，我实在没有心情去蹚这浑水。此时的学生会，"赵派"解散，"潘派"当道。除了外联部、纪律部、体育部等几个"潘派"嫡系，见风使舵的宣传部也投奔到潘子明的麾下，除了只求自保的生活部、学习部和千年中立的卫生部，文艺部只能孤军作战。

要不是答应了煽情男老赵，我真想一口回绝。

“张书记，我没有什么领导才干，而且也不擅长处理和上下级的关系，要我当部长，恐怕……”

张书记是个聪明人，一下子就听出了我担心潘子明会给文艺部不痛快，他微笑道：

“谁都不会天生就具备领导才干，学生会的部长们，哪个不是慢慢成长起来的？而且你不也当过副部长吗？我看你干得挺不错。至于处理人际关系，这个不是问题，你管好文艺部就是了，各部门之间的协调工作，你直接找我！”

张书记的话让我吃下了一颗定心丸：你潘子明再权倾天下，无非只是个“太监总管”。当年魏忠贤做到了九千岁，但人家“万岁爷”就是比你高一个 level。皇帝 boss 一个必杀技，直接秒掉魏老二。潘子明上面，还有一个坐镇的团委书记。如果潘子明做得太过分，我虽然不能向中共总书记投诉，湘雅团委书记我还是有“直接觐见权”的。

答应了张书记之后，我回家把《孙子兵法》《三十六计》《厚黑术大全》等书翻出来读了一通。姓潘的，放马过来吧，大爷我不怕你！

谁知潘子明那里一点动静都没有。我顺利接管文艺部，团委书记宣布我是部长的时候，潘子明带头鼓掌。几次学生会的例会，潘子明对我都是问寒问暖，客气得很。我有“百万雄师陈边关，举目四望无狼烟”的感觉。难道潘子明改行当好人，从灰太狼变成了喜羊羊？还是知道我不是好惹的主，不敢拿我开刀？

管他呢，我干正事儿去！

2006 年 3 月 25 日，中南大学湘雅医学院学生会文艺部新学期第一次正式会议。

正式成为部长的我一本正经表情严肃地坐在中央，环视了一圈我的下属，清清嗓子，正要发言，女孩子们突然笑作了一团。我怒道：

“你们笑什么？”

娟子道：

“你真的很像一只马戏团的猴子。”

无语了。

心碎了。

悲剧的人生。

我咬咬牙，屏蔽娟子，继续装正经：

“俗话说新官上任三把火。火我是不放的，但总得弄出点动静来，莫让人小觑了咱们文艺部。”

双双举手：

“你可以去裸奔一圈，那样动静最大。”

又是笑作一团。也不能怪她们，我这辈子就没能严肃起来过。有人说我穿休闲服像猴子；穿西服像穿了西服的猴子。我绝望地抱着脑袋：

“我好歹是你们的顶头上司，给点面子咯！”

双双吐吐舌头，捂住了小嘴。娟子也决定不调戏我了：

“Sonny，四五月正是办活动的好季节，咱们弄个什么比赛吧！”

说到点子上了。

搞什么比赛呢？原本我们还想把比赛弄得更加 exclusive，比如单纯的歌咏大赛、舞蹈大赛、器乐大赛，等等。但我们发现，无论办哪种比赛，参赛人数都不会超过十人，谁叫湘雅文艺人才凋零呢。最后我拍板道：

“干脆不限制才艺表演的类别，只要有人想上就让他上，拿大顶唱花鼓戏做第五套广播体操都可以！名字就叫‘风采大赛’！口号是：

Show Your Style！”

很快我们就把“风采大赛”的策划做出来，海报贴出去，同学们报名还挺踊跃的。选了个没有考试的星期六，在大礼堂进行初赛。评委除了我、娟子、双双，还请了学生会其余几个部门的部长以及学社联的几个干部。

我原本以为自己已经对“湘雅式文艺”的雷人之力产生了免疫，但初赛的表演还是结结实实地雷了我一通。

三个女生表演“T 台走秀”——她们和米兰时装周的模特们只有一个共性：都是女的。有个女生身高一米八，骨架硬朗得仿佛是建筑工地的脚手架；另一个女生身高一米五，脸上肉嘟嘟的，站在她同学身旁仿佛是暗夜精灵旁边的矮人女牧师；最后一个长得很像萨尔的妹妹，如果去奥格瑞玛，可能还算个美女。女生们的“猫步”倒还走得有模有样，穿的衣服也都是名牌：班尼路、森马、李宁。她们还很有创意地把走秀节目分成了五个主题，“城市之夜”（暴露的黑色超短裙+高跟鞋），“青春校园”（背景音乐是《同桌的你》），等等。一个矮胖壮实的男生（后来知道是女牧师的男朋友）在每场间歇会举起一块木板，上面写着下一个主题。最后一个主题是“白衣也风骚”，三个女生穿着白大褂，在台上搔首弄姿——场下观众热烈鼓掌，制服就是能诱惑啊！

一个骨瘦如柴面黄肌瘦似乎一阵风就能吹跑的家伙上台表演“陈式太极拳”，以前学校门口有几个仙风道骨的老爷子经常打，我对太极拳招式不陌生。但我怎么看都觉得这小子打得不正宗，似乎加入了“螳螂拳”“鹰爪功”和“钢管舞”的动作。表演的高潮出现在最后，他突然爆发出一声李小龙式的怒吼，一个“劈叉”下去（头一次知道打太极拳还要怒吼兼劈叉，看来以后国家体委要在太极拳的电视节目旁边加一行小字“危险动作，请勿在家模仿”）——竟然没能起得来。挣扎了半天，终于靠双手后撑的动作站起身子，面不改色地抱拳行礼。为了不打击选手积极性，我带头喊了声“好！”率领惊诧的观众们稀稀拉拉地鼓了一阵子掌。九泉之下泪流满面的张三丰的第四十六代传人威风凛凛地走下台（但看得出，双腿硬是无法完全并拢，希望他是泌尿外科的学生，可以自行检查一下会阴部是否撕裂）。

一个长发小个子男生表演的是“行为艺术”，他搬了把椅子走到舞台中央，坐下，一言不发地盯着台下——盯了五分钟，突然跳起来，狂吼一声。表演结束，鞠躬，很专业地说声“谢谢大家”，下台。事后他对面面相觑的评委们解释：他要表现的是社会底层的小人物们的生存状态，静坐五分钟象征他们一辈子不断遭遇各种社会不公，却一言不发默默忍受；直到有一天他们“在沉默中爆发”，吼出心中的不平。他希望用自己的艺术道出小人物们的心声。我对他的评语是：

“呵，呵呵，呵呵呵。”

到场的几百名观众倒是happy得很，有人甚至还带了食物、饮料、荧光棒，真当这是演唱会了（我就不懂，大白天你带荧光棒干啥子！）。我终于明白为什么鬼哭狼嚎的超女海选能够有那么高的收视率了——说她们唱得鬼哭狼嚎，鬼会委屈而哭，狼会大嚎冤枉：我们不过是音色稍差，并不是故意想吓人。全国范围还可能海选出“苏珊大妈”，但全校范围就只有“大妈”了。观众们压根是来看闹剧的：如果想欣赏艺术，花五块钱买张盗版贝多芬或者张学友的CD，足够你享受“乐圣”和“歌神”为你带来的九十分钟听觉盛宴；看凡人表演，就是为了凑热闹找乐子，充分印证“演戏的疯子，看戏的傻子”这句名言。

初赛办完，评委组对节目的整体评价是：没有最雷人，只有更雷人。

于是我们就在很雷、更雷、最雷、雷公、雷帝、雷神、雷雨交加、雷鸣电闪、雷劈火烧、雷霆万钧等不同档次的节目中，选出了一些电压稍低的，进入复赛。复赛再选出十个在台下引起的掌声比笑声分贝数更高的节目，进入决赛。

之后的二十天，整个文艺部的干事都全身心地投入到决赛的准备工作中。娟子负责资金、道具、场地布置；双双负责督促审核赛前训练；我则带着一拨小弟不遗余力地在学校里面宣传比赛。大家都憋足了劲，要给湘雅医学院全体师生奉献一台精彩的晚会。虽然每天累得半死，但真的很有成就感。我开始体会在学生会组织活动的乐趣了。

直到一天下午，我接到了一个电话。

号码显示：潘子明。

"Sonny 吧，你好你好，我是子明啊。你在忙'风采大赛'的决赛吧？准备得怎么样了？初赛复赛搞得很成功啊，现在整个学校都在热议这个比赛，连许多老师和领导都知道了。前天学工办的一个老师还跟我开玩笑，说老师可不可以报名参赛啊，她也很有风采呢。"

嘿，忙正事儿去了，居然把这厮给忘了。

"呵呵，谢谢你。"

"Sonny，有件事情我想和你商量商量，你今天晚上有没有时间？可不可以到办公室来跟我策一策？"

我想起了《史记》里面的著名章节：鸿门宴。唯一的区别是，潘子明不是项羽，他会毫不犹豫地把刘邦剁掉。

晚上到了办公室，潘子明仿佛迎接亲爹般地满脸堆着笑上来迎接我——我虽然厌恶此人，但见他如此热情，心里还是有几分满足感。潘子明又要给我泡茶，我说谢了不用，但他还是坚持泡了一杯绿茶给我。嘿，还真把我当大爷了？

我们两人闲聊了一阵子，潘子明一边大拍马屁，从英语剧夸到风采大赛（虽然我知道他的每个字都是发自膀胱），一边对老赵退出学生会表示遗憾，并且拐弯抹角地表示自己与此事毫无关系。

当老子傻是不是？要不是老赵拼命拉着，知道自己被利用的花姐差点就要跑到湘雅来阉了你。

扯了大半天，潘子明给我加了三次茶，终于转到了正题上：

“Sonny，通过这次活动，我见识到了你的文艺才华和领导水平，你愿不愿意和我一起把学生会做得更大更强？”

我皱眉：

“此话怎讲？”

潘子明微笑道：

“湘雅的学生组织，一直都是学生会和学社联两强并立。但最近几年，学社联日渐式微，团体虽多，但从没搞出什么高质量的大活动来。因此，我想，为什么不把两个组织合并呢？我希望你能借着‘风采大赛’的人气，把学社联的吉他社、话剧社、合唱团给合并过来。”

原来是这事儿！

对了，一直在说学生会和学社联，忘了可能有读者压根不知道两者是啥子东西，稍微扫扫盲：

学社联的全称是“学生社团联合会”，学生会的全称是——似乎就是学生会。有些小学校两者合一；大学校则往往各行其道。一般情况下，学生会就像“中央军”，更有实权。北大清华这些地方的学生会会长，影响力至少相当于厅级干部（五四时期，北大学生会的领袖包括张国焘、陈独秀、傅斯年这些牛人）。学社联则像“游击队”，比较松散自由，但五花八门的社团活动却能吸引到更多“江湖高人”。湘雅医学院学生会一直要压学社联一头，不过新上任的学社联主席——精神卫生系的一个“女强人”，潘子明的 Enemy No.1——很有能力（不愧是学心理的，就连潘子明耍手腕斗心眼都有点搞不过她），学社联大有后来居上之势。

就知道潘子明找我不会有好事，原来是想借着我帮他扩充势力。

可是，为什么要我出面呢？

难道他真以为我智商比阿甘还低，相信老赵的事情和他无关？还是觉得我是见风使舵的小人，老赵倒了就会屁颠屁颠地对他言听计从？

我突然意识到潘子明这是“一箭双雕”的鬼把戏：一方面扩充学生会的势力，砍掉理论上和他平起平坐的学社联主席的羽翼爪牙，让她成为光杆司令。另一方面让我得罪整个学社联，即使把他们纳入麾下，也是给自己招来一群怨气深重的“魏延式”的部下——潘子明的敌人榜上，我应该有幸进入前三。

我说：

“这样恐怕不好吧，湘雅这么多年都是学生会和学社联并立存在，突然要把学社联取消……”

潘子明摆手道：

“我没想取消学社联，只是，让他们名存实亡罢了。搞文艺活动本来就应该是我们文艺部的事情，他们还大张旗鼓地搞吉他社、戏剧社什么的，不是明摆着抢我们的风头吗？没有他们，保证文艺部以后的活动会更加精彩。”

我连连摇头：

“没有这回事儿！学社联对‘风采大赛’很支持。本来吉他社五月份还有个活动，他们的会长主动跟我说，把活动推到下个学期搞，他自己还报名参加了我们的比赛，表演吉他弹唱。”

潘子明坚定地说道：

“总之，我认为，一个学校应该只有一种声音，一个学校的全体学生，也应该只有一个代表他们的机构，那就是学生会！”

我心想，哼，你爱怎么折腾就怎么折腾去吧，我才不奉陪。我站起身来：

“此事还是从长计议，现在我刚当部长，内部军心都还没稳。吞并学社联的事情我们以后再商量吧。”

见我要走，潘子明突然问：

“‘风采大赛’下周要搞决赛了吧？”

我说“是”，他说：

“场地预订的是大礼堂？外联部拨了多少钱，五千？”

我点头，潘子明意味深长地说：

“场地的使用和活动款项，最终还是得学生会上层批准。”

我皱眉：

“你什么意思？”

潘子明扶了扶眼镜：

“我的意思是，文艺部能否获批使用大礼堂并且得到五千元的活动经费，还需要学生会上层讨论才能决定。”

我心里突然凉了半截：潘子明啊潘子明，真有你的。你一直没动静，原来是在等机会。你知道如果在大赛开始前威胁我没有用，我大不了这个学期不搞活动。你等我初赛复赛都搞完，决赛日期定下来，宣传海报贴得全校都是，你再用场地和资金来威胁我。我要是不听你的，你就让我在全校师生面前栽个大跟斗，一辈子别想翻身。狠，够狠啊！

我冷冷地说道：

“你在威胁我？”

潘子明说：

“你这是什么话！我不过是提醒一下你学生会的正常工作程序罢了。”

“我如果不把吉他社、合唱团和话剧社合并过来，大礼堂和资金你就不给我是不是？”

“我可没这样说，能不能给你还要组织研究才能决定。”

我恨不得一个耳光抽到潘子明脸上，丢下一句“老子不干了！”转身走人。如果潘子明以之为质的是十万块钱，我保证先揍了他再说。但现在他扣下的是“风采大赛”的决赛，娟子、双双，还有整个文艺部的干事忙活了一个月，我绝不能逞一时之气连累了大家。我咬咬牙：

“你让我考虑考虑，明天给你答复。”

晚上我把娟子和双双叫到寝室来开紧急会议，两位姑娘破口大骂，声音穿透力极强，语言震撼力非凡，再加上我在旁边不停地说：“消消气”“犯不着这么生气”“哎呀，你们还是女孩子，怎么这种话都说得出口”——估计外面的人听见了，会以为这两女一男是在上演经典剧目“脚踏两只船，捉奸在现场”。骂累了，还得想对策啊。我问：

“你们说，怎么办？”

娟子拿出了东北姑娘的豪气：

“大不了咱们不搞决赛了！在全校面前丢脸也不能在潘子明面前示弱！”

双双体现了江南姑娘的柔韧：

“或者先骗潘子明我们答应合并社团，搞完比赛再耍赖就是。”

我苦笑着说：

“不搞决赛是不可能的，别说对不住我们自己，连老赵都对不住。和潘子明玩手段也不是个办法，搞阴谋，他当我们的博导都有余了。”

娟子恨恨道：

“如果是在东北老家，我就叫人砍死他！”

听到娟子的话，我心中突然灵光一闪。在游戏规则内，我绝不是潘子明的对手，但谁说一定要在游戏规则内玩？你一身豪华套装，我开外挂；你引进英超意甲外援，我贿赂黑哨；你有十个坦克师，我扔原子弹。想到这里，我露出微笑，对两位气得花容失色的副部长道：

“你们别担心了，我能搞定潘子明！回去洗洗睡，明天等哥哥的好消息。”

第二天我约潘子明“面谈”，潘子明要我下午四点到他的办公室见他（明明门口的牌子上印的是“学生会办公室”，什么时候变成潘子明的办公室了？）。四点，我准时走进办公室，潘子明在办公桌前正襟危坐，双肘撑在桌面上，两手十指相对，指尖朝上，活脱一个老谋深算的政客模样。见我进来，潘子明故作高深地指了指前面的手扶椅：

“请坐！”

我站着。潘子明嘴角浮现出一丝微笑，道：

“怎么样，是否接受我的提议？”

我眨巴眨巴眼睛，突然从口袋里掏出一把匕首，上前一步，把匕首狠狠插到他面前的办公桌上（办公桌是“文革”时期的制品，油漆剥落，木质酥松，指甲都能抠出印子来，因此匕首插得直至没柄。当时我在心里对自己说：so cool, buddy, so cool.）。潘子明仿佛被电打了一样跳起来，连退数步，脸色变得惨白：

“你，你，你要干什么？”

我知道这小子会被吓一跳，但没想到会吓成这样。潘子明虽然满腹坏水，但本质上是个标准意义的“好孩子”。学习好、懂礼貌、听老师的话；不抽烟不喝酒不嚼槟榔不说脏话；从小就是学生干部，会打官腔玩权术，厚黑学能得满分，专长是打小报告、整人、背后捅刀子、搞阴谋诡计——但从未真正打过架。这种人我见得多了，我妈是中学老师，我儿时玩伴就多是这种成绩好表现乖个性被阉割的教工子弟（或者翻开历史书，五千年中华官宦史里面，大多是这种角色。苏东坡这种有个性的，都被发配到“凉州”去了）。好在我同学中间还有许多街道上的“坏孩子”，从他们那儿我也学到了不少东西：抽烟喝酒、骂娘打架、当个男人。

我盯着潘子明的眼睛，冷冷地说道：

“潘子明，我搞文艺部，一是为了娱乐自己，二是为了娱乐大众。你整天斗这个踩那个，我没兴趣陪你玩。你爱搞权力斗争，请便，我不会跟你对着干。但你如果惹到我的头上来，我有的是办法弄死你。你知道，学我们这种专业的，不会晕血。”

潘子明已经失去言语的功能了，只是鸡啄米似的点头。我转身离开，扔下一句话：

“刀子送给你了！”

潇洒，真是潇洒！走到门口的时候，我恨不得灵魂出窍，拜倒在自己面前高呼：

“大侠威武，大侠威武啊！”

为何要把匕首留给潘子明？原因有三：一，我早就想说这句潇洒的台词了；二，增强恐吓效果；三，我担心插得太深，匕首会很难拔出来，那我的武侠大戏就变成搞笑喜剧了。但潘子明会不会拿着匕首去找团委书记告状？料他没这个胆。何况就算要告我恐吓罪或者破坏公物罪，你拿证据来啊，匕首上刻了我的名字？而且你觉得张书记会相信？潘子明在老师面前是个乖孩子，我又何尝不是？向张书记汇报工作的时候，我的笑容难道不是阳光得几乎要把白大褂给烤煳？告状？没门儿！

恐吓行动的效果立竿见影，第二天中午潘子明就派自己的巴儿狗——外联部部长王栋来找我，说大礼堂可以随时预订，外联部会给“风采大赛”拨款五千，如果不够还可以再加。我堆起春风般的微笑：

“替我转告一下老潘，多谢了。下次登门造访，当面拜谢！”

王栋表情疑惑地看着我，不知是害怕我抓住了他们什么把柄，还是担心我彻底投靠了潘子明对他的巴儿狗地位造成威胁。下午我叫来娟子和双双，把“兵谏”的故事告诉她们，双双佩服得五体投地，就连东北侠女娟子都对我刮目相看：

“真看不出，你还是个男人啊！”

我瞪了她一眼，难道以前你看不出我是男人？要不要脱了裤子让你检查？不过我不敢跟娟子说，不然她一脚踹来，我就真不是男人了。

没有潘子明作梗，“风采大赛”决赛进行得一帆风顺，舞台效果华丽，晚会高潮迭起。张书记把我狠狠地夸奖了一番，说这是他看过的最精彩的一次文艺部活动了。

心思细腻的双双开始还有点担心潘子明会“好汉报仇，十年不晚”，此时不跟我们计较，以后给文艺部穿小鞋。但我知道，潘子明不会的。他有成熟政治家的素质：如果能搞死对手，就绝不留情；但如果对手能搞死你（而且是真真正正地要你的老命），就忍让退却。果不其然，之后的大半年，无论我们申请哪种类型的鞋子——皮鞋、凉鞋、套鞋、夹趾拖鞋——他全部批准，而且往往比申请的尺寸还要大几码。半个学期后，我离开学生会，对新部长双双妹子说：

“如果以后潘子明给你不痛快，跟大哥说一声，大哥替你做主。”

这是我这辈子说过的最威风的一句话了……

第九章　人体解剖室的诡异传说

人体是造物主最杰出的神来之笔。虽然人类已经成功地把同胞送上了太空，释放了原子中的巨大能量，探索了从珠穆朗玛峰到马里亚纳海沟地球的每一个角落——但，对我们自己身体的了解其实才刚刚起步。我们的身体有 60 万亿个细胞，每个细胞有 90 万亿个原子；人体有 206 块骨头，600 多块肌肉，60 亿条肌纤维，所有肌肉同时收缩能够产生 25 吨的力量；人类鼻子能分辨 3000 种气味；如果把一个人身体内的血管连起来，可以环绕地球一周；人的大脑有 120~140 亿个脑细胞，相当于 10 万台大型计算机。如果被逼入绝境，人类还可以 264 个小时不睡觉，73 天不吃东西，闭气 22 分钟，跑出 40 公里的时速，提起 450 公斤重的东西。也许正因如此，Hamlet 才会大发感慨：What a piece of work is a man! How noble in reason! How infinite in faculty! In form, in moving, how express and admirable! In action how like an angel! In apprehension how like a god! The beauty of the world! The paragon of animals! ①

人体解剖室一直是医学院新生们心中一个神秘的禁地。解剖尸

---

① 人是何等巧妙的一件天工！理性何等的高贵！智能何等的广大！仪容举止是何等的匀称可爱！行动是多么像天使！悟性是多么像神明！真是世界之美，万物之灵！

体，成了医学生一个约定俗成的“成人礼”。

知道下个月就能进入传说中的“人解室”，大家都是又兴奋又期待，又有点点害怕。全班同学都开始了预习工作：爱学习的湘湘姐他们早早地就拿出了《人体解剖学图谱》，每晚详细研究；而我们寝室则开展了为期一周的“午夜鬼故事”活动：每晚睡前，每人讲一个鬼故事。

我们寝室真的很适合讲鬼故事：年久失修的破房间，窗户上挂着蜘蛛网，桌上蒙着灰尘；半夜时分，漆黑一片，月光照着枯枝，在墙壁上投下诡异的怪影；门外走廊的木质地板时不时传来“咯吱咯吱”的走动声，偶尔还能听到一两声怪笑。更烘托气氛的是一墙之隔的人解楼。想一想几十米外还睡着上百具尸体，就是不听鬼故事也够吓人的了。

为了配合气氛，我特意在寝室住了几天，每晚听鬼故事。

Dancing 的故事是：

两个男生寒假的时候没有回家，留在了寝室。一天晚上，一个男生没有回宿舍。他上铺的室友睡得迷迷糊糊的时候接到一个电话。一个阴森的男声说：“背靠背，背靠背，背靠背。”室友没有在意，继续睡觉。第二天早上醒来，他发现，自己的朋友原来已经被人杀死，背朝上被钉在了自己的床板下面。他和死人背靠背地睡了一晚上。

准确地说，这应该是个凶杀故事，但在寝室讲真是再合适不过。睡在床上听了这个故事，感到脊梁骨麻飕飕的——你会忍不住地想，自己的床下是不是也钉着一具尸体呢？

Y 胖的故事是：

一群师大的学生傍晚去爬岳麓山，在山脚下，一个女生肚子痛，留下了。她的男朋友和同学们一同上山。几个小时后，班上的同学们回来告诉女生：“山上发生了缆车事故，你的男朋友不幸丧命。”伤心的女生和同学们一起回学校，他们走在一条寂静漆黑的小路上。突然，女生感到有人在拍自己的肩膀，她回头一看，竟然是自己的男朋友。女生想要尖叫，浑身是血的男友捂住她的嘴，低声道："别吱声，刚才在山上发生了缆车事故，我是唯一的幸存者……"

这也是个老故事，不同的省份有不同版本，会爬不同的山。故事的巧妙之处在于留下了悬念：到底谁是鬼？

伟哥的故事是：

一个医生半夜坐电梯下楼，电梯里面有一个护士。这时，另外一个女孩也朝电梯走来，示意医生留门，医生却拼命地按关门按钮。护士问医生为什么这样做，医生说："你没看到那女孩手腕上有根布带吗？只有人解室的尸体才会戴那样的布带！"护士惨然一笑，举起手腕，说："就像这一条吗？"

这个故事有几分杀伤力，因为对面就是人解楼。而且故事发生在电梯狭窄密闭的空间里，更让听众担心主人公的下场。

但真正吓到大家的，是 Fox 讲的据说是发生在湘雅的"真实故事"。面黄肌瘦、声音干涩的 Fox 大生就是讲鬼故事的高手。

20 世纪 80 年代初，湘雅（那时还被称作"湖南医科大学"）有一对孪生兄妹，哥哥叫李志，妹妹叫李婷，都是临床系的学生。兄妹俩成绩都很好，活泼开朗，特别是妹妹，能歌善舞，十分有人缘。大三的时候，李婷因为食物中毒猝然离世，悲痛万分的李志在妹妹火化后就仿佛变了一个人，整日沉默寡言，神经兮兮。毕业后，李志留在湘雅，成为人体解剖系的一名老师。

之后的二十多年时间里，湘雅发生了好几起学生失踪的案件，有男生也有女生，尽管警方动用了大量人力物力想要破案，但失踪的学生活不见人，死不见尸，仿佛蒸发了一样。

二〇〇一年九月的一天，人解系的副教授王军（他也是当年李志和李婷的同班同学）到人解楼的地下室去清点尸体。走到地下室的尽头，他突然发现地上有块砖似乎有点异常。借着昏暗的灯光仔细一看，地上竟然有个可以打开的暗门。好奇心大起的王军掀开暗门，发现了一个密道。沿着密道走下去，王军惊奇地发现人解室的地下室下面，竟然有一个密室。走进密室，里面的景象让王军震惊不已：二十多平方米的密室里有七八具被制成标本的尸体。但和普通标本不同的是，所有尸体都穿着整齐的新衣服，而且被摆成了或站着，或坐着，或在读书，或在拉琴的各种栩栩如生的姿势。走近细看，尸体都是年轻人，而且似乎生前健康状况良好。最引人注目的是站在密室中央的一具女尸标本：是个二十出头的漂亮女生，穿着白色的裙子，摆出了舞蹈的姿势。王军仔细观察女尸的面部，他惊恐地发现，女尸竟然和二十年前因食物中毒而早逝的同学李婷极其相似！

这时，身后传来了一个沙哑的声音：

“婷婷的容貌是不是没有变化？”

王军跳了起来，回头一看，是李志！面色苍白、眼睛血红的他站在自己身后，手中拿着一把解剖刀。

“这是怎么一回事？李婷的尸体怎么会在这里？其余又是些什么人？”

李志淡淡地说道：

“二十年前，我怎么也无法接受婷婷的死亡。我从停尸房把她的尸体偷出来，将一具无名女尸换进棺材火化。我用了三个月的时间，躲在这个我偶然发现的密室里，把婷婷的尸体制成了最完美的标本。后来我留在湘雅任教，每隔一段时间，我就会到这里来看望婷婷。我知道婷婷喜欢唱歌跳舞，喜欢热闹，为了不让她寂寞，每隔几年我就会在学生中挑出一两个喜欢文艺的漂亮年轻人，把他们杀死，制成标本，放进来陪婷婷。王军，你看，婷婷现在是不是很开心？”

王军浑身颤抖，李志举起了解剖刀，朝王军走了过来：

“王军，你从前是我和婷婷的朋友，现在也是我的同事，可惜你知道了这个秘密，我不能让你活下去了。对不起，请你也留在这里陪婷婷吧。”

王军朝门口冲过去，李志抓住他的胳膊，一刀刺了下来。王军拼死搏斗，在身中数刀的情况下，把李志打倒，逃了出去。等王军带着警察来到密室的时候，李志已经不见了，同时消失的还有李婷的尸体。长沙警方将李志列为A级通缉犯（通缉令上只说他犯下了故意杀人罪），但一直未能把他逮捕归案。人们相信，李志会把李婷的尸体藏在另外一个密室里面，自己则静静地等待机会，为妹妹找来一个又一个新朋友……

跟上面三个在网上流传甚广的故事相比，Fox的故事只能算一般（而且没有出现“鬼”），情节里面似乎还有《电锯杀人狂》等恐怖电影的痕迹。但由于Fox强调了这是在“湘雅发生的真实故事”，而且对面就是人解楼，大家都有点心悸地朝窗外瞟了瞟，心里想：故事是真的吗？地下室下面真有那样一个恐怖密室吗？李志是不是还没有死，是不是哪天还会回来搜寻下一个受害者？

一周后，我们终于进入传说中的人体解剖室了。

首先强烈刺激到大家的并非各种标本，而是福尔马林的气味。没有进过人解室的人是无法体会甲醛这种能够凝固人体蛋白质的“死亡之水”带来的感官刺激的。一股仿佛来自地狱底层的腐尸臭气和硫黄烟的混合怪味如同毒蛇般地朝鼻孔里面直钻，同时毫不留情地把眼睛刺得双泪长流。口罩毫无作用，对付这种气味的方法只有一个：待在里面，让鼻子和眼睛麻木。

然而，人解室里面的陈列却让我有点失望：各种人体切片、器官标本、完整骨架，和中学生物实验室的差别不大。一排排的玻璃缸让人觉得很诡异，却并不恐怖。人解课分为两部分：系统解剖和局部解剖。“系解”只能拿着一个个器官标本研究，非但不吓人，而且很无聊。上了几节课，男生们就逃得所剩无几（“食神张”屡次在人解室吃东西，被老师批评；老徐觉得穿着白大褂戴着口罩很气闷；伟哥等几个抽烟的人，被老师拿着一个肺癌病人千疮百孔的肺吓唬了一番，觉得还是眼不见为净比较好；Y胖则用手机拍了一些照片，准备日后用来吓唬外校的小MM）。除了爱学习的一群书呆子女生，坚守到最后的爷们就只有我了。

关于学医的女生，我要说两句，澄清一下局外人的误解。一听说你是学医的，就会有人问傻乎乎的问题：

Stupid Question No.1：你去过人解室吧？

Stupid Question No.2：你怕不怕？

Stupid Question No.3：女生怕不怕？

在他们心中，医学院学生成天不干别的，就和尸体打交道，上午解剖3个男人，下午解剖2个女人，晚上还要解剖1个婴儿当睡前消遣。

关于这三个问题，答案是：Yes, No, No！

男生上解剖课纯粹是看热闹，老徐估计连肝脏是在左边还是右边都搞不清楚。女生，怎么形容她们才好啊？最开始进实验室的时候她们还露出（或者故意装出）一点畏惧的表情，但十分钟之后，心中的学习热忱就让她们进入了“狂战士”状态。由于学校扩招，尸源紧张，人解课上的活人与死人的比例已经从几十年前的5∶1变成了现在的10∶1，毕业后听师弟师妹们说甚至到了20∶1。一大堆人围着一具尸体，别说动手操作，有时候教授讲解的时候都凑不进脑袋。因此标本基本上被湘湘姐、小T等人霸占着，湘湘姐甚至几年来第一次“滥用职权”，将自己和我、老徐等人分在了一组，这样她就可以独享尸体。

我甚至可以用恋尸癖（Necrophilia）这个词来形容她们了！

最为黑色幽默的一次是，阿清，一个漂亮的女孩，我们的年级花之一，举着一副男性生殖器官的标本在仔细研究。从她微皱的眉头、眨巴眨巴的眼睛、认真严肃充满好奇又倍感恶心的表情来看，她既没有过实战经验，也没看过陈冠希的艳照。不巧的是，我正好站在桌子对面。阿清突然透过另一个男人的“家伙”，看到了我。我对她挤挤眼睛，她的脸一下子变得通红，扔下标本，跑到教室另一头去了。

无聊的“系解”持续了一个学期，直到开了“局解”，我们才真正地面对完整的尸体。

首先要坐电梯到地下室去领取尸体。走进地下室，一股掺杂着刺鼻的福尔马林气味的阴风扑面而来。地下室只有一盏微弱的白炽灯，我们适应了一阵子才看清楚内部结构（我还特意注意了一下地板，看是不是有传说中的密室暗门）。地面上，横七竖八地摆放着一具具人形东西，上面盖着黑色的油布。数一下，至少有三十具尸体。

我们组的组长湘湘姐在我耳边低语道：

“挑个健康点的。”

我知道她是什么意思，湘湘姐和师兄师姐交流过，局部解剖课每组十个活人一个死人，这个死人将陪伴十个活人度过整整一个学期。如果开始挑了一个缺胳膊少腿或者因为重大疾病导致器官变形的尸体，学习效果将会大打折扣。虽然挑选“健康点”的尸体听上去又可怖又可笑，但组长有令，岂能不从？

身后那些家伙还有点犹豫——别看伟哥虎背，Y胖熊腰，这时候都成了兔崽子。哼，胆量原来和肌肉不成正比。

我对湘湘姐说：

“跟我来。”

湘湘姐对学习的热忱战胜了对尸体的恐惧，我上前一步，掀开一块黑布，是个瘦得只剩骨头的老头。湘湘姐说：“不要。”接下来又是个老头，然后是个老太，然后又是个老头。一连掀了四块黑布，终于见到了一个年轻人的尸体，还是个女孩。虽然已经被福尔马林浸泡得皮肤变色，但看得出最多只有二十来岁（我心里又是一惊，她会不会是那个……）。湘湘姐扯了扯我的袖子：

“我们要这个。”

我和老廖一人抬头，一人抬脚，抬着女尸朝电梯间走（理解什么叫“死”沉“死”沉的了。听说有的师兄还能一个人把尸体背上楼，顶礼膜拜）。

把尸体抬进解剖室，我和老廖“一二三”喊了声号子，将女尸放到了解剖台上。教授交代了本学期的学习计划，然后花了半小时讲解今天的解剖内容，大家就正式开始动刀了。

说实话，学习人体解剖课，只能够基本了解人体结构，勉强练习手术操作。为什么这么说？人解室的尸体跟真尸体（更不用说活人了）差别甚远。被制成标本的尸体其实更接近木乃伊，皮肤颜色枯黄，质地有如皮革般坚韧，关节僵死无法扳动，肌肉仿佛是风干的腊肉，手术的时候也不会有鲜血渗出。整个解剖室里面，除了教授本人，恐怕只有我拥有切开活人皮肤的经验（这个故事以后告诉你们）。我可以负责地说：“如果真想练习手术操作，还不如买一只刚被屠宰拔毛的鸭子。”

我们这组分配了一下：湘湘姐等几个女生瓜分了头颈、心肺、四肢等重要器官，留了点残肢断臂给我和老廖（老徐他们可以忽略，早就不见了人影）。

人解实验课应该是我在湘雅学得最认真的一门课程了，湘湘姐她们主刀的时候，我会认真观察，顺便帮忙；老师讲解的时候也仔细倾听，甚至还记了笔记。主讲李教授对我甚为满意，以为我是品学兼优的好学生（他不知道我别的课程全都只有 60+ 的分数）；我也暗暗把他想象成“藤野先生”，并且把自己想象成年轻时代的鲁迅。

最后一个星期，还剩最后一个器官：子宫。终于轮到我主刀了，我穿好白大褂，戴上口罩和橡胶手套，拿起了手术刀。虽然面对的是已经支离破碎的尸体，我还是有一点点紧张……

李教授在我身后道：

“先在腹部做一个纵向切口。”

我照做，切得很利索。

李教授又说：

“你们把手伸进去，感受一下子宫内壁。”

大家都照做，我也一样：子宫内壁摸上去有些凹凸不平，和想象的差别很大。突然，我感觉摸到了什么东西：

“老师，里面似乎有东西。”

李教授说：

“可能是个子宫肌瘤，也可能是恶性肿瘤。你把它揪出来吧。”

我觉得“揪”这个动词很别扭，但马上佩服教授用词的精准。那块肿瘤似乎被什么东西缠在女尸子宫里面了，我摸索着找到源头，用了不小的力气才把它揪了出来。我把那团小小的东西捧在手上，还没看清楚，旁边的小 T 突然尖叫起来！

“啊！”

湘湘姐也看了一眼，同样发出一声尖叫，还退后了几步。

“啊！”

我定睛一看，几乎也叫出声来。

我手上捧的，是一个发育完全的小婴儿!

女尸竟然有身孕!

全班同学都围了上来，所有人都震惊得目瞪口呆。就连在湘雅从教三十多年的李教授都说，他从来没遇到过这样的情况。如果怀孕几个月以上，多半生前会流产；即使大着肚子被制成标本，学校一般也会先把婴儿拿出来单独处理。如果才怀孕几周，则根本看不出是个婴儿。三个月是正好能辨别出婴儿，又从外面看不出母亲有身孕的时期。

婴儿被同学们传看了一圈之后，又回到我的手中，所有人都是心情沉重，表情严肃，教室里面一片寂静。我坐下来，悲哀而虔诚地看着手上这具小小的尸体。三个月的婴儿（准确的叫法应该是胚胎），大约五厘米长，头部占了一半。和B超彩图里面的活婴儿一样，他双手双脚抱在胸口，头低垂着。婴儿的模样一点都不让人觉得恐怖，相反，你不得不佩服造物的神奇和人体的精妙：才三个月，婴儿就已经是一个有鼻子有眼的完完整整的迷你小人了。十根纤细的小手指，十根纤细的小脚趾，仔细看还有指甲盖的痕迹；小小的眼睛，小小的鼻孔，小小的嘴巴，更神奇的是，还能看到小小的舌头；胚胎的头部有点像Aliens，脑袋很大，面庞很小，没有耳廓。如果不是被福尔马林泡得皮肤发黄，我会以为这是电影《E.T.》里面一个熟睡中的小外星人。

看着手中的婴儿，又看了看解剖台上那已经被切割得支离破碎辨不出人形的母亲，我不禁浮想联翩。到底发生了什么？在把遗体和葬礼看得很重，讲究“入土为安”，捐献器官和遗体仍然让绝大部分人不能接受的中国，为什么一个年轻孕妇的尸体会出现在医学院的解剖台上？

她叫什么名字？她为什么会身故？她生前的故事又是怎样？她是哪里人？她在哪里读的书？她有什么兴趣爱好？她有兄弟姐妹吗？她父母是否知道她已经去世？孩子的父亲是谁？他们结婚了吗？她死的

时候他在她的身边吗?

她也许是一个伟大的人，热爱科学，热爱生命，即使自己和自己孩子的生命就要终结，也愿意捐献身躯，为人类医学做出贡献。她也可能是一个可怜的人，怀了孕后被男友抛弃，伤心欲绝流落街头，最后暴病身故，被当作无名尸体送到医学院。她腹中的婴儿，到底是一夜风流的后果、热烈爱情的结晶，还是新婚夫妇为幸福的三口之家做的努力?

活的时候她快乐吗?

死的时候她平静吗?

恐怕不会。她临终前一定会伤心欲绝。自己年轻的生命即将结束，更痛心的是，自己腹中的小生命也要跟着自己一起殒命。她多么想见一眼自己的孩子啊，也许她会想，人死后有灵魂吗?灵魂会上天堂吗?如果会，自己还有没有机会见到腹中的这个小天使?

在这世界上，还有人想念她吗?孩子的父亲还记得他曾经爱过的这个女人吗?他会不会在黑暗的夜里痛哭流涕，惋惜自己不曾拥有的幸福家庭?而女人的父母呢?他们还健在吗?白发苍苍的他们是不是老泪纵横地送走了自己黑发的女儿和未能谋面的外孙?或者，此时一家人已经在天堂里面重逢?

而我手中的这个孩子，如果他能够降临人间，会有多少人疼他爱他啊。他美丽的母亲，他英俊的父亲，他慈爱的爷爷奶奶外公外婆。他如果活着，现在应该一岁半了吧。他会牙牙学语，会摇摇晃晃地走路，他也许正在追逐草地上的蝴蝶，摔了一跤之后哇哇大哭。他的母亲会抱起他，用亲吻让他破涕为笑。在未来，他会在幼儿园和小朋友抢糖果吃，在小学因为调皮而罚站，在初中有了第一个暗恋的女孩，在高中突然懂事，决定好好学习认真念书，他甚至可能像我一样成为一名医学生，在解剖室里探寻人体的奥秘!

看见我在发呆，李教授走了过来：

“还在看那个婴儿啊？”

我点点头，李教授说：

“你把它带回去，做个纪念吧。”

严格地说，教授的行为是不符合学校规章制度的。解剖室的尸体属于学校财产，严禁带出校园。但许多年来，我都衷心地感谢教授的开明。每当我被纷繁复杂的世界搅得头昏脑涨心烦意乱的时候，每当我的心中充满低俗的欲念，渴望金钱、权力、名望的时候，每当我因为得不到这一切而怨天尤人，觉得上帝对我不公平的时候，我就会拿起这个小婴儿（我把它泡在了一瓶酒精中），静静地看一会儿。我会为自己的浅薄感到可笑。我活着，我健康，我自由，我有爱我的和我爱的人，我每天都在追求并且享受着生命的幸福——我还有什么可埋怨的呢？其实，纵使一文不名，我们每个人都已经拥有了世间99%的幸福。名牌、豪车、别墅，这些不可否认也是一种幸福，但和健康、自由、生命本身相比，算得了什么？或许，只有在近距离直面赤裸裸的死亡时，人才会珍惜所拥有的最宝贵的东西：生命的本身。我想对自己说：

生命，真的很美好。

第十章　居然是第一名

不知不觉，已经到了大三上学期，大家马上就要面临见习、实习、分科等重大事件。许多人都在考虑考研——本科学历在医院里面基本等同于文盲，在湘雅这样的大医院，硕士贱如狗，博士满地走。

我暗下决心，剩下的大学时光，不能再让乱七八糟的事情扰乱心神，一定要恢复中学时的好孩子状态，认真刻苦，埋头学习，考研读博，出国留学，争取成为治病救人的 Angel in White，而非谋财害命的 Dr. Butcher。

原以为离开学生会，不再报名参加任何比赛，就连寝室的打牌上网等文娱活动都不参加，就能安安静静地当书呆子，谁知没那么容易。

《笑傲江湖》里面衡山派的刘正风想要“金盆洗手”，手没洗成，全家却给人洗了——血洗。

有时候，你不惹事，事会主动来惹你。

九月的一天下午，湘湘姐找到我：

“Sonny，陈主任让你晚上到年级办公室去一趟。”

我心中立刻涌现出二十种以上的不祥念头：旷课太多被老师告了状？考试挂了三门以上？常年不住寝室违反了校规？但瞅了瞅旁边的老徐和 Fox，我淡定下来。要整顿校风抓出头鸟开刀还轮不到我，而且我犯的那些事根本不够格让年级主任亲自审讯。

“啊，好事还是坏事？”

“不知道，但陈主任似乎心情不错。”

彻底放心了，我在食堂吃完饭，七点半钟踱到年级办公室。陈主任正在桌前办公，见我进去，热情地挥手招呼我坐下：

“坐，坐！吃过饭了？”

“吃过了。”

“有个事情跟你商量一下。过几个月就要举行 CCTV 杯全国大学生英语演讲比赛了，中南大学要派出一个参赛队，校本部、铁道、湘雅各出一名选手。听说你口语很棒，我们年级想派你参加。”

原来是这事儿！

“啊，太谢谢您了！不过……”

不愧是阅人无数的年级主任，一听“不过”就知道情况不妙。在“阅读技巧”中，but 是经典的转折标志词：“我很想帮你，不过……”“最开始一切顺利，不过……”“你是个好男人，不过……”

看着陈主任微微扬起的眉毛，我硬着头皮“不过”下去：

“不过我这个学期已经参加了很多课外活动，学生会的日常工作、组织风采大赛、参加英语戏剧比赛，浪费了许多宝贵的学习时间。我想用剩下的几个月好好看书，争取这个学期拿一次奖学金，以后成为一名优秀的医生。”

冠冕！堂皇！冠冕堂皇！

我都有点钦佩自己了，中宣部怎么不请我去当文书啊。其实如果陈主任知道我上个学期的考试成绩，没等我说完就会怒斥一句“放屁！”——你拿奖学金？下辈子吧！我的真实理由除了的确想好好学习，更是因为我受够比赛了！中学的时候曾经参加了全市中学生辩论大赛，整整三个月的训练几乎把我弄疯。到了后来，无论别人说什么话——“今天天气真好啊”“啊，那只鸟真大”“我先去上个厕所，你等我五分钟”——我立刻就会反驳他十分钟：“你现在为什么突然要上厕所呢？你上节课课间不是上过了吗？每隔四十五分钟小便一次，你到底是尿频尿急尿痛还是懒人屎尿多？而且，你要我等你五分钟又是什么意思？如果是小便，难道需要五分钟？从这里到厕所不过二十米，你走进厕所、解开拉链、小便、拉上拉链、洗手、出门——用得着五分钟？我看三分钟就够了。你为什么要浪费我额外的两分钟呢？你知不知道时间就是金钱，时间就是生命？浪费时间就等于谋财害命？你是打算赔我钱还是赔我命？而如果是大便，五分钟难道够？即使一切正常，至少也得八分钟以上，如果是拉稀或者便秘，甚至会要十分钟、十五分钟、二十分钟。五分钟你能干什么？除非你省去洗手的时间。你是不是上厕所从来不洗手的？你知不知道大便之后手上会要携带多少细菌？你是不是等下又会用沾满细菌的罪恶的手去碰我的书包？如果我因此得了传染病怎么办？如果病重身故怎么办？你是不是想害死我啊？我跟你到底有什么仇，你说啊，你说啊！”

如果再弄个演讲比赛，不光我会发疯，以我为中心方圆五平方公里的人都会和我一起发疯。Thanks, Mr. Chen, but, no, thanks.

陈主任倒似乎真的相信我是想要好好学习，他说：

“你说得很对，作为一个医学院学生，学好专业是最重要的。不过……”

陈主任也抖出“转折关键词”了：

“这次比赛对学校的荣誉非常重要，我们希望能派出最优秀的选手来为学校争光。”

陈主任一边说，一边观察我的表情。发现这个半拍马屁半励志的理由效果不佳——学校荣誉关我鸟事——他立刻抛出理由 No.2：

“而且如果能够拿湖南省第一名，是可以保送读研的。”

继续观察，仍然无效——湖南省第一名，你当是想拿就拿啊？——陈主任顿了顿，释放终极必杀技——色：

“最关键的是，参加比赛能够促进人的全面发展。你们医学院的学生容易死读书读死书，忽略社会实践，成为井底之蛙。你难道不愿意借比赛的机会和师大英语系的优秀选手切磋切磋演讲技巧？”

陈主任不愧是做过多年学生工作的心理学大师！听到“师大英语系”这几个词，我的眼睛就亮了起来。在湘雅饥渴的医学生的心中，师大英语系 = 开放美女系。和她们“切磋切磋”……哎呀，不能继续想象，快要流口水了。

“陈主任既然如此看得起我，我再不答应就说不过去了。行，我参赛，谢谢陈主任的信任！”

根据陈主任的指示，我联系上了负责这次比赛的老师——中南大学铁道学院英语系副主任彭嫔驰。彭嫔驰一见面就送了我一份大礼：盖着中南大学教学办公章的允许我随意请假的条子——这简直等同于送给跑长途车的司机一块“军 G”开头的车牌！然后她打电话叫来了我的两个队友：校本部的桃子和铁道学院的 James。

我第一眼就喜欢上了这两个可爱的家伙。James 是个憨厚的大胖子，身高和体重数值一样，戴着一副厚厚的眼镜。他脾气极好，说话慢条斯理，动不动就引经据典讲道理，仿佛是发了福的唐僧。桃子是个小眼睛圆圆脸的可爱女生。性格大大咧咧，想啥说啥。高兴起来会抓住人又搂又抱，生气了则会连抓带咬。有一次我开玩笑说：“不知道一头撞进 James 席梦思般的肥肚子感觉会是如何。”桃子竟然大喊一声：“James！”然后一头撞向那不知道发生了什么事的大胖熊的肚子。

我们这种队伍组合实际上是最和谐的：如果桃子是个美女，这二男一女厮混在一起，难免争风吃醋；如果桃子是个恐龙，我又没兴趣和她交流英语！桃子长相正好：美一分引发淫念，丑一分引发怨念。按照彭姝驰的安排，我们每周“培训”两天——其实就是三个人在一起玩两天，不过大家必须说英语，彭姝驰报销伙食费。

快乐的日子过得流水般的快，两个月后，我们三个人的演讲都已经熟得能够把队友的稿子倒背如流了！终于到了比赛的日子，按照规定所有选手都先入住麓山宾馆，我心情异常激动：第一，要比赛了；第二，我还没自己住过宾馆呢（小时候跟父母住不算）；第三，我比赛的终极目的——找师大英语系的女生“切磋切磋”要实现了！

到了宾馆，各校选手正好云集在大厅里。我擦亮眼镜，四下搜寻，失望得想哭：湖南师大的选手是两个——哎，不描述她们的相貌了，总之我脑海中浮现出一个词“村主任女儿”，另外那个男生则愁眉苦脸，仿佛村主任家的长工一样；理工大的是两个男生和一个可以视作男生的女生；商学院是《侏罗纪公园》；湖大是《恐龙特急克塞号》……看了一大圈，我恨不得冲回湘雅，揪住陈主任的衣服吼道：

“骗子，骗子！”

哎，既来之，则安之。此时罢赛，彭姝驰会逼我把这两个月白吃白喝的东西吐出来的。泡妞计划作罢，顺便比比赛吧！

我怀着沉重的心情，拖着沉重的行李，和 James 一起进了房间。整理一番，然后出门游荡。刚到走廊上，突然眼前一亮，啊，美女！刚才怎么没看到呢，重大失误啊！我放慢脚步从她身边路过，狠狠地偷窥了几眼，不禁心花怒放：

那女孩个子不高，但很有曲线，窄窄的花边白衬衣和淡蓝的低腰牛仔裤被绷得紧紧的；精致的小嘴，可爱的鼻子，灵活的大眼睛，说起话来表情极其丰富，眼珠子咕噜咕噜直转；头发染成金黄，烫得卷卷的，仿佛芭比娃娃一样；最吸引人的是她白嫩水灵的皮肤，让人看了恨不得冲上去捏一把。

一开始我还以为她是刚才漏看的参赛队员，她看上去比“村主任女儿”还要小几岁，听到她在哇啦哇啦地打电话交涉房间问题，我才知道她竟是师大的带队老师。

终于交涉完了——经理无条件答应了她所有的要求（房间可以看到街景，配备有可以上网的电脑，空调噪声比较小，墙纸不能有水渍），我赶忙装作在等电梯，她不客气地喊我：

“听够了？”

我尴尬得无地自容，恨不得直接从窗户跳下去。

“呵呵，我等电梯呢。”

“等电梯？刚才电梯叮当了好几声，你怎么不下去？”

好家伙，嘴尖，耳朵更尖（不过也证明她一直在注意我，窃喜 ing）。无言以对，我只好拿出 QQ 聊天的忽悠大法（只可惜不能发送表情）：

“呵呵……”

她的口气缓和了一些：

“你哪个学校的？叫什么名字？”

“你要找我们老师告状，说我偷听吗？”

“告你个头！快说，叫什么！”

“我叫 Sonny，中南的，你呢？”

“叫我 Amelia 老师吧。”

我鞠躬：

“老师好。”

Amelia 上下打量我一番：

“说几句英语看看。”

我不解：

“为什么？”

“知己知彼，百战不殆啊。”

我这才想起，她是湖南师大的带队老师，我是中南大学的参赛队员，我们是竞争对手。可是，姐姐，有你这样直白的间谍吗？你这不等于苏联间谍拿着 AK47 跑到华盛顿抓一个 CIA 的特工，用枪逼着他说“带我去你们总部”？我说：

“学校利益，重如泰山。革命好汉，宁死不招。”

Amelia 逼进一步，一股淡淡的香水味飘了过来：

“Speak English, Now!”

美人计？好吧，我招！

“Sonny, age 21, tall, rich, and handsome. Waiting for his soul-mate…”

Amelia 皱着眉头听完，似乎在思考什么。

“So? Do you want to…”

“闭嘴，我问你，中南的另外那个男生，叫詹什么的，怎么样？”

“姐姐，你喜欢胖子？”

“别捣乱！他演讲水平比你好还是差？”

这还真不好说。James 在台上表现力不如我，声音也没有我好听；但他英语功底比我好，即兴演讲的时候能够使用更高级的词汇和句型（而不像我，只是几句初中水平的“Yes, it's you and me!”“We must try our best!”“Let's do it together, together, forever!”翻来覆去地咆哮）。我耸耸肩膀：

“各有千秋吧。”

Amelia 叹了口气，我知道是为什么。其实间谍工作大家都会做，刚才彭婈驰在楼下和其他学校的选手都聊了几句，回来兴奋地告诉我们，师大的选手形象气质不佳，湖大的选手英语发音不够纯正，理工大的选手跟陌生人说话都会脸红，上台没准吓得尿裤子。别的学校就更不构成威胁了。从 Amelia 听了我的英文自我介绍之后的表情来看，彭媄驰的情报是准确的。只要我们发挥正常，对手不冒出黑马，中南稳拿团体一等奖。

我还想说点什么，Amelia 突然挥挥手：

“你走吧。”

如果她是个恐龙，我肯定会因她的无礼而生气。但男人就是贱货，在美女面前气概全无。被她训斥 + 调查 + 驱逐，我居然还投以阳光般灿烂的笑容，乖乖地回房间去了。

James 正在房间蛰伏，闲聊了一阵子，他看看手表，兴奋地说：

“五点半了，可以去楼下吃自助餐咯！”

看他垂涎欲滴的表情，我知道，即使这次我们什么奖都没拿到，James 也不会吃亏——自助餐，吃回来！我们来到餐厅，端起盘子，分头行动。

每次吃自助餐——说出来不怕你笑话——第一次取食物总让我兴奋不已。我总想把每种食物都塞到盘子里面，一个盘子堆满了就再拿一个，两只手拿不下，有时候嘴里还会叼个大饼。我自己都想骂自己一句：“至于吗，你！”

突然听到身后有人喊我：

“Sonny，坐这里来！”

我回头，是 Amelia。我想，不会吧，私下通敌就算了，公然和敌国将领坐在一起，回去彭大帅难保不把我五马分尸。我瞅了瞅彭媄驰，她正唾沫横飞地跟 James 说话，James 面带和蔼微笑，不断地点头，时不时加上几句评论，惹得彭媄驰爽朗大笑。如果彭媄驰年轻三十岁，倒和 James 是绝配。哎，不打扰他们了。我转身坐到了 Amelia 身旁。

“你是猪吧，拿这么多！”

“没办法。不吃白不吃，骨子里还是小农意识；白吃不多吃，对不起袁家列祖列宗。记得当年和我堂姐去吃自助餐，两人都没吃早饭，熬到中午，差点晕倒。然后我们从 12 点一直吃到下午 4 点，服务员 MM 可怜巴巴地过来对我们说‘对不起，我们要收拾桌子准备晚餐了’，我俩才离开。”

Amelia 瞪了我一眼，我坐下来开始大快朵颐：

“你别看我瘦，其实我胃口大得很，而且吃东西特快，吃宴席的时候别人一不注意我就吃了好多。我不光吃得快，拉得也快，我解大手比别人解小手还要……瞪我干什么，影响你胃口了？好好好，不如给你讲个关于吃饭的冷笑话吧：小苍蝇问它爸爸，‘为什么我们要吃屎啊？’苍蝇爸爸说，‘吃饭的时候，别说恶心的话！’啊啊，别打我。”

“你嘴可真够贫的。你多大？”

“二十一。”

“哪里人？”

“本地。”

“学什么专业？”

“临床。喂，你是在相亲吗？问得这么仔细！”

Amelia 拿着叉子对着我的额头作势叉去：

“说话没大没小，我是你的老师！”

“狗屁，你是师大的，怎么能算是我的老师？而且你不过是个实习老师，更大不了我几岁。对了，你几岁啊？”

“你说话没礼貌，不告诉你。”

“好吧好吧，小姐贵庚？”

Amelia又举起了叉子，但只是插了块烤鸭放进嘴里，嚼了一口又吐出来：

“呸，真难吃！我今年二十三。”

“籍贯？”

“我也是长沙的，别耍贫嘴了，正常说话！”

“你也是长沙的，怎么不说长沙话？”

“嗯，不习惯。”

我想改用长沙话，却发现说不出口。这真乃当今中国之怪现象：两个长沙人聊天，说长沙话不习惯，用普通话或英语倒挺自然。其实，推广普通话固然有利于经济发展和国家稳定，但眼睁睁地看着存在了几千年的吴侬软语、火爆湘音、麻辣川味、闽粤天书一天天地消失，难道不是对后人的犯罪吗？导致方言死绝的凶手，除了CCTV、电视剧、学校教育之外，还有80后的小夫妻们。这群——说得过分点，数典忘祖的家伙——总觉得满口方言的父母土气，自己洋气。生了孩子，只教他们说普通话，希望别人听不出他们的籍贯是××乡××镇××村。也不照照镜子，瞧你父子二人长得跟王宝强一副德性，能洋气得起来吗？而且，你要真能说一口新闻联播式的标准普通话我还不“港控话”[①]，偏偏一个个h、f不分，l、n不分，舌头不卷，腔调不纯——教得自家小孩满口直掉塑料渣，听着就恶心。等我们这些最后一批接受纯正方言教育的80后死绝了，中文也就死绝了（我并非危言耸听，21世纪世界语言正在以前所未有的速度消失。全世界六千多种语言，60%面临消亡）。十几亿人说的既非多姿多彩的方言，也非纯正标准的普通话，而是类似于“印度英语”的“带有各地

① 港控话：湘方言，指责某人。

方言特色的准普通话”。

Save Chinese.

救救中文。

我正沉浸在对中国地区文化生死存亡的忧思中，突然被人敲了一下脑袋。

“你发什么呆啊？”

“哦，哦，我在背演讲稿呢。”

Amelia 立刻又回到了和我敌对的阵营之中，恨恨道：

“背背背，背你个头！”

对啊，我正在吃自助餐呢，怎么能浪费时间发呆？我赶快继续猛吃，Amelia 问我：

“你是学医的，英语怎么这么好？”

“超级宅男，每天狂看电影和美剧——别人是一集一集地看，我是一季一季地看，最高纪录：连续看美剧十八个小时。”

“别的呢？笔头功大如何？”

“词汇语法超烂，做题全凭语感。平时喜欢看英文原版小说——只可惜长沙原版书太少，就图书城有几本。”

“我倒是有不少原版书——买了放书架上摆着的。下次借几本给你？”

“Thank you very much. 不过，我可不看你们英语专业爱读的那些老掉牙的 *A Tale Of Two Cities*, *Hamlet*, *Paradise Lost* 哦。”

“我也有一些现代流行作品。”

“比如？”

“*Cold Mountain* 啊，*Twilight* 啊，*Harry Porter* 啊，等等。”

“哎呀，你有原版的 *Cold Mountain* 啊，我看过电影，借我书看！”

Amelia 突然生气地说道：

“挺起背来，你是个八十岁的老头子吧！走路的时候神气点！明天上台不要跟伏尔加河上的纤夫一样脚步沉重！”

我回头，是师大的参赛选手“长工男”。看着那小子愈发卑微的背影，我问 Amelia：

“他欠你钱了？”

Amelia 牙根发痒地说道：

“这死孩子，怎么说都没用！口语不纯正就算了，长相很猥琐也算了，打起点精神总能做到吧！”

我耸耸肩膀，继续大吃特吃。Amelia 却不知是心忧比赛还是胃口不佳，只吃了一点蔬菜就放下了筷子。Amelia 又要我背我的演讲稿给她听，背就背！演讲比赛不是辩论，谍报工作意义不大。即便我把演讲稿全部交给她，也没有任何利用价值。听了三分之一，Amelia 突然站起来，声音热情甜蜜得仿佛是夏天艳阳下融化了的冰激凌：

“哎呀，彭老师，您好您好。”

我回头，彭媄驰站在我背后。我大感尴尬，彭媄驰倒丝毫不介意，和 Amelia 拉着手说了“你比以前更漂亮了啊”“你爸爸还好吗”“下次到我家里去坐坐”等许多废话。瞅见 James 端着盘子起身，眼睛四下搜寻新端上的食物，我趁机脱身：

“James!”

James 走了过来。

“还没饱吧？”

“差得远呢，觅食 ing。”

我也端起了盘子：

“Let’s go!”

又经历了将近一个小时的苦战，我和 James 合力解决掉了最后上的烤肉，打着饱嗝儿，回到房间。桃子不知从哪儿弄来了一副扑克牌，我们三个就开始打牌。一直打到九点半，桃子喊困，回房睡觉，我和 James 却仍然撑得无法躺下。James 指指厕所：

“我去支持一下农业生产，制造点 James 牌有机肥。”

“代表广大农民兄弟感谢你，‘James 牌有机肥，你值得拥有’。我出去转转。”

走出门，又碰到了 Amelia。我鞠躬道：

“老师好。”

Amelia 哼了一声：

“干什么去？”

“在房间里面憋得慌，出去转转。”

“陪我到大厅去坐坐。”

于是我俩坐到了宾馆大厅的沙发上，继续下午的话题。聊了一阵子，Amelia 突然说：

“饿了。”

我说：

“晚饭吃的自助餐，你怎么会饿？”

Amelia 说：

“你以为我和你一样，是生怕吃不回来往死里撑的逃荒难民啊！这里的自助餐太难吃了，我吃不下！现在我想吃点心。”

Amelia 对一个满脸青春痘的客房小弟招手，小弟大跨步奔了过来。Amelia 问他：

“强子，我饿了，你们这里有蛋糕没？”

明知故问，三星级酒店，怎么会有面包房！那个叫强子的小弟面露羞愧，仿佛酒店不开面包房全是他的责任一样：

“哎呀，实在对不起，我们这里没有面包房，真的很抱歉。”

Amelia的表情楚楚可怜：

“哎，市政局那边倒有个罗莎蛋糕店，只可惜太累，走不动了……”

强子连忙说：

“我帮你去买吧！”

Amelia脸上笑容绽放，立刻从钱包里面拿出一张一百元的钞票：

“一个肉松面包，一个法式咸方包，一个卡通面包，一块枣泥蛋糕，一个三明治，一个热狗，一盒蛋挞。嘻嘻，够了。哎，真不好意思，要辛苦你了。”

“哪里哪里，这是我们分内的事情，应该的，应该的。”

我很少住酒店，但我知道半夜三更跑到两公里外的面包店帮顾客买罗莎蛋糕肯定不是“分内的事情”（也许在高级酒店，给一百元的小费，服务生会帮忙去买，但这里不会）。而且看强子脸上青春痘红光四射，快乐并且期待的表情，仿佛他只恨Amelia交给他的任务太容易完成——最好是让他去屠条龙伏只虎才痛快一样。

强子转身，小跑离开。我问Amelia：

“你怎么知道他的名字？”

“下午问了他呗。”

“你还真有爱啊。”

“哼，一句‘小帅哥，你长得好像我的前男友啊，你叫什么名字？’就能够让人帮你跑前跑后，何乐而不为？”

我很了解Amelia这种类型的女孩，漂亮，狡黠，从小就是众人簇拥的花朵，有无数的蝴蝶、蜜蜂、蜻蜓、绿头苍蝇围着打转。小到抄笔记、买零食、做作业、过考试，大到砍人、送名牌、买房买车，昆虫们不惜体力财力，只为一近芳泽。但绝大部分连花瓣都碰不到，说不定还要像为了十秒钟的快感而被啃掉脑袋的公螳螂一样遭不少罪。粗略统计，美女一辈子至少能省钱省力 50% 以上。

当然我从来都没这么傻，我不喜欢看丑女，更不喜欢看美女。丑女看了难受，美女看了（却不能碰）更难受。凡是想拿我当冤大头的美女，我最多尽作为绅士的基本义务，再以贱男的身份讨些口头上的便宜，绝不会被女人支使得团团转。

“那他像你的前男友不？”

“我前男友是个四十五岁的秃顶酒店老板。”

不一会儿，强子气喘吁吁地跑上来，手上捧着一大堆吃的。Amelia 接过我的零钱，笑吟吟地拿起一个面包给强子：

“太谢谢你了，请你吃一个。”

强子连声拒绝，Amelia 把面包塞到他手里：

“男孩子，扭扭捏捏的干什么，姐姐要你吃，你就吃。”

不知是有意还是无意，Amelia 给强子的是做成卡通骨头模样的面包，强子“叼”着面包，兴高采烈地跑开了。

我看着他的背影苦笑，Amelia 递给我一个蛋挞，我不接：

“妈妈说，不准随便吃陌生叔叔阿姨给的东西。”

Amelia 啐道：

“也不照照自己的脸，瞎了眼也不会来拐卖你。”

我还是不接：

“天知道你会不会要我以身相许，用食物骗取我的贞操。”

Amelia 把蛋挞举到我的鼻子前面：

“你吃不吃？”

我张嘴叼住蛋挞，Amelia 摸摸我的脑袋：

“Good dog, good dog.”

我一边咽下蛋挞，一边发出小狗的“呜呜”声：

“姐姐，俺不想吃蛋挞，俺想吃豆腐。”

Amelia 作势要打，我挥手挡，碰到了她的小手：

“姐姐，你皮肤真好！”

“哼，狗嘴里终于吐出一根象牙来了？”

“我一直在吐象牙啊……不对！你才是狗嘴呢！对了，还没问你呢，你怎么这么年轻就能在师大当老师啊？”

“我去年从美国读完本科回来没事做，到我爸公司打杂又太无聊。反正明年我要移民澳洲，这半年在国内欺负一下小朋友们也挺好玩的。”

“哎，误人子弟啊！”

“书是给长得丑的人读的，美女读书太浪费了。何况我当老师，学生就算学不到东西，至少每节课看了养眼嘛。”

姐姐，你还真够直白的，你上课是卖声还是卖身啊！这时，“长工男”探头探脑地从电梯里出来，看到了我们，愁眉苦脸地上前打招呼道：

“Amelia 老师，明天早上几点出发啊？”

Amelia 皱眉道：

“七点半。还有，跟你说了，表情阳光点，脸上随时带点微笑！这副苦大仇深的样子上台怎么要得！”

“长工男”脸上挤出便秘式的笑容，比刚才更难看。Amelia 叹了口气，把剩下的蛋糕面包递给他：

“带回去和娜娜她们一起吃。”

“长工男”转身离开，我把嘴凑到 Amelia 耳边：

“姐姐，我算是阳光小清新吧？”

Amelia 冷哼道：

“你是猥琐大贱男。”

看看手表，已经是晚上十一点十五分，Amelia 捂着嘴打了个哈欠：

“哎，回房睡觉去，累死了。”

我对 Amelia 眨眨眼睛：

“Your room or mine, honey?”

Amelia 扬起手：

“耍贫嘴，老师打你屁股！”

我起身，鞠躬道：

“塞哟啦啦，叁赛。”

我蹑手蹑脚地回到自己的房间，生怕惊醒了应该如同一头冬眠的胖熊一样在酣睡的 James，突然听到洗手间里一阵水响，James 心满意足地从里面出来。我惊奇地看着他：

“我出去前你就进去了。”

“嗯啊。”

“我出去了两个小时！”

James 憨笑：

“我的记录是两小时三十五分。”

“你真是传说中的‘厕神’啊！”

“不敢当，不敢当。”

突然触动了我医学生的神经：

“你每天便便都这样久？”

“嗯，平均时间四十五分钟。”

“每次是持续少量地释放，还是脉冲式释放？”

“持续少量，偶尔脉冲。”

“干的稀的？”

“有干有稀，一般正常。”

“颜色？”

“黄里透黑，有如祖国大地。”

听说James毕业后成为外交部驻非洲某小国大使馆的翻译，不知在战火纷飞、野兽遍地、头顶上子弹作响、屁股后马蜂成群的非洲，James的持久便便会不会缩短一点。

第二天，组织方派了几辆大巴把我们送到湖南大学，比赛开始了！场地是湖南大学的大礼堂，抽签，我竟然抽中第一个上台。彭媄晪眉头紧皱，面露忧色，我安慰她说：

“早死早超生！”

James和桃子怕我紧张，两人拉着我的手摩挲。多谢，但是多余，The stage loves me! 首先我天生不怯台。我上台的时候，紧张全部会化作冲动，一般都能正常甚至超常发挥。

其次我还有对付上台紧张的三大法宝，和各位分享一下：

第一，如果在台下紧张，可以用四根手指去摸腕部脉搏，然后用力往下按，可以缓解因紧张引起的胸口不适（后来查了《中医学》，叫“太渊穴”）。

第二，在台上如果害怕看观众的眼睛，可以看他们的头发。不要把观众当成人，当成是椅子上的突起物。

第三，一定要把第一句背熟，我亲眼见过好几个上台紧张得一个字都说不出来哭着鼻子跑下去的女生。只要第一句话脱口而出，后面的内容就滚滚而来了。

至于什么“中途忘词可以通过重复前面的内容来杀时间”等演讲

小技巧就不在这里啰唆了。比赛具体过程也不赘述了：上台，鞠躬，观众鼓掌，演讲三分钟，鞠躬，观众再鼓掌；评委提问，回答，再问，再答，三问，三答；抽即兴演讲题，看题，思考三秒钟，清嗓子，做即兴演讲一分钟，鞠躬，观众鼓掌，下台。

总之，一切顺利。

讲完下台，彭嫔驰对我竖起了大拇指。James 和桃子也说我讲得比平时更好。我舒舒服服地坐下来，开始欣赏别人表演。

整整一天，一共有四五十个人上台演讲，一大群 Martin Luther King/Queen 在台上怒吼咆哮，听得我耳朵嗡嗡作响。总体而言，都还不错。James 讲出了绅士风度，桃子发扬了机智可爱，就连师大的“长工男”也比在台下洋气多了。

终于到了宣布结果的时刻。

我开始有一点点小紧张了：如果一点名次都没取得，回去如何跟老陈交代？主持人开始从第十名报起，每报一个名字，下面就会传来一阵欢呼——名次越靠前，欢呼声越嘹亮。桃子是第五，James 是第四——可惜了，差一点点就是前三。

我呢？怎么还不报我的名字？

难道？

还是？

哎呀，小紧张变成大紧张了……

终于要宣布前三名了。第三名，师大的“村主任二女儿”，第二名，湖大的“霸王龙 MM”，第一名——主持人故意顿了顿——来自中南大学的……

是我？

是我！

我竟然得了第一名!

James 和桃子跳起来拥抱我，他们笑得比我还开心。我知道他们绝非虚伪，他们是发自内心地祝贺我。彭娭驰笑得满脸皱纹变成了怒放的鲜花（一个第五,一个第四,一个第一，再加上一个分量最重的团体第一。彭娭驰的退休履历上又可以添上一朵小红花了）。旁边的外校老师和同学也都跟我握手。

接下来就是颁奖、领导致辞、照合影等无聊环节。出于礼貌，彭娭驰带着我们和各个学校的老师同学打招呼告别。一大帮子人交换号码，惺惺相惜，仿佛是前世有缘，相见恨晚，其实估计明天就忘了对方姓甚名谁。

突然碰到了师大的一群人，Amelia 上前和我握手，一本正经地说道:

“祝贺你。”

我也一本正经地回答道:

“谢谢。”

“把你的手机号码告诉我吧，以后多联系。”

我报了自己的号码，Amelia 拨通，响了三声挂断。

“好了，再见。”

“再见。”

Amelia 转身回到自己学生身旁，我也被彭娭驰拉过去照合影。我看了看手机上的“未接来电”，耸耸肩膀，删掉了。我手机通讯录里面有无数个以“以后多联系”为名义存下的从没来过电也没去过电的号码。我知道，“以后多联系”这句话其实没写完，前面要加上《大话西游》里面的那句期限：一万年。

Amelia 姐姐，“（一万年）以后多联系”吧!

第十一章　韩剧里走出来的姐弟恋

谁知，这次我错了。

比赛结束后的第三天，我还正在应付接连不断的亲朋好友同学老师的祝贺电话，一个陌生的号码出现在手机屏幕上。

“喂，你好，哪位？”

半秒沉默之后，女高音猛烈爆发。

“你胆子不小啊，Sonny，竟然没有存我的号码？我当面打你的手机，你转身就把号码删掉了？看不出你还真是万花丛中过，衣袖不沾香的多情公子啊！是不是留给你号码的女生太多，你的电话号码簿满了？还是觉得我又老又丑，不值得你动一动你那宝贵的拇指，输入一下我的名字保存一下我的号码？”

是 Amelia……

我一边用手抹去额头的冷汗，一边点头哈腰地道歉道：

“哎哎哎，Amelia 老师，对不起对不起，我手机昨天突然死机，所有的电话号码都……”

“少跟我来这套！你当我智商和你一样低啊！你小子……”

Amelia 继续骂了我五分钟，语气才逐渐舒缓下来：

“你不是想要看原版的 *Cold Mountain* 吗？我找出来了！”

我突然觉得极其惭愧，原本是随口说上一句，没想到人家竟然记在心上，回去赶快就帮我找了出来。而我竟然都没存她的号码！

“Amelia 老师，真是太感谢了，我……”

“别废话了，今晚有时间吗？”

“呃……让我想想……呃，我五点半下课，然后……”

“别然后了。晚上九点，你到我的寝室来拿书吧。我的寝室在……”

我拿出笔，记下地址，千恩万谢地挂了电话。

晚上下课，吃完饭，洗了个澡，上网上到八点整，出门拦了个的士，九点差一刻的时候敲开了 Amelia 的寝室门。Amelia 穿着米黄色外套和浅蓝色牛仔裤，身上有股淡淡的香水味：

“请进。”

Amelia 住的是师大为已婚的研究生们配备的寝室，条件比普通学生宿舍要好。寝室不大，但整洁精致，一张小床，淡蓝的床单，粉紫的薄被，床上放着一只 Hello Kitty；靠窗是一张小桌，桌上有台 Apple 笔记本电脑；一个小书柜，松散地排着几本书：《牛津高阶英语词典》、《西方文化史》、英文版的《暮光之城》、几本小说，其余的都是时尚杂志。

Amelia 从书桌抽屉里拿出那本 *Cold Mountain*，递给我，我瞟了瞟封面，说：

“谢谢！”

Amelia 不作声，看着我的脸，我笑道：

“你深更半夜把我带到寝室来，不会只为了给我这本书吧。是不是还有什么别的企图啊？”

这种贫嘴玩笑，我已经和 Amelia 开过无数个了。其实，只要对方是稍有姿色的女生我都会开（我承认我是贱男，OK？）。对方一般会打我一拳，假嗔道：“你真是个流氓！”（害羞红脸的极少——21 世纪的女生，除了从马王堆古墓里面挖出来的，谁还会因为色情笑话脸红？生气翻脸的更是没有，甚至还有人会半挑逗半讽刺地回一句：你啊，整个就是理论的大师，实践的白痴，言语的巨人，行动的矮子！）

谁知 Amelia 盯着我的眼睛，道：

“是的。”

我奸笑道：

“Come on, baby, make daddy happy!”

Amelia 脸上表情严肃得仿佛是校长周一主持升旗仪式，她轻轻地解开外套扣子，脱下，扔到旁边椅子上，轻声道：

“Your turn.”

我心想，姐姐你也太给面子了，居然用实际行动配合我的色情笑话。好啊，谁怕谁。我也把自己的外套脱了，往椅子上扔去（但准头太差，扔到地上了）。

Amelia 又解开薄薄的淡紫色丝质衬衣，脱了下来，我倒抽了 口凉气，姐姐你胆子也忒大了点吧。我瞪大眼睛，叹道：

“Wow!”

Amelia 仍然是面无表情：

“Your turn.”

我对自己说：Lady，有种！难道怕你不成？不就是半裸吗？反正认输的肯定是你——难道接下来你敢继续？我解开衬衣扣子（该死的扣子，解了半天，一点都不潇洒了！）脱下扔开，对 Amelia 扬扬下巴：

“Go on.”

Amelia 顿了片刻（我心里得意地对自己说：Victory!），嘴角浮现出一丝难以捉摸的微笑。她双手弯到背后，放下来的时候，黑色的

Bra 已经被拎在右手上了。我目瞪口呆，眼珠子差点把眼镜片顶到地上，嘴巴张得大大的却吸不进空气发不出声音，全身的血仿佛都冲到了脑门，心脏扑通扑通地狂跳（本来我想用“像小鹿一样地乱撞”来比喻，但当时的感觉哪是可爱的小鹿啊，简直就是一头发情的犀牛在我胸膛里面乱冲乱撞）。

Amelia 轻轻地把 Bra 放在椅子上，朝我走近一步；我连退三步，结结巴巴地说道：

“你……你要……我……我……”

Amelia 把我推倒在她的小床上，然后……

细节就不说了，总之一句话，那天晚上，我从一个 boy 变成了一个 man。

事后，我躺在床上，气喘吁吁，不敢相信刚才发生的一切。我掐了一下自己，确认这不是（二十年来我经常做的那种）梦。Amelia 把嘴凑到我耳边，笑道：

“弟弟，你不会是第一次吧？”

我有点尴尬，吸了吸鼻子。

Amelia 突然开始不停地发笑，笑得我莫名其妙：

“你笑什么？”

“我是在笑，哈哈，真没料到你居然是第一次，我还以为你真是多情公子、风流哥儿，想不到……哈哈哈，不过你装得还是蛮像的，我还真被你给骗到了。”

我羞愧得全身从百会穴红到了涌泉穴，闭上眼睛，不敢睁开。

Amelia 轻轻地吻了吻我的嘴唇：

“睡吧，亲爱的。”

Amelia 很快就进入了甜美的酣梦，睡神 Hypnus 却朝我调皮地眨眨眼，离我而去。二十年来，都是一个人独睡，现在身旁多了一个火热柔软的娇躯，真的很不适应。我不敢翻身，生怕惊醒了把头靠在我肩上熟睡的爱人。我甚至不敢抽出压得有点发麻的手臂，就连呼吸都是尽量地压低。我闭上眼睛，刚才疯狂的爱欲场面却在我脑中翻腾闪烁。刚才发生的事情是真实的吗？如果睁开眼睛，这一切是不是就会消失？看了看身旁，啊，感谢上帝，Amelia 还在，这不是梦境，这是天堂！

四周一片寂静，只能听到远处偶尔传来的汽车经过的声音。月光透过窗户，洒在 Amelia 的脸上，勾画出工笔画般俏美的轮廓，微微地反射着淡银色的光。小巧的鼻尖，仿佛是日本卡通里面的纯美少女；可爱的玲珑的小嘴，在月神的清辉下微微地向上翘起；长长的睫毛微微地颤动，在她凝脂般光滑的脸上投下了淡淡的影子。Amelia 的脸上似乎有一丝若隐若现的笑容，她梦到了什么，是我吗？她是不是那童话中已经沉睡了一个世纪的 Sleeping Beauty，在等待王子深情的一吻？

但我不敢吻她，我只是静静地看着她。我闭上眼，她在我的脑海中；我睁开眼，她在我的眼中。

狄安娜（Diana）当年大概也是这样凝望沉睡不醒的恩底弥翁（Endymion）的吧！

我是在做梦吗？如果不是，为什么会这样的美好？如果是，上帝啊，请不要让我醒来，我要永远地留在这个温柔的甜蜜的美梦当中……

醒来后，美梦继续。我在 Amelia 的寝室里面待了三天，把二十年来憋在身体里面的能量全部释放了出来……

It's good. It's good. It's really good!

第三天晚上，我们知道再也不能窝下去了——她已经旷了三天工，我已经翘了三天课。明天就得回学校，我真有点舍不得，好在来日方长！我躺在 Amelia 身旁，用手指卷着她金黄色的头发，轻声道：

“其实‘姐弟恋’也挺好的，我们俩……”

Amelia 陡然坐了起来：

“谁说要和你‘姐弟恋’了？”

我也坐了起来，惊诧地说道：

“我们难道不是……”

Amelia 刮了一下我的鼻子，微笑道：

“弟弟，你我之间不过是——Sex！”

我瞪大了眼睛：

“什么！你……我……”

Amelia 耸耸肩膀：

“你觉得很吃亏吗？”

我想了想——性感漂亮的师姐愿意和我 make love，不要我尽逛街、陪聊、看电影等当男友之义务，没有买房买车结婚生子等当老公之压力，就连两人 happy 的时间地点交通工具都不用我操心——摇摇头：

“不……”

Amelia 笑道：

“那就是了，以后我有时间有心情就 call 你。你方便就自己来，不方便我就开车去接你。”

“那我岂不成了……”

“被富婆包养的小白脸？臭美吧你！姐姐我给你钱了吗？你最多算是被社会女人带坏的失足少年。你出卖一次肉体，只能换取一份肯德基套餐！”

想到这三天，我们一共点了七次肯德基外卖，我的脸罕见地红了一下，岔开话题道：

“你我之间，难道真的没有未来吗？其实你也只比我大两岁……”

Amelia 严肃地说道：“Sonny，你听好了，我半年之后要去澳洲，你不可能放弃自己的学业。就算你以后到澳洲去读研，我也没心思这两年跟你搞异地恋，更不能保证以后是否还对你有兴趣。我们之间，只有肉体关系，没有感情纠葛。能做到，我们继续；不能，你现在就穿裤子走人。”

这太像男人对情妇说的话了！如果这种条件我还不答应，我自己都会觉得自己是娘娘腔！我伸出小手指：

“拉钩上吊，一万年不反悔！”

接下来的日子舒畅得简直不是凡人过的：在学校，我成了不大不小的一个 celebrity，甚至还接受了《中南校报》的采访，题目是“医学高才生，英语演讲家”（汗……）；寝室里的那帮家伙把我捧到了天上，学生会的同僚们当面背后也是好听的话说尽，文艺部新进来的一个傻乎乎的小干事甚至跑过来要我签名；陈主任把我叫过去结结实实地表扬了一通，要我想好今后的发展方向，为“保研”做准备；就连一直让我放心不下的期末考试也靠着这个第一名轻松搞定，听了我“英语比赛耗时太多，考试恐怕会挂科”的诉苦后，彭媄驰答应跟学校教务办打个招呼，保我过关。

但这一切和 Amelia 为我带来的 magic 相比，只能算是微不足道。

据说非洲有一种田鼠，公鼠在发情期会整天疯狂地交配，直至耗尽体力，一命呜呼。

现在我很理解这种做法。

Sex is Magic!

性爱的魔力彻底地控制了我！

痛恨人间之欲海横流的贤哲们曾问过一个问题：上帝为什么会创造性爱的快感？

答案很简单：性爱的快感是万物存在的基石。

试想一下，如果性爱不能带来快感，雄性动物难道会为了抢夺配偶而拼死争斗，打得头破血流甚至一命呜呼？雌性动物难道会在残酷的野外环境中怀胎数月，再冒着难产丧命的危险痛苦生产？短短几秒的性高潮，成了世界上一切生物存在、繁衍、发展、进化的动力。没有它，只需要一百年，全世界的所有生物就会灭绝。

即使是万物之灵的人类也很难抗拒 sex 的魔力。为什么爱德华会爱美人不爱江山，为什么吴三桂会冲冠一怒为红颜，为什么周幽王要烽火戏诸侯——不想举例了，如果写一本名为《为性而狂》的历史书，估计会超过一千页。

那天走出 Amelia 的寝室后，我也思考过伦理方面的问题，仅仅是为了"欲"，而非"爱"的关系，道德吗？

我总共纠结了三十秒。

在性爱迫击炮的面前，道德只是一座纸糊的城堡。

Amelia 每周会约我两三次，每次都是晚上八九点去，在她那儿过夜（有时候她自己会回家，留我"独守空房"），第二天早晨我直接去上课。

从前我最怕手机响，单身宅男，手机响一般没好事，不是老妈打电话来唠叨一番，就是班长打电话要我赶快去教室，教授点名。而这段时间，我每天盼星星盼月亮盼着手机响。只要看到来电显示是 Amelia，我就会全身震颤一下：晚上又可以 happy 了。

那天生理课，管老太正在眉飞色舞地讲解生殖生理，下面的淫娃荡妇们听得如痴如醉，我的手机突然震了一下，是 Amelia。我嘴角露出笑容：晚上可以实践实践这节课的内容了。下了课，回 Amelia 电话：

“晚上几点？”

“下午你有课没？”

我转向老廖：

“下午什么课？‘耳鼻喉’？老师点名不？不点？哦……喂，下午没课。”

“好，等下我到湘雅门口来接你，一起出去吃饭。”

我微感奇怪，Amelia 和我除了 sex，很少一起进行其他活动。即使是吃饭，也多是叫外卖。今天怎么要一起出去？

下午五点，我走出校门，看到一辆黄色的“甲壳虫”[①]，Amelia 坐在里面朝我按喇叭。我坐了上去，有点挤：

“换车了？”

“好看不？”

“你知道这车外号是什么吗？”

Amelia 环顾车内，道：

“‘狗男女’？我是女的，但男人呢？”

我好笑道：

“我是狗，那你岂不是——‘狗日’的？”

Amelia 一手拿着方向盘，一手伸过来拧我耳朵，我一边招架一边说：

“好好好，你是男人，好不好？”

Amelia 的另一只手也拧了上来，为了避免车毁人亡，我只得承认

---

① 甲壳虫：大众甲壳虫乃华而不实车型之典范，二十多万的车，只能容下一男一女一条狗，时人戏称其为“狗男女”。开此款车者，多富婆、二奶、小三。

她是天下第一美女；而我是一个好男人，这儿没狗什么事。

“甲壳虫”缓缓地在拥堵的大街上爬行，五公里的路开了一个小时——走路可能都快一些。真不懂为什么所有男人都要买车而且视之为地位的象征，所有女人都要男人买车而且还将之列为结婚必要条件之一。开个价值两万八的 BYD 不知道能显示什么身份，三公里路堵两个钟头不知道方便在哪里，今天修车明天刮擦不知道能够享受到什么开车的乐趣。更可笑的是，有次看到一个富二代开着能跑到 200 码的敞篷保时捷跑车，在因为修地铁而灰尘满天的堵塞街头以二十码的时速打开车顶吃灰。

下次我一定要骑我的破单车出来，然后在被堵在车流里面的豪华跑车旁边来回转三圈，说一句：“先走了，不送啊！”

历尽千辛万苦，终于把车停在了王府井百货的停车场。Amelia 拉着我就往街上走。我说：“你这样明目张胆地和我上街，不怕被人看到？”Amelia 说：“怕什么怕？你当咱俩是明星，成天有狗仔偷拍？何况我经常跟自己的学生出去逛街吃饭，有男生也有女生，被人看见也没关系。”

听到 Amelia 也常跟别的男生出去，我突然觉得心里很不是滋味。我知道吃醋还轮不到我——她就是还有五个十个五十个甚至整个五岳剑派的师兄师弟，我都不应该感到不爽。可是……

见我脸色有点难看，Amelia 亲了我一下，在我耳边轻声道：

“莫生气哦，其他男生别说我的床，就连我的寝室都没资格进去。姐姐喜欢的只有你一个。”

我停下脚步，正色道：

“你我之间就永远不可能有未来吗？”

Amelia 也停下，皱眉道：

“我们谈过这个话题的。”

“回答我。”

“你有一千万吗？”

“没有。”

“你爸有一千万吗？”

“没有。”

“你五年之内能有一千万吗？”

“没有。”

Amelia 摊开手，意思是：Now you understand. 我愤愤道：

“你要一千万干什么？”

Amelia 撇撇嘴：

“Gucci, Chanel, Posh…”

“你要这些东西又是干什么？”

Amelia 鄙视地看着我：

“吃饭干什么？拉屎干什么？做爱干什么？活着干什么？别问这种蠢问题！”

见我还想说话，Amelia 挥手制止：

“不要再跟我谈什么未来不未来的了。记得我们之间的约定吗？”

“不准有感情纠葛。”

“记得就好。”

我长叹一口，Amelia 瞪了我一眼，拉着我的手走进了王府井大街。

那次以后，Amelia 就经常叫我出来陪她了——我很高兴，现在除了没名分，我们实质上就是男女朋友，虽然我总想不通 Amelia 到底看上我哪点了：如果“白富美”是男生的择偶标准，Amelia 每一项都能打九十分；如果“高富帅”是女生的择偶标准，我能打一百分——

三者加起来！

终于有一天忍不住了，我问 Amelia 为什么要和我好。Amelia 说，她以前（和现在，包括将来）的男人，要不就是钱包和大脑的体积比是 10∶1 的富二代官二代（或者他们的爹），要不就是又高又帅四肢发达头脑简单的猛男，几个有知识有前途的博士博士后也都是死脑筋的理科生——她想换换口味。

我有点生气地说："也就是说，你以前的男朋友要么有钱，要么有貌，要么有才，我是这三种类型之外的？"

Amelia 摸着我的头发："没有啦，我想找个有文化、英语好、说话有趣、白白净净的小男生当宠物养着。"

哎，宁当宠物，不当屌丝，宁被领养，不被包养……

勉强接受这个身份吧……

每次和主人，不，情人，出去逛街的时候，一路上总会饱受色狼们投来的垂涎欲滴的目光。我心里有一种变态的满足感：秀色可餐吧，只可惜晚上你们无福享用，只有本少爷才能……嘻嘻……更让我的虚荣心得到极大满足的是，一次 Amelia 送我回学校，吻别的时候被 Y 胖看到了。Y 胖瞪大眼睛看着我，直到我走到他面前眼睛都没眨一下。我啐道：

"看什么看？"

"袁……袁哥，那个美女是你的……女朋友？"

从 Y 胖的语气和表情来看，他一百个不相信。I know, I know, she is way out of my league. 我潇洒地笑道：

"也算不得女朋友了，偶尔出去 happy happy 而已。"

留下 Y 胖在原地羡慕嫉妒恨，我心满意足地扬长而去。

OK，骂我浅薄吧，但能有一个 trophy girl，真是一件很爽的事情。

不过有件事情让我感到很不爽：每次她穿着 Gucci 靴子，拎着 LV 包包，开着 Beetle 小车接我出去玩，我总感觉像是被富婆包养的小白脸。我提出，出去玩可以，但必须让我付账，或者至少两人 AA。Amelia 答应了，只是每次我请她，我们就吃肯德基麦当劳，甚至街头大排档；她请我，去的是 688 元一位的日本海鲜自助——我抗议，说我对海鲜过敏。Amelia 说，那你吃点寿司，坐在对面陪我就是了。穿着和服的服务员很敬业，不断问我要不要吃这个那个，但她开出的菜谱都是能够让我立刻变身成为猪头三的食物：章鱼、牡蛎、乌贼、龙虾……

我问：

"有没有不是甲壳纲和软体纲的动物？"

服务员睁大眼睛，我叹气道：

"有红烧肉没？"

Amelia 害怕我会说出让她更难堪的话来，对服务员道：

"你上点鳗鱼寿司吧，亲爱的，鳗鱼没问题吧？"

我点头：

"鱼没问题。"

寿司上来了，味道还不错，只可惜小得让人心酸。还好是自助餐，我一连要了三十个，完全无视服务员和 Amelia 的表情——六百八十八啊，这么小一个的寿司，两百个都吃不回来！

后来 Amelia 学乖了，不再带我去这些 fancy places。我们开始出现在湘江风光带、堕落街、步行街这些学生消费区。Amelia 说我穿得太土，要我买点新衣服。我同意，拉着她朝美特斯邦威的店走（我看到了 90 元两件的招牌）。Amelia 表情绝望，说要带我去买——我忘了她说的是个什么牌子，反正很拗口。我问她要多少钱，她说不贵，三千多吧；我说要烧钱，干吗不直接点火，还去什么品牌店？她说不用你出钱。这就破底线了，我愤愤地郑重声明道：

“从今天开始，任何事情都不准你出钱，要包养也是我养你！”

Amelia 用手去刮我的脸皮：

“嘿嘿嘿，有骨气的小弟弟，你哪来的钱啊？”

我拍拍口袋（里面有一百七十五块五），豪气冲天地说道：

“你别管，我有钱！”

我还真存了几个小钱。我不是富二代，每个月零花钱也就几百，我也没有刻意省钱，无需刻意，我没什么消费的欲望。我讨厌开车、讨厌旅游、讨厌名牌、讨厌泡吧、讨厌麻将……你现在扔给我一百万，我根本不知道应该怎么花（不信你扔扔试试看）。小时候春游，老妈给我两元钱（那时候已经是巨款了），我玩了一天，回来后老妈问我买什么了，我说什么都没买。问我钱呢？我一摸口袋，丢了。从高中到大学，零花钱和压岁钱我都是扔在抽屉里面，唯一的作用就是每次打开抽屉看到红彤彤的一片，让人心头一喜。后来听信老爸的理财建议，把钱都存到银行里面，钱对我这最后的作用都消失了。我回忆了一下，似乎银行里面还有近万元的存款。包养情人不够，但至少可以不让情人包养。

于是我们开始像正常男女朋友一样地消费了：女生消，男生费。但 Amelia 不让我送她东西，我也送不起。一双鞋子一万八，你让我是卖身还是卖肾去买？血拼的时候我只能拎包，她潇洒地在前面刷卡刷得冒烟（收银员以为那是我的卡，经常以看富二代的眼神钦佩地看着我）。

中国三大银行的钻石卡，Amelia 各有一张，刷卡顺序为：工行、中行、建行。我问她规律何在，她说：

“第一张是我爸的，第二张是我妈的，第三张是我的。我的原则是：尽量用第一张，偶尔用第二张，万不得已才用第三张。”

见我撇嘴，Amelia 笑道：

“爹妈有钱，做女儿的不花不孝顺。我爸光是为了弄个澳洲身份就花了五百多万，买个包包算得了啥？”

我摇头：

“你花没什么，我跟着你一起花心里就不安了嘛。”

“你是为了钱和我在一起吗？”

我说不是，Amelia 说：

“那就是了！心中清白，有何不安？”

我仍然不能释怀，Amelia 搂着我说：

“再说了，你不是说以后我们在一起都是你出钱吗？你就当是在包养我好了。Sonny 哥哥，给我买烤羊肉串吃好不好？”

说心里话，我真的很想在 Amelia 身上花点钱。但第一，我没多少钱可花；第二，她不让我花。有一次给她买了瓶 Chanel 的香水，她逼着我去退掉了。

“你说让我包养，总得让我表示表示吧？”

Amelia 道：

“放心，以后会给你机会让你‘表示’的。在我身上烧钱就算了，有的是冤大头排着队想要烧。”

我叹了口气，掏钱买了两串羊肉串，递给 Amelia：

“师太，跟着老衲，以后每天有肉吃！”

和 Amelia 这种又甜蜜又刺激，不算违背道德但又不太光明正大的关系一直维持了大半年。虽然故事一开始就已经写好了结局：王子和公主最终没能“幸福地生活在一起”，而是从此天各一方，永不相见。但沉浸在精彩情节中的我，总觉得离读到故事最后一页的那一天还很遥远。或许，这是一本永远也读不完的童话书？

直到有一天，突然蹦出了两个可怕的大字：The End。

那是一个星期四，已经过了午夜，我正在睡梦中和周公聊天，突然手机铃声大作。我弹了起来，瞬间清醒。一看手机，是Amelia。

“你过来。”

“疯了吧你，也不看看现在几点了！”

“立刻过来！”

Amelia挂掉了电话，我坐在床上愣了三十秒，穿衣出门。还好，迎面就是一辆出租车，二十分钟后，我出现在Amelia的寝室门口。

敲门，开门，她穿着一身黑色的内衣。我关上门，皱眉道：

“半夜三更，你到底想要……”

Amelia扯着我，就像半年前我们第一次在她寝室一样，把我推上床。一番让人几乎窒息的疯狂之后，她坐了起来，默默地穿好衣服：

“这是我们最后一次在一起了。”

我抓住她的胳膊：

“什……什么！为什么？”

“我爸在澳洲的分公司已经弄好了，下周一我就飞过去上班，算是坐移民监。”

我们两个都沉默了。

我们都知道这一天必将到来。

我们也信誓旦旦，我们之间只有“肉体关系”，没有“感情纠葛”。

但我们真能做到吗？

我不知道Amelia能不能，至少我不能。

我开始流泪：

“我……我们……你……”

Amelia 也开始流泪：

“即使我不去澳洲，我们之间也必须结束了。最开始我说，我们之间不要有任何‘感情纠葛’，只是‘肉体关系’。可我……可我做不到了。每多和你在一起一次，我就会多喜欢你一分，不知不觉，我们已经从‘性’走到了‘爱’。甚至有一天我对自己说：‘干脆我就真的跟他好？’但我马上在心中否决了这个不现实的念头。我去澳洲，是我父母早就给我设计好的人生路线，我也很满意这种设计。将来，我会嫁一个门当户对的男人，爱他或不爱他，都无所谓。你不会，也不应该娶一个比你大、花钱如流水的女人；我不应该，也不会嫁一个比我小、事业完全没有起步的男人。与其将来让我们两个都陷入纠结痛苦的感情泥潭，不如现在咬咬牙，一刀两断。”

说到这里，Amelia 已经泣不成声。我紧紧地抱住她，她把头靠在我的肩膀上。我闭上眼睛，感受着她胸口的起伏和夹杂着抽泣的呼吸。眼泪像小河一样顺着我的脸颊流下来，打湿了她的衣裳。

不知过了多久，我们才平静下来，放开手，静静地看着对方。

Amelia 在我嘴上亲吻一下，轻声说道：

“如果有缘，下辈子，我嫁你。”

我擦了擦眼泪，点头微笑道：

“如果有缘，下辈子，我娶你。”

第十二章　为网吧正名

和 Amelia 分手，是我人生第一次真正的失恋——和 Kate 那次恐怕只能算是纯洁的 puppy love，爱得不深，伤得也不深。

这一次，刀伤见骨。

前三天我哭了好几场，如果让 Amelia 知道，估计会笑死过去；之后的一周晕晕乎乎混混沌沌麻麻木木，不知道是怎么度过的；一周后，不那么伤心了，但整个人感觉仿佛是《失乐园》中被上帝一如来神掌从天堂拍到地狱里的路西法一样，肉体上、精神上都只有一种感觉：失落。

这时，我走进了 World Of Warcraft——《魔兽世界》。

我的表弟小虎，一个在电脑城工作的资深宅男，在他家向我展示了这个全球一千二百万宅男宅女的精神家园。

我用鼠标控制着小虎的那个暗夜精灵牧师，走在泰达希尔[1]神秘的原始森林中。紫褐色的参天巨树张开枝条，编织成一张巨大的树叶网，抬头看不到天空，阳光透过树叶间的缝隙斑斑点点地洒在地上。地面藤蔓横生，各种珍奇的植物爬满了起伏的山坡。月亮井散发着神秘的荧光，小溪和池塘清澈见底。森林里游荡着野猪和有着黑色条纹

---

① 泰达希尔:《魔兽世界》里面精灵族的出生地，风景优美。

的月夜豹，棕灰的枭鸟毫无声息地从人们头上掠过。凄美醉人略微有些诡异的音乐在耳边回荡。

What A World！

回家第一件事情就是下载服务端。经历了人生最漫长的下载之后（十七个钟头，机箱热得能烤熟鸡蛋），发现电脑配置居然太差，卡得连登录界面都进不去！那种感觉仿佛是——穷学生在情人节那天，用每天刷碗洗车送报纸拖板车啃馒头喝矿泉水艰苦奋斗了大半年赚到的血汗钱，购买昂贵礼物讨得女友欢心；提前预订好五星级酒店的豪华套间，在床上洒满玫瑰花瓣，在床头点燃熏香蜡烛；终于让一直拒绝亲密关系的女友因为你的苦心而感动，答应与你共度春宵将宝贵的第一次交给你；女友沐浴之后换上性感的黑色蕾丝内衣，含情脉脉深情款款地走到床边；你全身震颤热血沸腾每个细胞都在燃烧觉得这就是仙境，是天堂，是和谐社会；女友低下头，芳唇中吐出一句“亲爱的，对不起，我的生理期来了”一般的痛苦！

立刻再次拨通小虎的电话：

“小虎，我要买电脑，你那个熟人能给便宜多少？”

“一千块钱左右吧，不过他现在不在长沙，要等半个月才回来。而且，半个月后 CPU 和内存的价钱都会掉，你等等嘛。”

我绝望地喊道：

“不行不行，我现在就想玩！这样吧，我每天到你家来玩吧！什么？你要上班？那你爸妈在家不？你跟他们说一声就是了。他们也要上班？那你把你家房门钥匙给我！”

电话那头沉默了几秒——可以想象小虎脸上的表情是怎样的无语——小虎吐出一句话：

“你就不知道去网吧玩啊！”

当了许多年好孩子，居然忘了还有“网吧”这样一个好去处！

原本只想在网吧熬到电脑进门，谁知在那儿一待就是两个月。

留在网吧自然不是因为这里“环境幽雅”。网吧的环境各位应该不陌生：挤挤密密的位子，几十台电脑，前后左右都是人，好在大家都专心于屏幕里的世界，根本没注意肉体的周遭有些什么。汗味、烟味、电脑发热以及桌子椅子墙壁产生的气味，混合成独特的网吧味道。但所谓“久入鲍鱼之肆”吧，我非但不觉得这种气味难闻，反而感到亲切自然。虽然大家都是用耳机，但窃笑傻笑哈哈大笑声，要烟要水要槟榔声，被怪踩死了不绝口的骂声，不绝于耳。奇怪的是，没有这些声音，心中反而不宁静了。

网吧更是健康的刑场：空气污染 + 噪音污染 + 辐射污染——在网吧待一天绝对要折寿三天。困了就靠着椅子眯一会儿，饿了就吃碗米粉或者面条——网吧提供一条龙服务，只要网管大喊一声“何记！”对面街上一个老头就会送吃的上来。不过“何记”的米粉味道真的很不错，红烧肉不知道放了什么佐料，异常的香，吃了还有点上瘾，大概是传说中的罂粟壳子吧。有时我通宵玩游戏，凌晨四点才回家。一个人走在漆黑寂静得有些诡异的街道上，几个通宵烧烤店的老板眯着眼睛四下张望。我若不是对自己的相貌有信心（贫穷的宅男），还真怕被抢。

之所以烧钱烧健康留在网吧玩，全因“白大师”的缘故。“白大师”二十出头，个子不高，白胖的脸，额头上散布着三两个青春痘，永远油油的头发和永远眯眯的小眼。“白大师”是这家网吧的网管，超级网游高手，我的《魔兽世界》的 Mentor。

“白大师”一直对我这个弟子“恨铁不成钢”，有时候他会把其他顾客全扔到一边，专心坐到我旁边来指导。最开始是：“别打那个怪，是骷髅级别的啊！哎，算了，跑尸体吧。”或者：“你坐狮鹫飞过去啊，怎么直接跑步回暴风城？”后来可以下副本了，指导内容就是：“啊，别打法师的羊！”或者：“你等战士破了甲再出手啊！”我觉得“白大师”如果去小学当老师，应该能干得很好：热情，耐心，言传身教，诲人不倦。等我升到三四十级的时候，基本能够自己上路了，时不时还是要大喊：“小白！小白！”无非是副本迷路了啊，找不到交任务的NPC[①]了啊，等等。后来决定离开网吧自己单干的时候，“白大师”还送了我份大礼：亲自操刀，开着我的那个矮子猎人，跑到荒芜之地给我抓了“断牙”[②]——我自己从前也试过抓它，但耐心实在太差，每次等不到十分钟就开始大开杀戒，将“断牙”的哥哥姐姐叔叔阿姨杀个精光（其中是否包括“断牙”同学本人就不得而知了）。我想，如果我是“白大师”，指导一个到了二十级还喜欢冲上去用刀砍怪的猎人，不出三天就会因为用电脑屏幕砸顾客的脑袋而被解雇。

除了“白大师”，网吧里还有几个有趣的家伙。有个也玩《魔兽世界》，角色名称叫“妖精”的家伙，总是坐在我对面的机子前。“妖精”真正的名字是什么我不知道，就姑且称他为“妖精”吧。“妖精”长得很瘦，中等个头，颧骨高，眼睛小而外凸，牙齿有点暴，喜欢嚼槟榔。

“妖精”说一口“塑料长沙话”。从前的国营大厂里，南腔北调，相互融合，形成了许多种新语言。实际上有两种不标准长沙话：塑料普通话和塑料长沙话。比较常见的是前者：音调是普通话的音调，但

① NPC：Non-Player-Control Character，游戏中的非玩家控制角色。

② 断牙：一只每隔几天才在荒芜之地出现一小会儿的棕色山猫，是《魔兽世界》里的传奇宠物，当年猎人们都以带着一只“断牙”为荣。

发音吐字却还是浓浓的湘音——湖南人不卷舌，l、n 不分，把 h 发成 f，湖南人会把 face 读成“会死”，“your face”就变成了“又会死”。后者较少见：长沙话的调子，却带有一些普通话的词语和发音。比如长沙人不会说“什么”，会说“么子”，不说“吃”，说“洽”，等等。“妖精”说的就是这种语言。

“妖精”和我很快熟起来，这再自然不过了：所谓 Like knows like。如果旁边坐的是个高大威猛的篮球队员，或者“人妖”味过重的喷香水的小白脸，自然很难谈到一块去。但“妖精”和我很相似：平庸的相貌，干瘦的身材——但还没有丑到让人反胃或者瘦到弱不禁风，用《魔兽世界》的专业术语来说，是个“环保装”[①]吧。读了几本穷酸的歪书——“学”富不了五车，勉强能塞满一手提袋。语言暴力远胜过肢体暴力，是那种在论坛灌水区骂娘骂得比粪堆里爬出来的蛆虫拉的屎还要难听的不浇水只泼粪的“粪青”。你跑到任何一个网吧里面喊一声“喂，你怎么在这个网吧”，保证有十个以上的我们这样的人回头看你。

“妖精”和我不能称作朋友，自恋的人是比较吝啬给予他人“朋友”头衔的。如果有人指着我们中的一个问另外一个：“这是你的朋友？”我们一定会大摇脑袋：“啊，不，不，网吧里面认识的。”这句话的问题在于省略了宾语：认识的什么呢？哥们？朋友？熟人？都不算，就是“认识的”。但这种关系却有一种奇特的默契：不知道对方的来龙去脉姓甚名谁，却有着共同的兴趣爱好、人生追求；离开网吧就形同路人，不会一起去 K 歌泡吧，但时不时顺手递过一根香烟；没有八拜之交甚至都不承认对方是朋友，但如果其中一人没有来，另一

① 环保装：《魔兽世界》里属性较差的装备，名称显示为绿色。

个在刷怪的时候常常会下意识地抬头张望一圈。

还有一个家伙也挺有趣。他长得五大三粗甚至看上去有点凶蛮暴力，如果半夜在街上遇到，你可能会捂紧钱包加快脚步走开。但他实际上只是个傻得可爱的不可救药的网虫。据说他也有工作——每隔一阵就会消失几天，听与他很熟的人说，他是“做工程”的，干活去了。用不了多久他又会回来，坐在自己的老位置上，面对着三五天前的屏幕。尽管他没有出钱把那台电脑包下来，但如果不是网吧客满，老板总是对新来的客人说：“那台机子有人了，你坐旁边的位子吧。”同样的，我不知道他叫什么，但我给他取了个名字叫“水手”（当然我不会当面叫他，当面我们称呼对方为“嗯”或者“嗨”）——一方面是体格相貌，另一方面则是他那候鸟般的生活习性。永远都是消失几天，然后回来连续玩上一两周——18 世纪英国小说里面的水手不正是如此吗？

“水手”有个特点是喜欢对着屏幕傻笑。有些“90 后”少男少女聊 QQ 的时候随着手指的快速舞动脸上会带着一丝只有他自己和屏幕那边的网友才能看懂的微笑——但水手不是微笑，他会放下鼠标抚摸着屏幕大笑。最开始我以为他是个疯子，要不是旁边的电脑配置太差，我早就换座位了。有时候他笑到得意之处，会侧过脸来看我。一开始我还以为他要和我分享心得，但他从来没有告诉过我他到底在笑什么，永远都是看我一阵子，然后摇摇头，仿佛觉得我不会理解他发笑的原因一样——我的确无法理解——然后回过头继续对着屏幕笑。

“水手”还有个特点：极其善于自我批评。有一位伟大领袖教育过我们：“要善于批评和自我批评。”“水手”就是很听领袖话的人。他玩的是另外一款网络游戏，估计水平和我是半斤八两。如果我出现了失误，比如在地下城和队友抄近道绕开怪物的时候忘记解散 BB[①]，走了一分钟突然发现我那忠实的“断牙”正屁颠屁颠地从远处跑来，身后还跟了一大群有如看见了心中的韩国小白脸偶像的青春期脑残少女般疯狂冲过来的怪物的时候——我会很含混地叨唠一声。但“水手”就不同了。“水手”要指天画地，诅天咒地——而且喜欢用最粗痞的话语来辱骂自己：“哎哟，我怎么这样猪啊！”（头一次知道猪还可以做形容词）“我，我，我”——然后站起来痛苦地拍打自己的大腿（以前他喜欢拍电脑键盘，但老板不高兴，说拍坏了要他赔，所以他就改拍不要钱的大腿了）。记得有一次他似乎是把一样很极品的装备不小心摧毁了——整整三天，他见了人就讲“你说我是不是头猪”，然后再痛苦地讲述他是如何将自己辛辛苦苦打了一个月才弄到的极品装备给摧毁了的故事。后来我发誓如果他见了我在第 N+1 次地向我说明他是如何的“猪”，我一定把他的名字改作“祥林猪”。

最后还有个经常坐在我旁边的家伙，玩一款小众的 2D 游戏——一个可怜的“支气管炎”（被老婆管叫“气管炎”的话，被女朋友管大概就只能叫“支气管炎”了）。他女朋友的醋意大得连游戏里面的野猪人都要嫉妒，这小子没几回能安稳地坐下来冲级。我看他可怜，有时候帮他刷一刷，他感动的表情仿佛是握着坐宝马车到贫困乡送温暖的县委书记的手的农民老伯一样：

“你要我帮你干什么？”

“砍这种跳出来的青蛙。”

“这样？”

“嗯。”

---

① BB：Baby，宝宝，猎人职业在游戏中能捕获野兽充当宠物宝宝，协助主人作战。

“一刀 50000+ 的伤害？”

“我开了外挂[①]。”

“他打我才 3 的伤害？”

“这个外挂很好用。”

“砍一个怪多少经验？”

“100 多。”

“你要多少才能升级？”

“现在，嗯，让我看看，嗯，七十七万。”

“你还要升多少级？”

“四十五级。”

“……”

实在看不出这样“杀”青蛙到底有什么意思，帮他“砍”了一个多钟头，经验条才走了鸟屎长的一截。这小子回来了，脸上的表情欢愉得有如被性爱滋润过的老处女一样——我问他是不是冲回去和他的女朋友做了点少儿不宜的事情，他满脸幸福地说道：

“她说她外公去世了，要回衡阳老家去奔丧，三天后才会回来。”

……

“哎呀呀，升了这么多，谢了谢了。”

接着他一屁股坐下来，点了根烟（居然是精白沙，比他平时抽的软白沙足足贵了三块五），从容地接过鼠标，继续对青蛙进行“大屠杀”。那天晚上给他女朋友外公陪葬的青蛙足足有几万只，老爷子如果是属蛇的，也算是风光大葬了。

在网吧的日子真是一段美好的回忆——所谓 love me，love my

① 外挂：网络游戏里面的作弊器。

dog，一旦是在做自己喜欢的事情，再可憎的环境也是美丽的；而在绿柳环绕的清澈湖边和女友分手，这辈子恐怕都要厌恶水塘。

这里，我想给网吧正正名。

家长们总觉得，孩子去网吧，回来不是缺胳膊少腿就是会被人骗割掉一个肾。仿佛天下所有的地痞流氓杀人犯都集中在这里，无论是用杀猪刀捅死情敌的争风吃醋的村夫，还是抢劫了银行两百万现钞的强盗，作案后决不会往荒郊野岭逃窜，一定要到人头攒动的居民区找一家网吧（就是你去的那家），放下血淋淋的屠刀或者沉甸甸的装满人民币的蛇皮袋——然后上网聊 QQ。

其实和外面的世界相比，网吧里的居民们更要纯净和善几分：他们没有钱（有钱干吗不自己买台电脑在家里玩？），所以身上的铜臭味不浓；他们社交面狭窄（真人版朋友一堆的 playboy/girl 去的是 KTV、酒吧和宾馆），所以受腐朽堕落的社会风气污染比较轻；他们躯体和智力都不强大（一天到晚龟缩在 17 英寸的屏幕前，体力脑力肯定都要退化），所以他们不凶蛮暴力，不狡诈阴险。最重要的一点是，网吧里面容纳的只不过是一堆肉体（宅男宅女这个词我觉得分量不够，“行尸走肉”才是恰当的形容），大家的心都在那 17 英寸的闪烁屏幕里面——一旦不把心放在这里，肉体又会发生什么冲突呢？

想要学打架学骂娘，去省重点中学绝对要比去网吧更合适：各位老师如果知道学生们背后给他们取的外号，估计要气得阑尾都被肾上腺素给腐蚀掉。我记得从前有个数学老师共有十七个外号，大多与男女生殖器官，人以及动物的排泄物，以及她（各位看官注意了，是 she，不是阳性人称代词）的胡须有关。但我从来没有在网吧听到过一句攻击另外一个吧民的污辱性语言。

鼎鼎大名的《美国宪法修正案》的第一条规定：每个美国公民都有宗教信仰的自由——这一点吧民们做得比任何国家和民族都要好。吧民们的宗教就是自己玩的游戏：魔兽传奇天堂奇迹跑跑卡丁车俄罗斯方块——街上走过和尚道士路人会侧目，大小商店里面的音响声嘶力竭地喊着“God is a girl!”——但你在网吧里绝不会听到一个吧民对另一个吧民说：“你玩的游戏好弱智啊。”平等、博爱、自由在这里体现得淋漓尽致。宗教的冲突？不可能。相反的是，大家尊重别人的游戏有如尊重自己的游戏一样，爱吾游及爱人之游。中国人认为道佛儒三教合一的时候就是太平盛世，西洋人则觉得如果本来同源的伊斯兰教和基督教能够合并（耶稣和摩西在《古兰经》里面不也是先知吗？），世界可能要少了一大半的战争和冲突。老夫子们做梦都没实现的宗教大一统，在网吧里面非常自然地出现了。

网吧实际上是我所知道的最温馨最宽容最博爱的地方。如果寒冬腊月你身无分文流落街头，你能去哪里？政府机关的公仆办公室？高等学府的天骄自习室？豪华酒店的贵族娱乐室？天下虽大，容不下你的七尺身躯。这时候你要找的是一家网吧。走进去，没有人会问你姓甚名谁，没有人会强迫你花钱消费，甚至没有人会用怀疑或者质疑或者鄙夷的目光扫视你：随便找条凳子坐下，休息，打盹，享受空调，看邻桌的人玩游戏。

两个月后，跌跌撞撞地，我终于满级，对《魔兽世界》也窥到了一些门道。五千大洋，一台配置还算不错的电脑摆在我的书桌上。告别了“白大师”，告别了“妖精”“水手”和“支气管炎”，告别了网吧，正式开始了《魔兽世界》的精彩旅程。

其实，我游戏虽然玩得多，技术却一直很烂。大概是我三岁的时候发过一次高烧，小脑受了一点影响。CS[①] 中我向来是大头娃娃，一局游戏脑袋不知要开花多少次；Warcraft III[②] 至今连 Easy 的电脑都没赢过，只好把自己归为 Very Easy 的级别；最喜欢玩的是单机版的《轩辕剑》[③]，用《金山游侠》[④] 改得一塌糊涂，立马从狗熊变成英雄，个个 Boss 秒杀。

好在《魔兽世界》里面还有许多和我一样的菜鸟，大家菜到一起，非常有趣。有一次在玛拉顿[⑤]，和另外四只菜鸟玩家奋斗了一整晚还没看见最后的 Boss“公主”。而且谁也没见过其本尊，都在猜测她将是如何的婀娜多姿国色天香甚至提醒自己：到时候我可千万要狠下心肠，不能惜香怜玉误了团队的大事。直到后来叫了个大号带我去一睹芳容，当场昏死，从此再未踏足玛拉顿半步。我们绝大部分的时间在跑尸体，而且个个都路痴，迷路了 N 次，每次都惹上一大群牛气冲天的怪物，逃跑，挣扎，灭团，练习马拉松。更可怕的是，五个人都很死脑筋。路上的那些“绿肥肥”怪物显然是不能用刀砍的，你越打它自己死得越快，可我那些可爱的菜鸟队友们居然死了四五次还是冲上去肉搏。居然是我最先醒悟过来，说了句“它们速度慢，用枪打”，才过了这关。后来他们竟然推选我当队长，“听队长指挥，大家把配合打出来”，听了法师的这句话，我马上说了句“88”，然后逃出了副本。不然估计现在我还在玛拉顿的山洞里没出来，说不定已经被食人魔公主抓去当驸马了。

---

① CS:《反恐精英》，一款第一人称射击游戏。

② Warcraft III:《魔兽争霸 3》，一款即时战略游戏，电脑对手的实力分为 Easy、Normal、Insane 三种。

③ 《轩辕剑》：一款 RPG 游戏。

④ 《金山游侠》：一款可以篡改游戏数据，帮助作弊的软件。

⑤ 玛拉顿：《魔兽世界》里的一个地下城，地形复杂，怪物强悍。

怪物打不赢，玩家我就更打不赢了。我那个服务器部落[①]占优势，练级的时候，满世界的牛头兽面，杀得我一个小小的联盟猎人满地找牙。但我偏生就有点犯贱，打不赢还想去打。我很像希腊神话里的战神阿瑞斯（他的罗马名叫马尔斯，个性和希腊版的大相径庭，是个广受崇拜的伟大的神。大约是因为罗马人好战，所以喜欢彪悍的猛男；希腊人好和平，喜欢戏剧和哲学，所以故意贬低战神），既是暴徒，又是懦夫，既想杀人，又怕被别人杀。所以我一般都是挑比我级别低的人欺负，级别和我一样或者比我高的敌人，如果不是在特殊情况下，我是不会去碰的。什么是特殊情况？比如猎人的 BB 被怪物缠着啊，术士的胖子英勇牺牲了啊，法师半血半蓝啊，战士被 N 个敌人追杀啊，等等。

有人可能会替我捏一把汗了：玩得这么菜，和人组队不怕被骂吗？不怕！我有绝招。耶稣说，谁打你的右脸，把左脸也给他打。我把这种方法升级了一下：谁想打你的右脸，你先抽自己的左脸三下；谁想骂你，你大喊："我是猪，我是猪，我是猪猪猪猪猪！"谦虚是美德，委婉是艺术，自我作践呢？那是战术！每次组队下副本或者上战场，我都会告知队友："你们应该听说过一句名言：'不怕神一般的对手，就怕猪一般的队友。'各位，不好意思，我就是那个队友。"

当然，如果实力强大到了登峰造极，傲视天下，甚至独孤求败之境界，心胸往往会变得豁达开阔。经过一段时间的艰苦磨炼，我就——不好意思，不是达到了这种境界，而是遇上了一个这种境界的人。

有一次我弄到了一把很好的猎弓，想找几个低级别的部落蹂躏一

① 部落：《魔兽世界》中玩家分为"联盟"和"部落"两个阵营，可以相互杀死对方。

番试试手感。碰巧那天估计是雷霆崖[1]开满汉全席，一路游荡，连根牛毛都没摸到（我要找的是小牛，凡遇上大牛、壮牛、野牛、牛魔王，我都是靠边闪）。终于，在泰罗卡森林里碰到了个牛头战士。虽然已经到70级而且貌似装备华丽，但他正在和一堆鸦人激烈交战，生命值已经掉了一大半。我双腿一夹，快马上前，“弓开如秋月行天，箭去似流星落地”，中箭的战士不慌不忙地转过身来，斧头一挥，我就直接被秒掉了。当时我吃惊到都忘了释放灵魂。好，算你狠，我再来！复活，跑开，恢复，攻击，我对着被一大堆鸦人缠着的牛头人倾泻了无数利箭，我射，我射，我再射；身受重伤的他回过头，一个冲锋，抡起斧头，砍，再砍，再……哦，不用砍了，我已经挂了。好，有两把刷子，看我程咬金的第三斧！这次我在他身后耐心地等了好久，等他引了十多个鸦人，生命值已经掉到了危险线以下（如果是我，早就双脚一蹬，假死[2]了），这才上前动手。眼看他只剩几百血就要挂了，“咕咚”一口，他喝下一瓶药水，还是不慌不忙地转过身来，砍，再砍，我假死跳开，他冲锋上前；我也喝了一瓶药水，转身逃跑，他踩了一脚，我昏迷，他再砍，我倒下……

服了，大哥，我服了。我复活，没有逃开躲藏，而是身心俱疲遍体鳞伤地站在他身边看他。他对我挥挥手，继续蹂躏鸦人，仿佛我是树林中没有攻击力的奶牛和兔子一样。我惭愧地低下头，默默地收起了猎弓，按ESC，点击“确认离开”，下线。

嘿嘿，《魔兽世界》，有趣的游戏……

---

① 雷霆崖：《魔兽世界》中牛头人的主城。

② 假死：猎人职业的经典技能，在被敌人追杀的时候倒地装死。

第十三章　我的八百万弟兄

一天晚上，小虎来我家玩，我正在刷卡拉赞[①]。在亲眼看到了我一晚上连续三次引发灭团[②]，出副本在野外被部落杀了五次，到暴风城门口和人 PK 又被放倒十五次之后，小虎无可奈何地问我：

“老哥，是什么支持着你继续玩游戏的啊？”

我点开游戏界面里的好友列表，答道：

“他们。”

《魔兽世界》的真正魅力，源自游戏中和你同呼吸共命运的 wower[③] 们。

我的第一个游戏好友是个矮人牧师。十多级的时候，我看到他拖着一把大胡子在暴风城里乱闯，急得满头是汗。他突然叫住我：

“兄弟，知道暴风城花店在哪里不？”

原本无论在生活中还是游戏中，我都是超级路痴，经常在居住了四分之一个世纪的家乡向外地人打听某个地方怎么去，或者在游戏副本中迷路冲到一堆怪物中被群殴致死。但我昨天刚好做了一个买花的任务，因此很潇洒地领着老牧师找到了花店。

---

① 卡拉赞：《魔兽世界》里一个十人副本。

② 灭团：地下城组队的玩家全体被怪物杀死。

③ wower：《魔兽世界》玩家。

老牧师连声道谢，点击交易，要给我一百个金币当感谢费（真大方啊！当时一百个金币差不多相当于三元人民币了！）。虽然看着金币我口水直流（我包里面一共有两金三十银），但好容易潇洒了一回，肯定得让我潇洒到底嘛。我取消了交易。

“客气啥子，举手之劳。”

于是老牧师和我成了忘年之交——游戏里面他比我资深三年，现实生活中我比他大三岁。现在离开了网吧，身边没有“白大师”，老牧师成了我在《魔兽世界》里的新的导师。

另外一个朋友是个小号战士。我三十级的时候在避难谷地碰上了这个彪悍的小侏儒。很快我就发现，有他在身边，升级做任务简直是开了外挂。一般我们俩组队，五个怪他要抗四个。往往是我觉得情况不对脚底抹油已经跑出几十公里，回来准备替他收尸送葬放鞭炮开追悼会了，结果发现他还在顽抗，而且怪物已经死得差不多了。我抓了一头野猪当 BB，每次杀怪，小战士和野猪同时发出一声尖啸，冲锋上前抗怪；我就很猥琐地躲在那一人一猪后面干自己最喜欢干的事情：偷偷射冷箭。敌人倒了我就冲上去捡钱，宠物倒了我就赶快假死。

直到有一天，小战士向我抱怨：

“你能不能换个 BB 啊？”

“为什么？”

“每次打怪杀人，你的野猪和我都是同时冲锋上去，让我觉得自己很没面子呢。”

OK，尊重你的面子。我立刻将野猪放生，抓了一头肥大健硕的棕熊。小战士满意地说道：

“这还差不多。”

我就不懂了，和野猪一起冲锋没面子，和狗熊冲锋就很拉风了？

到了后期，我对小战士的依赖已经从“共生”发展成了“寄生”。做任务，下副本，冲成就，小战士都要帮我照应。后来我甚至连烹饪都懒得练，吃喝拉撒全让“寄主”给代劳。有一段时间他要考试不能上线，我整整一周都没能升级，只好上 QQ 聊天去了。

小战士更大的作用是当保镖，他的 PK 技术简直是出神入化。有一次在荆棘谷，三个部落玩家来挑衅，两个级别都比我们高，一个低我两级，我干掉那个比我低的萨满就牺牲了。等我跑完尸体回来，发现地上躺着的居然是那两个敌人，他老人家悠闲地坐在山坡上吃 KFC。

当然电动自行车，无论动力多大质量多好名字多拉风——新日、狮龙、立马——也追不上汽车，哪怕对方是 0.8 排量的比亚迪 F0。再牛的小号，遇上即使是最熊的大号，一样是死路一条。

那天在荆棘谷，遇上一个 70 级的兽人战士，把我们死去活来地虐了三轮。小战士怒道：

“你等着，我开大号来杀他！”

一分钟后，好友名单中突然多了一个人：老牧师。

“喂，你怎么这时候上线了？”

“我不是牧师本人，是他同学。我的小号被部落守了，现在过来报仇。”

不会吧，这么巧？

“同学你好，你的小号是不是一个战士？”

“是啊……咦？是你！”

搞明白了，原来老牧师和小战士是同寝室好友。咳，我和他俩还真有缘，一个服务器几万人，居然同时加了他两人为好友。

还想继续聊天，（小战士操作的）老牧师道：

“等等，我给那个混蛋点颜色看看。”

顶着“大元帅”头衔的老牧师骑着黑色战羊呼啸而来，冲到兽人战士面前，二话不说就给了他五彩缤纷的颜色——岂止是一点颜色，简直就是泼油漆！在满血虐杀了那战士两次之后（第二次他用“吸血鬼之触”把战士吸得只剩个位数的血，然后跑上去一法杖将其敲死——被牧师用法杖敲死，这对战士来说真是奇耻大辱啊！），老牧师要我复活，然后再次把战士打残，对我说：

“你射死他。”

大哥，你也忒狠了点吧。不过，我喜欢！我狠狠地射了战士几十箭（sorry，老兄，俺的秒伤[①]才几十），彻底心碎的兽人战士轰然倒下，虚弱复活[②]跑掉了。老牧师冷笑道：

“看你还敢杀小号不！”

哥哥，好暴力啊，俺有点怕怕了……

但真正一路伴随我走上来的，是个漂亮的小法师。

十五级的时候，在西部荒野做任务，看到一个女娃子被野猪追杀（我就纳闷了，野猪级别比她还低啊。后来才知道，她不知道每升两级就要去学一次技能），难得当一次英雄的我大喝一声，一箭放倒了那头棕黄的肥猪。小法师连声道谢，我得意万分的同时，深感幸运：每个男人都有“英雄救美”的情结。美丽公主为怪兽所困，白马王子拍马赶到，一矛戳死敌人，公主为报答救命之恩，以身相许——许多

① 秒伤：玩家每秒能造成的伤害。

② 虚弱复活：当敌方玩家守着你的尸体，不让你复活逃跑的时候，你可以选择在墓地“虚弱复活”离开，但10分钟之内生命值和伤害值都会减少75%，而且装备会受损。

西方童话都有这种情节。当然，中国的“救美传说”就要少多了。一则中国古人讲究“以理服人”，“路见不平一声吼，该出手时就出手”，那是土匪们的作风，君子是要“以德服人”的。柳毅救龙女也不过是捎了个信，否则以他自己的战斗力，估计会被泾水龙太子秒杀。二则中国古代的MM比较宅，有事没事跑到荒郊野岭去抛头露面只能算不良少女，被怪兽吃掉也是活该。但如果本身不是“英雄”而是“狗熊”，能救美女的机会就不多了。八百万魔兽玩家，居然还有比我更菜的一个，嘿嘿，算我运气好。

之后我和小法师就经常成双成对地出现在《魔兽世界》的各个角落：我们一起下副本、犯错误、引发灭团、双双被T出去[①]；我们一起练级杀怪做任务跑冤枉路把垃圾装备当宝贝相互交换；我们一起被部落杀掉守尸体，又赌气不愿意虚弱复活或者下线，于是干脆淡定地聊天一个小时和敌人比赛烧点卡。

其实，如果想要更有效率地升级，我应该跟小战士或者任何一个水平稍微正常的人一起玩。和小法师，我们两个简直是在比赛谁更菜——而且还不是“芦笋”“香菇”“松露”这些高档小菜，乃是五分钱一斤一买就是一麻袋的东北大白菜。

但只要我们两个同时上线，我们就会组队一起玩，因为我们有着同样的游戏理念：游戏是让人玩的，不是玩人的。我们最享受的时光是一起在游戏里面边看风景边聊天。

那一段时间，白天我和现实生活中的人说话不会超过十句；但每天晚上，我却会和小法师聊上几个小时。

其实至今我都不知道小法师到底是男是女。她没说，我也没问。

---

① T出去：如果玩家在游戏中犯错误过多，就可能被队友开除出队伍，简称T掉。

我们从来都是靠打字交流，相互没问电话没留 QQ 号码，更没有要求看对方的照片。但从第一天她喊我“哥哥”开始，我就在心里认定她是个女生了。她操作很差，副本里面经常犯很低级的错误；她装备不好，却时不时花高价购买好看不好用的漂亮裙子穿；她胆子很小，遇上比自己级别高的怪物就一定要等我过来了才敢动手。但更让我认定她一定是个温柔美丽的女孩子的是，她会安安静静地听我说一大段无聊的笑话或者倾诉对 Amelia 的思念，从不会厌烦，更不会用“呵呵”这样的字眼来打发我。

那一段时间，刚刚失恋的孤独的我真的很需要一个异性——哪怕“她”本人有可能是个男生，哪怕我不知道“她”长得是像凤姐还是春哥，哪怕我只能隔着屏幕用文字和“她”交流，从“>_<（^o^）~_~”这些表情符号中判断“她”的喜怒哀乐——我仍然需要“她”，听我倾诉，陪我解闷，让我保护，让我照顾。

有一天，小法师突然告诉我，她明年就要高考了，很快就会 AFK[1]。说实话，我觉得比和现实生活中的朋友分离还要舍不得。我们一起游戏的最后一段时间，除了偶尔一起下一下五人副本，小法师总在野外采草卖钱。我问她都要 AFK 了还这样辛苦赚钱干什么，她笑而不答（虽然我看不到屏幕那头的表情，但她回复的是：嘿嘿……）。直到有一天上线，发现有一封新邮件。点开一看，是小法师写给我的，发信时间是凌晨 2 点。她说她正式 AFK 了，她怕离别的时候会很伤感，所以特意半夜起来写了这封信。她知道我很想买速度是 280% 的狮鹫坐骑，所以前段时间就努力赚了一些钱，凑了五千金币送给我，希望我能“更方便地看风景”。

---

① AFK：away from keyboard，离开游戏不再玩了。

看着附件里面的金币，我的眼睛湿润了。一个大男人因为游戏中和一个比自己小了四五岁的小朋友的友谊而流泪，真有点不好意思。这是我这辈子收到过的最让我感动的礼物。五千个虚拟金币的价值或许不到一百块钱，但却是小法师一个多月每天几个小时辛辛苦苦为我赚来的。这份情谊，价值五千个真正的金币。

没有玩过网游的人，恐怕很难理解游戏里面结下的情谊。热爱虚拟的网络世界的人，在现实生活中往往寂寞孤单，但他们在游戏中却能四海皆兄弟。

现实生活中的朋友会陪你吃饭喝酒逛街K歌，逢年过节给你发短信，帮你租房子修电器介绍工作和女友——但游戏中的朋友却会与你跋山涉水做任务，历经艰辛刷副本；会在一大群敌人包围上来的时候毅然上前，用身体挡住咆哮而来的怪兽，给弟兄们赢得逃生的机会；会在战友们全部阵亡后，自己明明有脱身的机会，却英勇战斗到最后一息，和大家同生共死！

《魔兽世界》这款伟大的游戏，在设计理念上就充满着人性的光辉。说一个研发《魔兽世界》的暴雪公司的故事吧。Ezra Chattrton是一个12岁的美国小孩，平时喜欢和父亲一起玩《魔兽世界》。2008年他不幸患上脑癌，唯一的愿望就是能够参观暴雪公司的总部。暴雪公司不但派专人接他到公司总部参观了一天，还邀请他设计了一把武器，并且以他的名字命名了一个NPC。Ezra不久就离开人世，但全世界的玩家却都能在游戏中看到他设计的那把漂亮的凤凰之弩。弩上面有一行小字：按照菲尼克斯（Ezra在游戏中的角色名称）的要求精心打造。

满级后，加入了一个小工会。会长和副会长是现实生活中的一对小夫妻，两人都是年龄不足三十、月薪不足三千的小业务员。工会里人不多，有比我大的（有一次下副本，牧师突然说要等一下，问他为什么，他说要给儿子喂奶），也有比我小的（另一次，一个骑士在关键时候掉线，引发灭团。第二天他解释说，他老妈发飙了，拔掉了电脑电源，还扇了他两个耳光。现在他是偷了老爸的身份证在网吧里面上网）。

这个工会从来不记录 DKP[①]，出了装备，大家相互礼让；小号不知道做任务，马上就有好几个人问他要不要过来帮忙；下副本不会要求你装备达到多少等级，菜鸟犯了错误也没人埋怨；有时候卡在某个 Boss 过不去，全工会的人会集体炉石[②]回主城，然后几十个人"越策越开心"，从游戏里聊到游戏外，从萨尔[③]的情人谈到陈冠希的艳照。

真的很喜欢和这帮家伙一起玩游戏。我装备很烂，技术更烂；副本里面三分钟一 OT[④]，五分钟一引怪；有时候打了一阵子突然不见人了，原来又在地下城迷路，二十几个人被迫待在原地等我，有时候等得 110[⑤] 都刷新了。队友们却从不抱怨，总是宽容地看着我一次又一次地犯错。有时候我自己都过意不去了，要他们把我 T 掉。会长却安慰我说：

"没关系，谁都是新手玩上来的。灭灭团，大家正好有时间聊天，交流感情。"

当然灭团总还是让大家沮丧的，会长就会想各种方法来 cheer 大家 up，钓鱼比赛咯，舞蹈比赛咯，歌唱比赛咯（除了最后一个可以用 YY 听到真人声音，其余的都是在虚拟的世界中进行）。当然，最

---

① DKP：Dragon Kill Points，工会记录玩家参加活动次数和分配装备的依据。

② 炉石：游戏道具，点击后玩家可以瞬间从野外回到城镇。

③ 萨尔：《魔兽世界》中的著名角色，兽人族的领袖。

④ OT：over tank，指玩家的伤害超过抗怪的坦克，是常见失误之一。

⑤ 110：巡逻的怪物，活动范围很大。

多的提升士气的方法，还是去屠杀野外 boss。暮色森林里那条可怜的绿龙基本上每周要被我们宰一次——它掉落的装备早就只能扔 NPC 了，大家享受的是观看那肥胖的绿色身躯轰然倒地的场景。突然觉得本应是魔兽之王的巨龙们有点可怜了：在西方神话中，这些长着翅膀的肥硕的喷火爬虫千百年来守护着从各地搜刮来的稀世珍宝，还时不时从王宫里拐骗一两个美丽的公主当宠物养着。直到某个头脑简单四肢发达满脸青春痘的王子感到不爽，千里迢迢地跑过来把这个“萝莉控”一长矛戳死，扛着财宝背着公主，喜气洋洋地回家过年，还附带获得“Dragon Slayer”（屠龙者）的拉风头衔。而即使是在被自称为“龙的传人”的中国人的故事里面，龙神们的战斗力也低下得可怜，流氓无产者孙悟空曾经对它们进行过敲诈勒索（金箍棒原来是东海龙王的“定海神针”），小白龙还被迫给老白脸唐僧当坐骑。龙神们的战斗力有时候连未成年都不如，刚满七岁的哪吒曾用乾坤圈劈死龙王三太子，还抽了它的龙筋。

2008 年 5 月 12 日下午 2 点，和工会里的四个哥们打能源舰。刷到老三面前，四个哥们突然同时掉线。我大感惊奇：打副本掉线是常有的事情——网吧停电，学校断网，坑爹的电信和更坑爹的九城收钱不干活，掉了好装备过于激动一脚踢掉了电脑电源，长期和游戏争风吃醋最后终于在沉默中爆发的愤怒女友一锤子砸烂了电脑——但四个哥们同时掉，我还真没碰到过。

郁闷地搓炉石回到沙塔斯城[①]，更加诡异的事情发生了。我突然感到椅子一阵震颤，挪了挪屁股，震颤继续。我一下子跳了起来，脑中闪过一个词——说出来不怕你笑话，那个词是“有鬼！”我拉开窗

① 沙塔斯城：《魔兽世界》中的一个重要城市，玩家们平时喜欢在那里集合。

帘，刺眼的阳光射进宅男阴暗潮湿的蜗居，光天化日，鬼的概念瞬间消失。此时沙塔斯城里已经聚满了和我一样从《魔兽世界》各个角落回城的（来自全国各地的）玩家。同样感受到了或强或弱的震动的宅男宅女们开始充分发挥想象力：地震？火山爆发？国家试验核武器？外星人攻打地球？2012 提前到来？

几个小时后，得到了确切消息：汶川，大地震。

晚上打开《新闻联播》，温家宝已经赶赴成都指挥救灾。

突然想起，掉线的哥们曾说过，他们都在四川读大学。

难道……

眼泪一下子就掉了下来。

三天国难，无法上线。

5 月 15 日，终于可以重新登录服务器了。赶紧查看好友列表，谢天谢地，朋友们的名字都亮着。

“你们还好吗？”

“还好还好，我们都在成都。”

“猪头呢，怎么没上线？”

“他们那儿网线全断了，上不了。他给我打了电话，说人没问题。”

“老周呢？他好像也是四川的。”

“昨天他发短信给我，说他受伤了。”

“啊，不会吧，宿舍倒了？”

“没，泡方便面时打翻了开水壶，烫到脚了。”

大家感叹了好一阵子，突然有人说：

“我们下副本去吧。”

我很吃惊：

“你们怎么还在玩游戏？”

“不玩干什么？学校停课，交通停滞，外面一片混乱，连手机都没信号。躲在网吧里面，不给政府添乱。”

大家于是组起队伍进入黑暗神殿[1]，平静地慢慢推进，尽量避免地震的话题。直到 MT[2] 突然发话：

“我们速度快点吧。”

“为什么？”

“旁边的人说可能会有余震，我怕等下断线害得大家灭团。”

为了表扬他的敬业，会长私人掏腰包，发给他一千金币的奖金。

宣称《魔兽世界》是精神毒品的陶教授之流，此时恐怕又会大放厥词了：国难当头，举国悲恸，这群中了网毒的人渣竟然还在玩游戏，真是全无心肝，不可救药！

但是，陶教授，你有没有想过，此时此刻，除了躲入《魔兽世界》，我们还有什么选择？我们也恨不得立刻坐上飞机，回到父母身边，报一声平安；我们也想有一个美丽的女友，搂着她的娇躯，抚摸她的秀发，告诉她“有我在身边，一切都会 OK”；我们也愿意和现实生活中的朋友一起，拉上一卡车的赈灾物资，到汶川的废墟中，去抢险，去救人，去当英雄！但我们能做到吗？

我们不富有，每个月从可怜巴巴的四五百元生活费中省出三十元钱来买点卡，享受五角钱一个小时的廉价快乐；我们不英俊，苍白的面孔，厚厚的镜片，干瘦的身躯，让我们成为“屌丝”的形象代表，别说美女，就连长相极其平庸的女生也不愿正眼看我们一眼；我们不高大，不强壮，不潇洒，不霸气，现实生活中，我们被漠视，被冷遇，

① 黑暗神殿：《魔兽世界》中的一个大型副本。

② MT：Major Tank，主坦克，游戏中在前面扛怪的玩家。

被误解，被嘲笑，卑微渺小的我们被主流社会边缘化、妖魔化，被他们看得一钱不值！

只有在这虚拟的网络世界，我们才真正能够被欣赏，被需要，被爱。

因此，是的，此时此刻，我们也要玩游戏。

死，也要死在自己的精神家园中，死在生死相随的弟兄们身边。

不煽情了，回答对方辩友的一个“杀手锏”问题吧：玩游戏不能带来任何好处，纯粹是浪费时间。

不错，玩游戏是不能带来什么好处，唯一的目的就是“获取快乐”，但是如果你以“任何为获取快乐的人类行为都是浪费时间而应该被禁止”作为行为准则，那很好，我们就严格地执行这个准则。从今以后，音乐、绘画、文学、戏剧都应该废除；美食、醇酒、名车、豪宅都必须消灭；就连性生活也应该严格到只为“繁衍后代”，为快乐而性交应属违法行为（中世纪基督教的教义还真是这样写的）。这一切难道不都是为了“获取快乐”？贝多芬的交响乐、莎士比亚的戏剧、毕加索的油画，难道创造了物质价值？你背诵几首唐诗宋词十四行，GDP 就增加了两个点？它们之所以被提升到“高雅”“辉煌”甚至“伟大”的高度，被众人所追捧，全因它们是强势群体“获取快乐”的方式罢了。由于过去的王公贵族和现在的大腕名流欣赏（或者假装欣赏）这些东西——而这些人又能够决定意识形态和社会价值观，他们就强奸民意，将弱势群体“获取快乐”的方式——网络游戏——称作“浪费时间的精神鸦片”。如果你真的想要建立一个“绝对”社会——不是尼采的，更不是柏拉图的，而是真正的“绝对社会”，那就请彻底贯彻这个准则，将一切非促进生产力或者物质文明发展的东西都消灭。让我为你描述一下“绝对社会”的成员一天的生活吧：

早晨6:00起床，和社区居民一起进行一个钟头的晨练。

7:00用早餐，食物是蛋、面包、牛奶和水果。

7:30开始工作，直到12:30（农业、工业、医疗等方面的工作，作家、演员、手工艺人等都早已失业改行）。

12:30到13:00用午餐，食物是大米、肉类、蔬菜（无需考虑口感而精致烹饪，那样浪费人工还会损失食物的养分）。

13:00到14:00午休一个小时。

14:00到18:00，工作。

18:00到19:00用晚餐，食物同上（全国有20种有益健康的食谱，三天一次轮换供应，保证国民健康就可以）。

19:00到23:00，工作。

23:00到00:00，洗漱整理，上床睡觉。

一年365天每天如此（节假日已经取消），所有人从20岁到65岁都过这样的生活（20岁以前则将工作换成学习，而且由于学习时间大大增加，音乐、美术、历史等“无用”科日又被废除，到20岁的时候所有人都能至少达到现在博士后的知识水平）。

全国国民应该居住在五百到一千人的定居点中，过集体生活——包括集体用餐、集体就寝等。家庭应该被废除。每年固定的时间，由国家通过基因筛选而配出合适的男女进行交配，子女在哺乳期过后就送交国家培养。所有的人每天都能工作14个小时以上——当然病人和老年人还是能得到照顾，但也必须从事力所能及的工作（如果出现自然灾害、经济危机这样的特殊情况，政府就施行“社会达尔文主义”，为65周岁以上的老年人、绝症病人和体弱的婴幼儿施行安乐死）。国民从孩童时代就要训练磨灭感情：快乐、悲伤、爱、恨，这些都要消除，以防影响工作和学习。

可以想象，按照这种生活方式，社会效率能够提高到怎样的程度，十倍？二十倍？一百倍？完全可能。现实的国家中，除去游手好闲的懒汉，除去吃闲饭的官僚和富家子弟，除去从事文化艺术这些“废物行业”人，真正干“实事”的不过是一小部分人。而这一小部分人又要休息，要恋爱，要享受生活，干“实事”的时间又只占了一生的一小部分。可以断言，现代世界，任何一个人口一亿以上资源相对丰富的国家如果变成“绝对社会”，不出二十年这个国家的生产力水平就将超过世界其他国家的总和！

别说我是纸上谈兵痴人说梦，这种性质的国家，人类历史上也不是没有出现过。比如古希腊的斯巴达城邦。斯巴达人用烈酒给婴儿洗礼，体弱的孩子被扔到荒野任其死亡。男孩到十二岁被送入军营，不准穿鞋，冬天也只有一件单衣。不给够食物，让他们去偷窃或者抢劫。孩子们平时接受严酷的军事训练，每年还要被集体鞭笞一次，考验其忍耐力。成年男子在 20 岁到 60 岁都在军营服役，一辈子除了打仗就是军训。斯巴达人鄙视文化，写字说话都以精简为佳——马其顿雄主菲利浦命令斯巴达人投降，叫嚣：“如果我进入斯巴达，我要焚毁你们的城市，奴役你们的人民……”斯巴达人用一个词硬邦邦地顶了回去：“如果！”斯巴达人的主食是一种用猪肉、醋、盐、血煮在一起做成的“黑汤”（Black Broth），口感可想而知。一个叙巴里斯人（Sybarite）在斯巴达公共食堂用餐完毕后发表感慨：现在我知道为什么斯巴达人不怕死亡了。阿格西劳斯王（Agesilaus）更是一语中的地点出斯巴达人的“成功之道”，即“蔑视快感”。

人类历史上蔑视民众快乐、充分增加社会效率的国家还有：军国主义统治下的日本、纳粹统治下的德国。

看出这些国家的共性了吗？

你愿意生活在这种国家吗？

如果答案是否定的，那就不能视“获取快乐”为罪恶，不能封杀网络游戏。

快乐无罪。

快乐万岁！

第十四章　被解放的普罗米修斯

那天正在纳格兰[①]杀牛宰羊剥皮卖钱，手机里突然响起了暴风城辉煌的音乐。

“哪位？钟钟啊，哎呀，好久没联系了，有啥事儿？”

钟钟——以前和我一起排英语剧的那个女生——告诉我，著名的英语培训机构新东方学校，现在正在长沙大规模招聘老师，问我想不想去做兼职。

“真的？好啊！我怎么联系他们？”

钟钟告诉了我一个地址和电话号码，说新东方的办公室正在搞装修，面试地点暂时设在宏盛大厦 0912 号房间。

谢过钟钟，挂了电话，看着手中的地址，我有点犯难了：这辈子我还没经历过面试呢！要知道，医学生极少做兼职——我们擅长的是开肠破肚，和专业挂靠的工作只有去屠宰场杀猪。别说做兼职，我们连选修课都没时间和精力去上。而且，“医学拉丁文”，您瞧瞧，这是给地球人上的选修课吗？

不过，我也该干点正经事了。这段时间光顾着玩《魔兽世界》，

① 纳格兰：《魔兽世界》里的一个地区，有丰富的野生动物资源。猎人们常去那里狩猎赚钱。

现实生活基本没有升级。好，明天我就去新东方面试！

第二天，打了一辆的士到宏盛大厦，找到0912号房间，敲门，没人答话，伸手一推，门开了。走进去，是个三室一厅的公寓，基本没装修，客厅里没有人。

难道来错地方了？我四下探头探脑，发现里面有一间屋子亮着灯。走进去，一张书桌后面坐着两个中年男子。

“你是来面试的吧？”

我点头，但心中充满了疑惑：这就是传说中的新东方？太像个皮包公司了，不会是被骗来搞传销的吧？传销还好，万一是想把我卖到山西去挖煤，那可就……

因此，没等boss团考我，我就先开口考boss团了。

“Is this New Oriental School?”

两人点头，我又问：

“And you want to hire some teachers?”

再点头，不行，这问题太简单，小学生都能回答。考下他俩的口语：

“What kind of teachers do you want?”

两人对望一眼，嘿嘿，传销贩子，被我考倒了吧。特殊疑问句可不能用点头或者摇头来回答哦。那个年长点的人答道：

“各种老师都招，阅读、写作、词汇、口语。你的expertise是什么？”

OK，expertise，六级词汇，应该不是传销贩子了（就算是，也是很高级的那种），我答道：

“口语吧。”

“可以用英文做个自我介绍吗？”

Simple！我张嘴哇啦哇啦说了一通，两人脸上露出满意的表情。年轻的那个人打断我：

“可以了，这样吧，你回去备二十分钟的 demo 课程。三天后过来展示一下，可不可以？”

“No problem, Sir.”

记得从前搞英语演讲比赛的时候，彭媄驰对我有一句评价：

“这小子能把一分东西讲成三分。”

这句话可以分成两部分理解：Part1，我很能侃；Part2，我肚子里没多少真才实学。

You got me, Ma’am.

我百分之九十的英文都是从电影和美剧里面学到的——这种方法的好处是口语很洋气，坏处是基本功不扎实。我最怕看语法书和单词书，英语考试基本凭借语感乱蒙；高考之后词汇量就没怎么增加过，演讲比赛就靠着那可怜巴巴的三千个单词忽悠。

但想要忽悠新东方，恐怕没那么容易。

唉，走一步是一步吧。

三天后，我再次出现在两个 boss 面前，大 boss 点头示意我开始，我清清嗓子，开始讲课，讲足二十分钟才停下，期待地看着两位 boss。

两位 boss 对视一眼，不置可否。我急了：

“So?”

大 boss 脸上露出一丝微笑：

“你是一个能把一分东西讲成三分的人。”

真是英雄所见略同啊，居然和彭媄驰的评价一模一样。

“谢谢夸奖。”

大 boss 推了推眼镜：

“我不是在表扬你。”

我顿时无语。

“你是临床专业，英语应该是看电影和美剧自学的吧？你词汇量大概也就几千个吧？你的英语基本功恐怕不怎么扎实，考试全凭语感做题吧？”

三招，点中我三个死穴。

Sir，你是算命的不？帮我算算，今年的桃花运如何？

二 boss 接口道：

“我觉得你还是有成为一个好老师的潜质的，只是我们比较担心你的功底。所以，如果你真想站在新东方的讲台上，给你两个月的时间，好好地提升一下英语功底！”

Yes Sir!

2007 年炎热的暑假，我狠狠地看了两个月英语书，词汇量翻了两番（貌似也没多少），语法通顺了许多（终于弄清楚了虚拟语气的各种情况），阅读写作完形填空也钻研了一番（感觉回到了高考的 Dark Age）。另外我还买了一大堆的口语教材，开始仔细备课。

两位 boss 挺关心我（或者说不放心我），让我每周去他们那里汇报一次学习进度和备课情况。“孺子可教”，这是大 boss 的评价；“继续努力”，这是二 boss 的鼓励。很快我就和两个 boss 混得很熟，还结识了一大堆老师和准老师。

一群很有趣的家伙！

先介绍一下大 boss，长沙新东方的校长，Old Young。

Old Young 教英语是半路出家。他早年在东北和俄罗斯人做生意（贩卖什么就不知道了，皮毛、家电、军火都有可能），江湖上的套路无不精通。Old Young 最喜欢讲的故事是他第一次到俄罗斯去做生意的经历，他住在旅馆里，每天早晨都有几个花枝招展的姑娘问他“要不要抽烟”。他老实巴交地说“不抽烟的”，姑娘们笑作一团离去。后来他才知道那些姑娘是妓女，“抽烟”是“性服务”的暗号。退出商界后的 Old Young 转战学术界，专攻 GRE 和 GMAT 的变态单词，成为国内数一数二的词汇专家。

Old Young 的性格特点是外柔内刚，表面上一团和气，内心却充满狡诈的智慧。作为校长，他必须和三教九流的人打交道，Old Young 极擅此道。无论是腰缠万贯的大老板、学富五车的大教授，还是口里嚼着槟榔、耳上夹着香烟、三句话有两句半是脏话另外半句说完了还要在地上吐一口痰的包工头，他都能和人家打得火热。Old Young 有一种独特的魅力，他是那种本来你是来找他讨债，但跟他策上一阵子，你又会从钱包里拿出一沓红票子心甘情愿地交到他手上的人！

如果我是小忽悠，他就是大忽悠！

然后是二 boss，SK。SK 也是医科出身，读书读到了 MD；导师要他继续读下去的时候他突然醒悟，这 PhD 再读下去，真会读成 Permanent Head Damage（永久脑损伤）了！于是转投新东方，教了几年书之后跟随 Old Young 来长沙搞管理。

和 Old Young 相反，SK 是那种外冷内热的人。如果把新东方比作《魔兽世界》里面的副本，SK 绝对是最难对付的 boss，无数队伍都在他这里灭得死去活来，好几个老师被 SK 当场骂哭。而且，他绝不会当面表扬你，即使他对你的课很满意，也只会不置可否地点点头，说句：“加油吧。”我有一次甚至偷偷问 Old Young：“SK 是不是很讨厌我啊？”Old Young 笑着摇头道：“什么话！他刚才还跟我说，你进步很大，有潜质！其实他挺喜欢你的，这么久了，你还不了解 SK 的为人吗？”

还有 Romeo，全长沙甚至全中国最特别的英语老师。他会穿着颜色艳丽得仿佛是开屏的公孔雀一样的各种世界名牌（号称一条裤子就要 RMB 十万元），喷着隔了三个教室在厕所里面都能闻到的浓浓的香水，在台上唾沫星横飞地讲词汇。让 Romeo 名声大震的乃是他传奇的课堂艳舞，好事者录了发到网上，点击率超过百万，盛赞的人和痛骂的人数量一样的多。但争议越多，名声越大。嗅觉敏感的湖南娱乐媒体很快就发现了 Romeo 的价值，经常邀请他参加各种综艺节目。

还有 Mia，漂亮的小女人的外表下，埋藏着一颗彪悍的大女人的心。和同事在一起时还能伪装，但走上讲台本性就暴露无遗。无论男女老幼，皆对其膜拜且热爱。记得我和她搭班，一个学生的课后评语是：She is the man. 如果用不定冠词 a 我还能接受；但此君用的却是定冠词 the。两个老师，一男一女，She is the man, what is me?

还有 Andy，教起英文翻译来，从不讲究“信达雅”，而是一味地“猥琐化”，《离骚》被他翻译成了 Away From The Bitch，“停车坐爱枫林晚”成了 We stop the car and make love，“人之初，性本善”则译成了 When we were born, sex was good. 你说他猥琐，他只会很高兴；你跟他吵架更是没有一丝胜算。

还有 Jerry，胖嘟嘟白生生，演真人版的功夫熊猫只需画上黑眼圈，不抽烟不喝酒不嚼槟榔不说脏话（你的人生还有什么乐趣啊，Jerry），脾气好得跟圣人一样，别说脸红脖子粗，就连高声说话的时候都没有。我曾经想，如果我冲上去揍他一拳，Jerry 会有什么反应呢？

还有 FC，如果把 Jerry 抽去四十斤肉，然后放到火上烘烤十二个小时，边烤边刷上酱油色的烧烤油，就可以做成 FC 了。FC 走起路来风风火火，凹凸骨感的瘦脸上有几块色斑，讲话很快很酷，但从来不卷舌。

还有 Francis，身高一米七，体重一百八——而且全身都是肌肉！Francis 有一次走在 Old Young 身后，一个新来的同事看到之后悄声问我："怎么长沙的校长还请了保镖啊？"

还有 Vincent，典型的好男人好员工好市民，很受小女生追捧，但结了婚后似乎魅力值有所下降，脸上因为三思而后行的苦笑出现得也越来越频繁。

……

当然，还有我。

有时候我会想，如果别人来评价我，会用什么字眼呢？恐怕会是：

Sonny，男，中等身材，肤白体瘦，眼小鼻大，耳朵招风，容貌猥琐，内心更猥琐。超级宅男，憎恨出门，抵制名牌、酒吧、汽车、旅游以及一切流行事物。嗜好看书看碟玩游戏。擅长用中文和英文忽悠。

如果以公立学校的教师标准来衡量，恐怕对我们这群家伙只能有四字评语：

稀奇古怪。

但新东方就是这样一个地方，它能够包容 Francis 的肌肉、Romeo 的艳舞，能包容彪悍的大女人 Mia，也能包容温和的小男人 Jerry。

这，也是新东方精神的一部分。

两个月后，我终于走上了新东方的讲台。

我觉得当老师比当医生自在多了。走进医学院，我总会感受到两个字：压抑。也难怪，古板的老师、严肃的同学、疲惫的医生、憔悴的病人，共同压抑出了郁闷的我。但站在讲台上，我感觉如鱼得水。几节课下来，感觉还不错。讲课其实比演讲辩论压力小很多：不怕忘词，忘了看看讲义就 OK；压力不大，学生们不像评委那样挑剔，一般都很宽容；无需严格控制时间，内容讲不完就说句“下面的部分请大家回去自习”，时间有剩余就和学生用英语侃大山，kill time.

新东方和公立学校课堂最大的区别在于，这里除了知识点，还有别的东西。根据各自的特长，各路英豪是八仙过海，各显神通。Romeo 会跳艳舞，Francis 会唱情歌，Jerry 爱讲文化，Vincent 喜欢励志。

我呢？

我侃大山。

我喜欢英语，喜欢侃大山，更喜欢用英语侃大山，而新东方正是一个让你光明正大地用英语侃大山还给你发工资的地方。当然，侃的时候还是要有分寸：不能太敏感，涉及宗教、民族、政治、名人的内容，还是不讲为好，有许多同事没把握好尺度，踩到了地雷。有个老师因为在班上说了句“李宇春先生”，被几十个愤怒的“玉米”联名投诉到北京总部，声称“不解雇此人，绝不罢休”；一个女老师讲 window shopping 这个词的时候说“有些人购物不喜欢掏钱，总是东瞄西瞄的，整个就一‘瞄族’”，结果被班上一个苗族学生投诉；还有一个老师抱怨街上新疆扒手很多，结果一个回族学生站起来怒道：“你怎么知道他们不是来自俄罗斯或者哈萨克斯坦的呢？”然后愤然离去。

至于侃的效果，跟学生的沸点[①]有关，沸点太高固然很难调动课堂气氛，沸点太低也有一定的风险。许多学生 high 起来就失控，有的从椅子上摔了下去，有的边笑边捶打自己的胸口，有的狂笑导致被口水呛到然后狂咳，有的把满口饮料喷到前排同学后脑勺上——laugh one’s head off（笑掉脑袋）或者“笑掉大牙”的概率可能不大，

① 沸点：新东方黑话，指学生是否容易被逗笑。

但 burst one’s sides（笑得肚皮开裂）的事情历史上却真的发生过。1737 年英国国王乔治二世的妻子卡罗琳在接受手术的时候，一名医生的假发被蜡烛点燃，躺在手术台上的王后居然大笑起来，结果伤口破裂。这位幽默感不是一般的强的王后（要知道当时的手术是没有麻药的，这个女人真是彪悍得让人膜拜……）不久就香消玉殒，一笑上西天了。

学生沸点低还好办，如果老师自己沸点低就麻烦了。有个女老师每次讲笑话，她自己会先笑得伏在讲台上起不来，学生坐在下面无可奈何。对付“笑场”很简单，自己先把那个笑话说上十遍，如果还觉得好笑就说二十遍，二十遍以后如果还觉得好笑——请去湘雅附二医院的精神科检查一下脑子。

作为一个口语老师，我最头疼的问题是第一节课的时候，课堂气氛太沉闷。有次遇上一整班六十个中学生，笔挺挺地坐在教室里，直勾勾地盯着黑板，脸上表情严肃得跟参加遗体告别仪式似的。我走到第一排学生面前，问：

“What’s your name？”

学生 A 惊恐地看着我，不知所措；学生 B 愣了半秒，低头去看自己的听课证；学生 C 支吾了一阵，说：“I…I…My…My…”

Oh My God!

不怪他们，记得我读小学的时候，有个同学上课喜欢讲小话，班主任回家拿了一卷电工用的黑胶布把他的嘴贴了个严实，从早自习一直贴到放学，一贴就是一个礼拜。那同学的家长发现儿子嘴角肿胀发红，问明情况，跑到学校找到老师，真诚地说：

“谢谢老师严格要求。”

老师是刀，家长是俎，学生是鱼肉。你见过活蹦乱跳的糖醋鱼和红烧肉吗？

因此，每个口语班的第一节课，我的任务就是解放这些在高加索山上被秃鹫啄食了许多年肝脏的普罗米修斯们。

我的开场白是：

“各位同学，请不要把我当成老师，我也是学生，而且是个非常理解你们的学生。说实话，我绝不会浪费应该用来郊游野炊逛街打球玩游戏谈恋爱的宝贵周末去报新东方的。因此，你们出现在这里，我就已经很感动了。学习请不要太认真：大清早如果起不了床就多睡会儿，万一迟到了，别喊‘报告’，低调地溜进来就是；坐在位子上还没睡醒，你就睡个‘回笼觉’，我上我的课，你睡你的觉，就当给你搞胎教；想上厕所的，go ahead，just do it，别举手，特别是别在我问问题的时候举手，我问你是选 A 还是选 B，你举手说要拉屎或撒尿，这不是恶心我吗？没吃早饭的，你光明正大地吃，别躲着，我都看得到，而且你在教室里面泡方便面（喂，就是说你呢！你哪儿弄的热水啊？），隔壁教室的人都伸长脖子在闻香气，你当我是植物人啊！”

为了证明学生们在台下的小动作都逃不过我的法眼，我站在讲台上做了个深呼吸，然后说：

“下面有五位同学在吃东西：橘子、柚子、酸梅、葵花籽、旺旺雪饼。如果不相信，请当事人把东西摆放到桌子上来。”

三十秒后，同学们环视一圈，五位女生的桌子上放着五种食物：橘子、柚子、酸梅、葵花籽、旺旺雪饼。

我很享受当老师的感觉，新东方让我这个长年足不出户的宅男认识了许许多多可爱的年轻人。更让人感动的是，许多学生都是省下旅游逛街买手机泡美眉的零花钱来交学费；一些家庭条件比较差的学生甚至不得不降低自己的伙食标准。好在跟某些学费动辄上万的高端英语培训机构相比，新东方的价格算是很大众了。报一个班的费用相当于五条 Meters-Bonwe 的牛仔裤或者一双 Nike 的球鞋或者一个 LV 包包上的拉链的费用。几百块钱一个班，不能保证学生的英语突飞猛进，但总比买一副原装的 iPhone 耳机收获大。

北京、上海、广东的新东方有高端品牌 Elite，长沙的新东方一开始没有。但有一次一个家长扛了满满一袋子钱过来，问："我想让儿子这半年英语水平飞速提高，二十万够不够啊？" Old Young 受了刺激，第二天就开会，说要设立 VIP 部门。

很快，长沙新东方也有了高端品牌。你想烧钱，没问题，我们有的是打火机。我们这儿最贵的 VIP 课程是六百元一个小时——平均一分钟十元钱，按照一分钟两百字的语速来计算，老师每讲一个字就值五分钱；上课打个哈欠，不好意思，请交费一元钱。

为了让这些有钱的苦主们烧钱烧得心甘，我们的 VIP 中心有豪华的装潢、高档的沙发、先进的学习设备、漂亮的咨询美眉，每个细节都提示着这样的信息：你，就是 VIP。更洋气的是，每间学习室都以世界著名城市命名，因此学生可能在"纽约"上语法，在"悉尼"学听力，饭前在"伦敦"喝茶，课间在"巴黎"小憩。

报 VIP 的许多都是富二代。有些老板，矿上有煤，卡里有钱，但就不知道该怎么烧在孩子身上。而那些没煤没钱的家长，也会省吃俭用为孩子的教育烧钱，希望孩子有一天会有煤有钱。上次在学校前台，看到报名的队伍从前台排到了门外马路上，许多都是父母同时出动，中间夹着个极不情愿的小孩，然后专挑那种时间最长、内容最难的课程给孩子报名。有些家长可不是一般的狠毒：上午给孩子报个新概念，08：30~14：30；下午再报一个听力口语，15：00~21：

00，每天十二个小时，连上十八天。代表校长感谢这些家长，代表孩子谴责这些家长。

看着孩子们脸上痛苦的表情，想到了自己学琴学画学奥数的童年……

I have to do something!

因此，尽管 Old Young 在教师会议上多次强调，为学校进行宣传是每个老师的重要职责，但每次有家长问我："暑假报什么班最好？"我都会说："大叔，暑假就让小孩多玩一玩吧。"

Old Young 如果知道了，可能会如同被自己的朋友们，特别是视同己出的布鲁托背叛，在元老院身中二十三刀的恺撒一样，用颤抖的手指着我的鼻子喊道：

"Et tu Sonny!" [①]

Sorry, Old Young.

But I have to do something.

I'm saving the next generation.

我不信佛，但我认为，如果佛祖看到了我的行为，应该会在我的功德簿上画一朵小红花的。

我不是在拆学校的台。

我是在积德。

我进新东方的时候正是学校飞速发展的时期，在纳斯达克上市后，大 boss 俞敏洪变成了超级大 boss，身家最高的时候超过十亿美元，成为福布斯财富榜上全球排名第一千位的富翁。

所谓水涨船高，长沙新东方发展势头也很猛。短短几年，主校区

---

① 你也这样，Sonny？

就从一个变成了三个，还增添了 VIP 中心、Elite 中心、前途出国咨询公司等分支项目；POP 少儿英语的教学点更是遍地开花——芙蓉路一路走来，隔几公里就能看到一个傻不拉唧的蓝色小水泡（POP 少儿英语的标志）对你招手，布局往往是：左边肯德基，右边麦当劳，中间一个小泡泡。

教学点变多对老师们并不是个好消息。有时候一天得在长沙城打几个转转，的士费都要上百。赶课的时候打不到车，还得冒着生命危险坐摩的，一路风驰电掣，头发被吹成了《街霸》游戏中的“阿里斯库”。

坐的士的时候坐出了个问题：长沙还有另外一个新东方——新东方厨师学校。而且，漫天打广告的厨师学校比我们有名多了，你跟十个的士司机说新东方，九个会以为是他们。一开始我还会解释两者之区别，后来觉得没必要浪费口舌。

“帅哥，到哪里啊？”

“芙蓉路，东成大厦，新东方学校。”

“噢，知道知道，是那个厨师学校吧？”

“嗯。”

“你也是厨师？”

“是啊。”

“做什么菜的？湘菜？粤菜？川菜？”

“都做，湘菜为主。”

有时候，如果司机大哥是那种特别喜欢侃的人，又遇上我心情不错，我还会胡扯一通。

“哎呀，新东方的，肯定是名厨吧？你在哪个酒店工作啊？”

“喜来登。”

“太牛了。做中餐还是西餐？”

“中西结合。”

“菜都很高档吧？有些什么菜，说出来让我嘴馋嘴馋。”

“料酒烧鹅肝，剁辣椒鱼子酱，爆炒松露。”

“啧啧啧，听着都好吃。多少钱啊？”

“自助餐，三百六十八元一位（这个是实价，听别人说的。反正我是吃不起，估计这位的士大哥也不会舍得去吃，因此不用担心他会真去问喜来登的厨师，为什么没有‘剁辣椒鱼子酱’这道菜）。”

“天，好贵！卖了我都吃不起。哎呀，你要是能教我做就好了。”

“行啊，不难。你去麦德龙买一小瓶鱼子酱，先把蒜泥姜丝爆香，下剁辣椒煸炒片刻，舀三汤勺鱼子酱，略微翻炒，下料酒起锅就可以了。如果嫌分量少，还能加入肉泥或者虾仁拌炒。”

“好滴好滴，谢谢谢谢，今天我回去就做。”

嘿嘿，不知道今天晚饭，的士大哥的老婆会不会用筷子敲他的脑壳。

其实，如果你仔细想想，两个新东方的本质是一样的：讲究烹饪方法。如果比较营养和卫生，老妈做的菜绝对胜过五星级酒店的，但家里的菜却少了酒店里的“色香味”。同样，如果比较“干货”[①]，学校课堂肯定更加丰富扎实。至于英语，不管怎么教，也就是那26个字母。什么“新东方秘籍”“考研宝典”“GRE红宝书”等等，实际效果可能远没有名字那么神奇。但同样一块猪肉，中学老师可能会不加油盐地煮了——甚至没有完全煮熟，还带着血丝——逼学生吃下去；新东方老师却会花大量时间把它或煎，或烤，或红烧，或清蒸，再佐以各

---

① 干货：新东方黑话，指课堂知识点。

种调味品，精心烹制，做得色香味俱全，让学生心甘情愿地花额外的钱，冒着严寒和酷暑，前来品尝。

子曰：言之无文，行而不远。

同样的道理，课堂无趣，学生不来。

新东方一年一亿美元的净利润，其实，靠的就是把菜做得可口。

第十五章　俞老大，以后跟你混！

2008 年 1 月，我在新东方的第一个寒假班开始了。

真不是个好时间。如果你相信阴阳八卦之道，可能会知道 2008 年是戊子之年，水土相克，有大灾之兆。

早就对新东方的假期班有所耳闻：连续几十天每天十个钟头地上课，把人活活累成畜生，再把畜生累成死畜生。

我倒不怎么害怕，因为我是长沙人。

如果要用一个词来形容长沙或者长沙人，我想，应该选择“彪悍”。

长沙的饮食很彪悍。湘菜基本上就是往辣椒里面放点配菜，号称“不怕辣，辣不怕，怕不辣”。

长沙的口号很“彪悍”。官方口号是“心忧天下，敢为人先”，民间口号是“吃得苦，耐得烦，不怕死，霸得蛮”。

长沙的历史很“彪悍”。无论是“真革命”（开国的二十位元勋将帅，九位是湘军），还是“假革命”（全国反日游行，别的地方喊喊口号，长沙人却会砸车抢超市），长沙人总是冲锋在前。

而更彪悍的，是长沙的天气。

记得大一的时候，来自北京的伟哥问我：“听说长沙冬天很冷，一般是多少度啊？”我说，不会低于零度，他一脸的不屑。结果寒假还没开始，伟哥就被冻得大病一场。

长沙气候潮湿，冬冷夏热。夏天不用说，历来就是中国“四大火炉”之一，闷热的空气仿佛要让人窒息而死；冬天气温虽然比北方要高，但阴湿的寒意却从领口袖口里侵入，渗透到你的骨髓之中。而且长沙人不习惯用暖气，天气再冷也是硬扛。

但作为一个资深的彪悍长沙人，我也没有经历过 2008 年那样暴力的大雪。

一月，开始下雪，最初大家还挺兴奋，毕竟是中南地区，下场大雪很难得。谁知那雪一下就是十几天。寒假班开课前一天，长沙已经变成了一片雪国，积雪最深的地方可以没过小腿，许多大树都被压倒。

如果还是一个学生，我会很享受这样一个纯白的冬天。在热被窝里面睡到早晨十点半，醒来了也不马上起来，而是在床上滚来滚去滚上半个钟头，感受柔软的棉布和皮肤的亲密接触。起床后洗脸漱口，吃上一顿热腾腾的 Brunch，泡一杯香喷喷的巧克力奶，把空调开到三十度，一边欣赏窗外难得一见的雪景，一边看书或者上网。

可惜现在我是一个老师，我必须每天八点钟准时站在讲台上。

西谚有云：Five hours sleepeth a traveler, seven a scholar, eight a merchant, and eleven every knave.（旅行者每天睡五小时，学者七小时，商人八小时，流氓恶棍睡十一个小时）按照这个标准，我是一个十足的流氓恶棍。多年以来，每天不睡上十小时，我的脑子就会跟糨糊一样，运转不灵。而多年夜猫子式的宅男生活又让我非得过了午夜才能睡着。

因此这个寒假，每个早晨我都要经历一次灵魂和肉体的煎熬。每天我都会研究新的起床方法：或是调三个闹钟，而且都放在书桌上——要关掉就必须跳出床；或是把自己当成卫星，心中默数“十、

九、八、七……”，然后“射”出床铺；或是分裂自己人格，让右手从温柔乡阵营叛逃，自掀被窝。和同事们交流，大家颇有同感。不同的人有不同的应对方式，一身强力壮者说他考研期间为了每日四五点就起床看书，不惜晚上只盖少量被褥，日出前就会冻醒；另一瘦骨伶仃者则晚上狂饮清水，清晨生物钟准时将他逼下床。但两种方法对我都无效：被子盖少了我估计不会冻醒，而是长眠不醒；喝水的方法倒是试过，但如果说千杯不醉是酒量，千杯不尿就应该算是尿量了。我向来尿量大得很，早上尿意和睡意的斗争（相信大家都有经验），睡意总能取胜。

我很害怕迟到，学生省吃俭用存钱报班，冒着风雪按时到校，结果我却没去，太对不起人家了吧。百年一遇的冰灾 + 人生第一次寒假班，2008 年我度过了这辈子最悲惨的一个假期。才上了三天课，体力就开始明显下降。早晨起床，全身仿佛是散了架。稀里糊涂地穿衣，头昏脑涨地洗漱。走出家门，侵入骨髓的寒意仿佛一桶凉水般把我浇醒。城市交通已经是半瘫痪状态，我只能摸着黑踩着雪，深一脚浅一脚地朝学校的方向进发。一边走一边四下张望，运气好时能打到的士或者黑车，但一定会被宰，不仅价格比平时贵许多，而且路上还要拼客。运气一般时就挤公交车，和一堆穿得棉花团一样的上班族挤在一起，相互消耗对方残存的体力和耐心。运气差的时候就只能一路走过去了，五公里的路程我得走上两个钟头，终于体会到了小说里面常提到的“深一脚浅一脚，摸黑前行”是什么感觉了。

到了学校，已经是筋疲力尽，抬头一望，还有五层楼梯要爬。

走上讲台，继续上窜下跳地喊英语，体力脑力都用光了，就用意志力。

这日子简直不是人过的！

很佩服大胖子 Jerry。上到第十天，我三魂已经上掉了两魂半，Jerry 却仍然生龙活虎。偷偷观察，这小子原来有一个恢复体力的法宝：Eat & Sleep。

不管周围多热闹，Jerry 瞅准机会就小憩片刻，五分钟都能睡上一觉，脸上的表情甜得仿佛是梦到了美食或者美女，拍张照再 PS 上几条花纹，就是加菲猫。Jerry 也很能吃，他吃相很文雅，胃口却极凶悍。10 元钱一碗的盒饭——一点点油炒的莴笋丝，见不到肉的辣椒炒肉，被盐和辣椒泡得发红的几点酸萝卜丁，唯一不吝啬的就是堆成小山的米饭——我看着就想吐，Jerry 却吃得津津有味，米饭都不剩一粒。吃完抹抹嘴，恋恋不舍地把饭盒放下，仿佛想把塑料盒子也吃下去才满足。

我没这本事。累透了，我会食不下咽，夜不能寐。每天老妈都做了各种各样的好菜给我补充营养：香菇炖老母鸡、淮山排骨汤、清蒸鲈鱼，甚至有一次还在鸡汤里面加了人参和虫草。但满桌子的菜，我只能随便挑几筷子，饿，但毫无胃口。睡眠也是个问题，躺倒在床上，累透了困极了，但就是睡不着。

明天，还有十个小时的课要讲……

还是靠意志力强撑吧！

但意志力也有鞭长莫及的时候。

我可以头昏脑涨神志不清，借助咖啡浓茶刺激醒半昏迷状态的脑细胞。

我可以筋疲力尽脚步虚浮，喝两瓶红牛仍然蹿到台上手舞足蹈地上课。

我可以早饭午饭都没吃，晚饭用五分钟吞下一碗方便面，上课刚讲了一句话就冲出教室，对着垃圾桶把刚才吃下去的面全吐出来，抹抹嘴，面不改色地走进教室继续上课。

因为这是我可以用意志控制的肢体部位：头脑、手臂、大腿、腹肌、膈肌……

但有个部位是我控制不了的。

声带。

正如球员的腿、乐师的手、哲人的大脑、模特的身材，声带是老师“吃饭的活儿”。别的地方受伤问题不大——新东方的寒暑假班，每个老师的课程表都是爆满，别说轻伤，就是重伤、内伤、致命伤都不能轻易下火线——摔断了腿还得坐着轮椅上课（真实故事，Old Young 还专门为这位“敬业哥”颁发了特别慰问金）。但咽喉处这一层薄薄的结缔组织，却成了许多新东方老师的 Achilles’ Heel。

寒假班开课才三天就已经有四位战友倒下，六天之后，一半的人挂彩，周姐等人已经成了半残废（这个女人可不是一般的彪悍，号称“周八百”，曾经一年上了八百节课！可惜嗓子很不争气，长年声带结节，但她有个绝活：破嗓子也能撑下去。每天都能听到隔壁教室传来她沙哑的声音，仿佛一辆冒着黑烟的破车，吭哧吭哧地往前奔，但就是不熄火）。而我还保持了“童贞声带”，自鸣得意地认为自己是“金嗓子喉宝”，哑不了的。

年轻人，得意不得，得意就会忘形，忘形上帝就会把你打回原形！

晚上的最后一节课，前一个小时还觉得自己略微沙哑的声音很性感，仿佛一个满脸胡子茬、眼光深邃、枪法如神的美国西部牛仔一样。边拿着麦克风带读英文，边聆听着从音响里传出来的声音自我陶醉。但第二个小时开始，嗓子的状况便急转直下，声音开始干涩沙哑；喉头仿佛塞入了煤渣一样，无论怎么使劲，声音就是出不来。等那节课上完，西部牛仔已经身中数弹，成了死狗一条。

哑了，彻底地哑了。

原本以为睡一觉嗓子就会复原，谁知第二天醒来，张口问老妈鞋子放到哪里去了，竟然没有挤出声音来。这下有点慌了，今天还有十个小时的课要讲啊！到了学校，硬着头皮走上讲台，靠着内力挤出微弱得仿佛是濒死病人说遗言般的声音，好在有麦克风，我就这样勉强撑过了四节课。学生们很体谅我，没有一个人抱怨听不清楚。到了第三天，连挤声音的气力都快没有了，腹肌仿佛做了 100 个仰卧起坐一样的酸痛。回家把黄氏响声丸炒黄豆般地狂吃，那药里面有酒大黄、薄荷脑、连翘等清热解毒的成分，泻火泻得我浑身打冷战，但声音就是回不来。

其实对于“急性声带水肿”，任何灵丹妙药都不如休息几天有效。如果找华佗或者张仲景看病，难保老爷子不会故弄玄虚一回，提笔在我手掌心写上两个字：“噤声。”想起还有十几天十个小时的课，我欲哭无泪。

向来不信仰上帝，但第三天晚上，我虔诚地躺在床上向他老人家祈祷：请把声音还给我。

第四天，沙哑依旧，证明“临时抱佛脚”是没有用的。

从第五天开始，我就只能完全靠收腹运气，把声音给顶出去。如果声带没有水肿，这种腹式发音能吐出有金属质感的雄浑声音（所谓“气自丹田”）；但却会让体力消耗增加百分之五十以上。说话其实是一种非常消耗体力的生理活动，这就是许多人临终前已经说不出话，却还能用手势和人交流的原因。

而且，腹式发音还有个潜在的危险：腹压过大。

人的腹腔被一层膜状结缔组织（腹膜）包裹着。咳嗽、喷嚏、排便、喊叫的时候，都可能使得腹压增大，腹腔游离器官就有可能从腹膜薄弱处凸出，俗称“疝气”。

第五天下午的课讲到一半，突然觉得肚脐上方一痛。我伸手隔着衣服摸了摸，发现腹部中央凸出了一块蚕豆大小的东西。心中一惊：坏了，貌似运气运出疝气来了！

好在这是一节美剧欣赏课，捂着肚子坚持到四点半，把 Friends 的视频点开，跟助教交代了几句，就直奔学校附近的人民医院。幸亏不用排队，医生看了一眼，直接开了 B 超的单子。

照 B 超的是个年轻的女医生，平时我肯定会调侃她几句，但今天我只能老老实实地躺在床上让她检查。冰凉的润滑油涂满了肚子，女医生拿着探头在我的疝气处磨来磨去。突然感到微微一疼，女医生“啊呀”了一声。

我抬头问：

“怎么了？”

她一脸疑惑：

“突出物不见了。”

我用手去摸，还真不见了。探头磨来磨去，居然把疝气给挤回腹腔了！女医生有点尴尬：

“怎么办？”

一听就知道她是个菜鸟，哪有医生问病人怎么办的？我说：

“还能怎么办？疝气治好了啊。”

她有点不放心：

“你还是再找医生看一看吧。”

我说：

“没时间了，我晚上还要上课。”

见她仍然有些惊疑的表情，实在忍不住还是调侃了一句：

“你不打算收我的治疗费了？”

她脸上微红：

“不用，不用……”

嘻嘻，菜鸟 MM，再见了，哥哥我上课去了。

寒假班过后，足足在家躺了三天三夜我才恢复了一半的 HP[①]。第四天，在被窝里接到学校市场部主管老黄的电话：

“Sonny，还好吗？”

寒假班刚结束，能好吗？

“暂时死不了。”

“嘿嘿，那就好，我们下周想要安排一场讲座，希望你……”

“大哥，我搞不了。”

“啊？”

“寒假班刚完，还是‘虚弱复活’状态（老黄也是魔兽玩家，因此用专业术语解释更给力）。”

老黄发出几声奸笑：

“嘿嘿，Sonny，这场讲座你不去会很后悔的。”

“为什么？”

“讲座地点是湖南女子大学，人数是两千。”

“……”

“Sonny?”

“我去，我去，我一定去！”

两千个女生……

生我者父母，知我者老黄也！

---

① HP：游戏术语，Health Power，生命值。

为了扩大学校影响，市场部可以说是无所不用。我们这些牲口的职责就从单纯的拉车犁田，扩展到了冲锋、打仗、表演马戏。而市场部主管老黄（貌似他比我还小，不过由于早入江湖，面容甚是沧桑，连校长都喊他“老”黄）又是个很有创意的家伙，不断想出新花样来招揽客人。

他曾经把一些老师的课程放到各大团购网，三折优惠；我的口语课程售价是人民币 19.8 元，广告语是：新东方口味最重的口语老师陪您共度四小时的激情英语时光。

他曾经让老师们照了一堆浓妆艳抹的艺术照，然后贴到学校周围的公交车站广告位里。三天之后，我们的脸上就布满了“专业清洗抽油烟机、疏通下水道、清理化粪池”和“本星级酒店招聘公关人员月薪两万工资日结”的牛皮癣。

他还曾派我去社区指导一群大婶唱英语歌曲，并且邀请她们作为市民代表参加校庆表演节目。我去的时候，大婶们正放着《最炫民族风》在跳广场舞，见我过来都极其热情地老师长老师短地请教英语发音。大婶们声音很嘹亮，唱功也不错，无奈英语发音实在是有点吓人，《铃儿响叮当》里面的那句“Jingle Bells, Jingle Bells, Jingle all the way”，硬是被她们唱成了“今个儿婊子，今个儿婊子，今个儿我够味”！

当然，市场部用得最多的宣传形式是去学校演讲。小场子三五百人，中场子一两千，大场子数千甚至上万人。去年秋季，Old Young 让我准备了一篇一个小时左右的口语学习讲座，四个月讲了至少三十场。

最初的几场我讲得很兴奋——台下坐着的不再是挑剔的评委，而是热情的学生。但讲了五场之后就感觉有点厌烦；十场之后十分厌烦；

十五场之后，厌烦得想吐；二十场之后，兴奋和厌烦都逐步消失，取而代之的是麻木：永远是明亮的灯光，喧嚣的音响，黑压压的人头，傻乎乎的笑声；一样的开场宣传片，一样的入场介绍词；上台，鞠躬，开场白，笑话 1，知识点 1，笑话 2，知识点 2，笑话 3，知识点 3……笑话 N，知识点 N，结束语，鞠躬，下台。

就连哪分哪秒摆出哪种表情都是固定不变的，这也许就是 job 和 hobby 的区别吧。

三天后，学校的小面包车把一捆宣传资料、一堆音响设备和一帮英语老师拉到了女子大学。老黄看来很重视这场讲座，特意带上了三个外教。当然，老黄并不打算让他们去台上演讲——全英文讲座学生听不懂。外教的任务是在台下发传单——目的是让学生觉得新东方就是“牛 B”啊，发传单的都是外国人。

老黄和另外两个助教领着外教们走在前面，我跟在后面，突然看出了一个问题：

约瑟夫，男，美国人，日耳曼人种，身高：一米八五。体重：八十八公斤。

弗兰克，男，美国人，斯拉夫人种，身高：一米八三，体重：八十五公斤。

迈尔斯，男，英国人，凯尔特人种，身高：一米八七，体重：九十一公斤。

而旁边的老黄他们，身高不超过一米七五，体重不超过七十公斤。

反差大了点吧？

想了想，懂了。

中国自古崇文贬武，男性成员想要爬到社会金字塔的顶端，靠的是寒窗苦读，金榜题名，升官发财，成为 Alfa Male，然后做所有领袖雄性做的事情：娶妻生子（多多益善，多子多福），将自己的基因传递下去。而那些莽夫壮汉都只能生活在社会的最底层，不但交配权要远少于文人（没钱娶不了媳妇，娶了也不敢多生小孩，生出来也未必能养活），就连生存权都未必能够保障。因此，他们的基因很难被播撒。几千年的科举，让中国进化成为一个文人社会；现代中国人的祖先，多数是靠读书爬到进化链顶端的。

而西洋人自古崇尚武力，从母亲把盾牌交给儿子，让他“拿着回来，要不然躺在上面回来”的斯巴达人，到“我来、我见、我征服”的罗马人，再到用烙铁、河水和决斗来审判犯人的日耳曼人和战争前服用药物进入“狂战士”状态的维京人，社会顶端的男性都是靠拳头杀上去的。欧洲中世纪的贵族以读书为耻辱，以战斗为乐趣；不识字、不洗澡、动手不动嘴，这就是他们的生活方式。肌肉越发达，就越能在战场上生存，越能获得战利品，越能成为社会精英，娶妻生子传播基因的概率自然也就越大。

这种传统差异甚至影响到了东西方女性的审美观：西洋人认为帅哥要高大黝黑、健壮彪悍（tall dark and handsome），一个满脸伤疤肌肉发达浑身散发着雄性荷尔蒙的日耳曼大汉最能吸引女人；中国人则认为帅哥要文弱白皙、知书达理，一个手无缚鸡之力满口之乎者也的江南书生反而能够得到女子垂青。

因此，中国人特别是像我这样从小喜欢耍嘴皮子劲儿的英语老师，大多是文人的后代；西洋人（比如眼前这几位猛男）大多是武士的后代。或者用《魔兽世界》里面的术语来解释，我们是玩牧师的，他们是玩战士的。

但今天的主角是牧师。看着台下两千个 MM，我激动得差点忘了自己姓什么，心中按捺不住地想：要是能把她们都带回家该多好啊！“后宫佳丽有两千，只比明皇少一点”。

当然，激动的同时，我也挺紧张的。如果讲座出了什么差错，在两千个女生面前出了洋相，我这辈子都没脸出现在长沙的街头了——乌鲁木齐有新东方没，要不要招老师？

好在讲座进行得挺顺利，听着两千名女生用清脆的声音跟着我读英语，我幸福得差点当场融化。

参加完女大的讲座，本来打算好好休息几天，刷刷《魔兽世界》，谁知 NPC 又给了我新任务。校长办公室给我打电话，说春季校园招聘开始了，要求我也参加，作为听力口语部的面试官去打酱油。

新东方每年都会在各大高校办两场招聘会，春招和秋招。三月，冰雪融化，万物复苏，植物发芽，正是办招聘的好季节。

第一场是面试工作人员。只见客服部主管气呼呼地走过来，问她怎么了，她说：

“这群年轻人，真不知道深浅。问他们预期薪金是多少，开口就要 5000+。我自己都没 5000 呢！”

原本以为来应聘教师职务的人会“灵范”（湘方言，机灵）点，谁知雷人依旧。许多人和简历上的介绍判若两人——有些女生的照片看得让人鼻血直流，不知情的还以为是酒店在招聘“公关人员”，本人却吓得我冷汗直冒。每个人都在履历上胡吹海吹，恨不得把小学二年级跳绳比赛冠军都填上去。履历显示，很多人都是“海龟”。不过现在“海龟”多与“土鳖”杂交，血统不纯。有个家伙毕业于西太平洋大学，可他肤色黝黑，手脚粗大，衣服是 20 世纪 80 年代的流行款式，一开口，英文说得像中文，中文说得像邵阳话。仔细看他履历“父母”一栏，父亲的职业是“村主任”，这才恍然大悟。

问答环节就更雷人了，节选了几个 Q&A：

Q：你觉得工作能给你的最大回报是什么？

A：经验。

（经验对你是好东西，咱们可不喜欢。你稀里糊涂懵懵懂懂跑咱们这来“混经验”，混个两三年，你赚足了经验，新东方垮了，你回去再写篇文章《如何三年搞垮一个学校》？）

Q：你为什么想要成为一名老师？

A：我觉得自己学英语没动力了，但如果当上了老师，我就会有压力，继续学习。

（学生出钱，我们出场地，让你来这儿学英语？这买卖挺划算啊。）

Q：你为什么参加新东方的面试？

A：我刚才去食堂打饭，发现还没开门。正好你们这儿在面试，我就来凑凑热闹。其实我也不是很想当老师呢。

（你……去死！）

下一个环节是课堂展示。似乎大部分人或多或少都了解了一些新东方的授课风格——并且毫不留情地将之发挥到了变态的极致：

有个家伙一上台就开始用每分钟至少 500 字的语速说话，说了三分钟突然停下来，问他怎么了，他含混不清地回答道：“咬着舌头了”；有个家伙五分钟讲了十个亮点，每个都是极其露骨的色情笑话；有个家伙雄赳赳气昂昂地冲上台，用 100 分贝的声音开始咆哮，一边吼一边朝面试官挥舞拳头；还有个家伙带了台录音机，踩着音乐的节奏上台，先来了一段霹雳舞，然后是一段 rap，最后还引吭高歌了一段

Italian Opera，把 High C 生生唱破。

这、这、这都是什么东西啊……

真当新东方是《超级女声》《一周立波秀》和《星光大道》啊！

最后一场面试在学校总部，见到的人就更加形形色色了。除了应届毕业生，还有许多在大学中学任教的骨干教师。

Old Young 说，他最怕这种公立学校的老师了。

一个号称是某重点中学“名师”的中年妇女，一脸蛮横，目露凶光，威风凛凛地走上台，用尖锐刺耳的声音开始滔滔不绝地讲语法。边讲还边用不屑一顾的眼光瞟一瞟台下的我，仿佛在想：你小子也配来评判我的课程？

中年妇女讲了十分钟，停下来，对我扬扬下巴，意思是：如何？

必须承认，这位欧巴桑还是很有霸气的，不知不觉我就把自己当成学生了——她的气质很像我中学时一位极其变态，更年期持续了一辈子，老公受不了她的毒舌和她离婚，儿子宁可住奶奶家也不愿意和她过，领导见她就皱眉同事见了她就绕道，人生最后的乐趣就只剩每天用各种尖酸刻薄的语言来嘲讽打击自己学生的数学老师。

她这下巴一扬让我记起，我现在是面试官啊！

我怯生生地问她：

“请问，刚才您讲的那道题目，为什么要选 C 呢？”

中年妇女白眼一翻：

“就是要选 C 啊！”

我硬着头皮又问道：

“总有个原因吧？万一学生问你怎么办？”

中年妇女显然这辈子没遇上过这种状况。她在学校，想必学生不敢问她问题，就算问了，她答不出，必然也是怒目一瞪：

“就是要选这个，没有为什么！”

但我没想到，她在面试的时候，也会如此霸气：

“就是要选这个，没有为什么！”

我顿了半秒，吐出两个字：

“Get Out！”

中年妇女的眼珠子几乎掉出眼眶，她恶狠狠地瞪了我几秒——说实话，瞪得我有点怕了。好在她没扑上来打人，而是拿起桌上的讲义，怒气冲冲地摔门出去了。

等她那肥胖的屁股消失在门外，我才意识到了自己的失态：大老板二老板都在这儿，哪轮到我发飙？我转向 Old Young：

“老大，我……”

Old Young 竖起拇指：

“不错，看不出你还这样霸气啊。这种自以为是的家伙，新东方不要。”

三天后面试全部结束，Old Young 请大家吃饭，吃了一半，他突然接到一条短信。看完短信，Old Young 抬头问我：

“下周有时间没？跟我去一趟北京。”

要干啥啊，老大？

短信是新东方总裁办公室发来的，具体内容是学校要开一年一度的员工大会，让每个分校校长选一批教师代表进京参加会议。

哇，可以见到传说中的老俞了！

说实话，在见到老俞之前，我对他并不感冒，因为他太喜欢励志了。

新东方的口号是：追求卓越，挑战极限，在绝望中寻找希望，人生终将辉煌。

但我的解读却是：

追求卓越（卓越是天生的气质，奋力追求只能追求到优秀，或者很优秀，但不能卓越），挑战极限（我觉得整天“自挑”的人，总有一天会发展到“自宫”——比如东方不败），在绝望中寻求希望（即使是失去了一切，你还能在潘多拉魔盒里面找到希望，因此，无须从绝望中去找），人生终将辉煌（我不想辉煌，辉煌了就容易涅槃，我想要安安静静平平安安舒舒服服快快乐乐）。

我觉得“志”多了就容易长“痔”。

上课不励志可能也与我教授的课程有关。英语四级班、考研班、GRE 班，坐满了几百个满脸写着“苦大仇深”四个字的男男女女，励励志还可以，学个口语，权当娱乐，励志何用？而且，许多励志故事都是少儿不宜，什么“悬梁刺股”“凿壁借光”“愚公移山”——小朋友们听多了以为犯困了必须把头发挂在屋梁上然后拿出锥子猛戳自己三下；晚上看书得先去捉萤火虫或者在墙上挖洞；精力旺盛的还可以去移太行山王屋山——总之，不把自己弄个遍体鳞伤半死不活就不能成功。

当然，这些想法我最多跟同事们交流，不会和外人说。自家的老板，只能自家人骂，别人不准骂（新东方课堂上调侃老俞已经成为一种传统，老俞自己也知道，似乎还挺支持——只要你们能把学生哄开心，怎么“策”我都没问题）。

一周后，跟 Old Young、SK，还有几个别的部门的“教师代表”一起北上进京。走之前老爸叮嘱我：“北京可比不得长沙，一定得多穿点。”谁知走下火车，艳阳高照，暖风扑面，满街都是穿着超短裙的淑女——而我，毛衣里面还套着保暖内衣，一瞬间几乎把我热昏过去。衣服还好，脱了就是，但我总不能在祖国首都的大街上当众脱裤子吧？ Old Young 的原计划是大家直接去新东方总部旁边的饭店和大部队会合，但我坚持要先去一趟酒店房间。

“为什么？你的行李又不多，带着走啊。”

我在 Old Young 耳边低语道：

“我要去酒店脱裤子……”

在酒店房间换了一套符合时令的衣服后，我终于恢复了正常的呼吸频率。在酒店大厅找到了新东方的同僚们，大家分城市坐满了十几张桌子。最前面的桌子坐的是大小领导们，其中一个中年男子站了起来：

新东方教育科技集团董事长，俞敏洪。

这就是老俞吗？

如果问圈外人，前排一堆领导们中间，谁是新东方的老大，别人可能会猜风度翩翩的王强，或者慈祥富态的徐小平，甚至会猜厚厚的眼镜片后面射出狡黠光芒的 Old Young，或者一脸满不在乎谁都不放在眼里的 SK——但，除非他有当年一眼认出“床头捉刀人”才是曹操的匈奴使者一样的好眼力，绝不会去猜上身穿着一件不太合身的外套，下身穿着一条有点旧的牛仔裤，脸上写满了“朴实”的仿佛进城做小生意的农民工大伯般的老俞！

难怪他喜欢励志。

他长得就很励志。

更不用提老俞的励志奋斗史了——详细故事请自己百度。关键词：出身贫寒，高考两次落榜，大学期间打光棍，当老师讲课不精彩，做兼职被北大开除，创业艰苦几起几落，两次被绑架差点丢掉性命……

我如果被生活这样折腾，我也会很励志的。

接风宴吃完，下午到新东方总部开大会。主题果然不出我所料：励志。具体内容我一句都没听进去，我在用 itouch 切水果——三个半小时的会议，让我切出了历史最好成绩 1266 分。

开完会吃晚饭，吃完晚饭老俞突然提出：“领导们靠边闪，我和年轻人去泡泡吧。”校长主管们闪了后，老俞带着年轻老师们去了总部旁边的一家清吧。

看得出，许多兄弟学校的代表们因为见到了心目中的偶像，十分激动，围着老俞问这问那。有几个脑子进水的家伙甚至问出了：“俞老师，您是不是每年都会坐很多次飞机？您不怕飞机失事吗？”（胆子不小啊，诅咒老板飞机失事？）“您有保镖没？您平时出门，带多少现金啊？”（怎么，想抢劫？还有，你知不知道有一种叫“银行卡”的东西？什么年代了，还用现金？）等一些极其脑残的问题。

从来都不喜欢和领导说话的我（想啥说啥领导会不爽，吹嘘拍马我又会不爽）一个人悠闲地坐在角落里大吃大喝。虽然桌上只有一些很普通的汽水和零食，但因为是高档酒吧，一瓶“王老吉”就要 58 元。哼，既然是全球富豪榜排名第一千位的冤大头埋单，我这个来自穷乡僻壤的袁大头就不客气了。那天晚上，我至少吃掉了老俞一千万分之一的身家（老俞有 10 亿美元，你自己算算我吃了多少），晚上撑得一两点还没睡着。

我吃了大约两个半钟头，老俞看看手表，说：

“哎呀，时间不早了，各位回酒店休息，适应一下时差吧。”

大家爆发出一阵（或真诚或阿谀的）笑声，起身逐一出门。我低着头走在最后面，走到门口的时候，老俞突然叫住我：

“这位老师。”

我大吃一惊，手中偷带出来的一瓶鲜橙多差点掉在地上。

“俞……俞老师。”

“嘿嘿，你好。你似乎挺沉默寡言的，一直没见你说话。”

我只好承认：

“肚子有点饿，光顾着吃东西了。”

老俞突然伸出手来：

“握个手吧。”

我把沾了汽水和爆米花屑的手在裤腿上擦了擦，跟老俞握手，老俞微笑道：

“你不自我介绍一下吗？”

“哦哦，我叫Sonny，长沙新东方学校的口语老师，俞老师，你好。”

“你好，Sonny老师。寒假班的时候长沙正是冰灾期吧，辛苦你了！”

看着老俞脸上的笑容，突然觉得，寒假班起早贪黑踏雪上课，把嗓子喊哑肚子喊痛，一条小命几乎送掉的辛苦，全都值了。

又想到了从前中学的门卫，一个尖酸刻薄的干瘦老头。他手中唯一的权力就是控制着后门的钥匙——但他将之视为全天下最神圣的职责，仿佛那门通向的是梵蒂冈教皇皇宫的地下宝库。每天下午两点整，他就像天安门国旗班士兵升旗一般，庄严地把门锁上。哪怕你离大门仅有五十步，看见他拿出钥匙准备锁门；你一边喊“等一下再锁门”一边狂奔过去——但，就因为晚了五秒钟，等你气喘吁吁地冲到门口，他已经把门锁上。他还会得意地举起手表：“你看，已经两点整了。”如果你向他说明迟到原因或者强调今天下午要进行期末考试，请他高抬贵手开门放行，他还会抓住机会把你训斥一通——时间就是金钱纪律就是生命遵纪守时是每个有良知的中国公民的神圣天职如果每个人都要求他滥用职权私开后门那岂不是蔑视校规没有王法更是对不起学校领导对不起政府对不起党——但仍然不会开门。他要是对所有人都一视同仁，我还会钦佩他忠于职守。但他拦的只是学生，教师、员工、家属他一律放行，来了再小的领导，他也会屁颠屁颠地蹿上跳下，只恨不得用舌头去为领导开门。

但眼前这位中国最著名的教育家，身价亿万的企业家，新东方的大老板，却是这样的朴实、真诚、平易近人。

嗯，俞老大，以后跟你混！

第十六章　别惹哥，哥是练过的！

中国四大名著中，每个不安分的角色背后都有一个 Watcher，时时刻刻提醒前者：老实点！李逵想下山见老娘，宋江会谆谆训导“既是要去取娘，只依我三件事”；张飞要冲进草堂去捆诸葛亮，刘备会正色批评“文王且如此敬贤，汝何太无礼”；贾宝玉在大观园卖弄学问，贾政会怒骂他“无知孽障，也敢在老先生前卖弄”；孙悟空杀了白骨精，唐僧会用紧箍咒念得他“十分疼痛难忍，滚将来哀告”。

班长湘湘姐就是我的 Watcher。

正当我在新东方玩得几乎忘掉自己姓甚名谁学什么专业的时候，湘湘姐一个电话把我拉了回来。

“Sonny，这个学期要开始临床实习了，你赶快回来进科室报到哦。”

对了，我的专业是“临床医学”……

OK，湘湘老大，I’ll be back.

这里解释一下，医学院本科生的实习和别的专业有天壤之别。由于是和人命打交道，不可能像工科专业一样给你一把锤子在车间练习冷操作——砸烂了就换个零件重新来。医学本科生在实习阶段动手机会很少，一般只能在自己身上过招或者给老师打下手。

实习课程的第一部分是由教授带着在病房里“见习”，许多教授都是在“百度百科”上搜得到的牛人。比如冯老大，在牛人辈出的湘雅，冯老大力压群牛，成为牛魔王级别的人物。医学博士不算什么，哈佛的医学博士就牛了；不满四十当教授不算什么，能当湘雅的外科副主任就牛了；上课场场满座不算什么，能吸引大批外系甚至外校的学生来旁听就牛了。

冯老大和管老太一样，爱讲段子，不过作为外科医生，冯老大的段子一般都很惊悚。有一次他说他年轻的时候给教授当助手做心脏手术，一个同学毛手毛脚，不小心切破了病人的主动脉，鲜红的动脉血“呲”的一声喷了出来，溅得天花板上一摊血迹，病人几秒钟就断气了，他同学的脸变得“比刚断气的病人的脸还要惨白”。教授抢救病人无效，出了手术室一个耳光把那同学打得半边脸肿起老高——冯老大描述得绘声绘色，许多人都情不自禁地捂着自己的脸，抬头去看天花板，仿佛上面会滴血下来一样。

跟在冯老大他们身后查房，我心里只有一个词：拉风！

然而这些拉风的老大我却只能“远观”，无缘“亵玩”，许多科室见习完毕，大教授甚至没正眼看我一眼。在新东方，你可以当面开大老板的玩笑，比如问出身贫寒的老俞刚发财的时候，每天睡觉前是不是真会把人民币铺在床上，在钱堆里面打滚。而医院里等级森严的程度仅次于军队和黑社会——很合乎逻辑，都是和人命打交道的地方，容不得一丝随意。有时候早晨查房，浩浩荡荡几十人的白衣大军，大教授威风凛凛地走在前面，后面是副教授、主治医师、总住院、博士生、研究生、本科生，谁也不敢站错位置。如果老大是那种脾气不好的猛人，小弟小妹们在他面前大气都不敢出一口。我曾亲眼看见一位老教授，在病人面前和蔼得如同圣诞老人；回到办公室，当着一大群人的面，把一个没有及时提交检验结果的主治医师骂哭。

我们这种大五本科实习生在病房里的地位，基本等同于军队里的三等列兵（养的狗）。也难怪，虽然我们号称在医学院苦读了四年整，但实际能力别说跟真正的医生、护士比，就连穿蓝衣服的护工们都比我们强——至少他们能够熟练地给瘫痪病人喂饭喂水接屎接尿，而我们插手不上。我们只能每天早晨跟在浩浩荡荡的白衣大军后面，多看一眼是一眼。

又一次体验到了中国十四亿人口的威力。有一次教授在前面给病童做检查，身边里三层外三层围了几十个人。湘湘姐和小 T 玩命地往里面挤，成功地突破了博士生和硕士生的防线，杀进了主治医师的行列。我没那兴趣，更没那勇气，只好站在外围跳啊跳的，想看看教授在干什么。身后的老廖问我："看到什么了？"我说："看到病童的奶奶了，好丑的一个老太婆。"

更让我失望的是，医院里面美女病人的数目原来比我想象的还要少。我见到的病人百分之百都是身上的皮肤犹如大兴安岭最粗最老的松树被火烧过之后再泼上点醋然后在马桶里面放一个月的老太婆，或者面庞黝黑发亮，头顶光秃冒油，小眼下面朝天的鼻孔里面伸出两丛锦绣的鼻毛，啤酒肚可以替代消防队的弹力床的老男人——我强烈怀疑任何 20~40 岁的长相不能吓死大猩猩，胸围臀围和腰围还稍有区别的女病人都被教授们私吞到办公室里去检查了。

各个科室转了一大圈，终于可以动手砍人了！

砍自己——在自己身上练习注射、换药、包扎等基本操作。

首先练的是自己扎手指头。

实习老师先讲解了几句，然后给每个人发了一片钢笔头一样的采血刀片和一块玻璃片（让我联想到了日耳曼人上战场前给士兵们发长矛和木盾的场面）。看着采血刀和玻璃片，我心里有点害怕：医院里面的每一寸空间都能写得出一部《病毒大全》，万一感染了可就惨了。虽然老师向我们保证所有的物品都经过了严格消毒，但仍然不太放心。我又用75%的酒精把刀片和玻璃仔细涂抹了一遍，老师看着我，微微摇了摇头，仿佛是餐馆服务员在看用开水把标明了“已消毒”的餐具又仔细烫一遍的顾客。我知道老师在想什么：小子，有洁癖你还当医生，等着被吓死或者累死吧！不过小命要紧，继续消毒！

为了报复老师对我的嘲讽，我面朝他，往自己的中指上涂抹了酒精。他看着我，鼓励地点点头，却没有意识到这个“国际通用手势”。好几个同学围了过来，我右手拇指和食指捏紧刀片，另外三根手指和左手拇指抵住左手中指，迅速有力地扎了下去。一大滴鲜红的血液涌了出来。

见我扎得顺利，Fox不知哪来的勇气，决定当第二个吃螃蟹的人。他模仿我的动作，一刀扎下去：

“哎哟！”

众人围观，Fox狠命地挤自己的手指，却挤不出血来。老师站在他身后嘲讽道：

“你扎得那么轻，就是把手指捏断都挤不出血来。再扎！”

Fox又“哎哟”一声，还是不出血，眼见自己一世英名就要毁掉，Fox终于豁出去了，狠狠地扎了下去。鲜血和眼泪同时流了出来，Fox强忍疼痛，挤出笑容：

“还好，还好……”

接下来的男生们都扎得不怎么顺利，就连Y胖都扎了两刀才出血（他倒应该不是怕痛或者力气不大，估计是皮实在太厚）。Dancing就更不像话了，拿着刀片，哭丧着脸对老师说：

“我……我下不了手……”

老师连连摇头：

“你们这群家伙，以后怎么当医生啊！除了第一位同学，你们以后都得好好练习操作！”

同学们顶礼膜拜：

“袁哥你怎么这么厉害啊！”

“真牛！”

“你真下得了手哦！”

我摆出国家领袖接见民众时的微笑，心想：菜鸟们，慢慢学吧，别以为“自扎手指”简单，其实这是门很考验心理素质的技术。

人的表皮实际上是痛觉最敏感的地方，这就是为什么三度烧伤的患者反而不会感到剧烈疼痛（神经全被烧死了）。进过医院的人应该知道，最痛的不是用粗针管进行静脉注射，而是扎手指验血和做皮试（尤其是后者，将针尖扎入皮肤，挑起，平行刺入半厘米，然后推入药物。我见过 N 个成年人做皮试疼得哇哇大哭）。当然，做胃镜、伤口清创、给男性插导尿管也很痛苦，但一般人还没资格享受这种检查。

大哥我可是千锤百炼训出来的！

小时候身体不好，经常打针，打得我身心都很麻木。注射室里我向来都是别的父母赞不绝口的楷模。甚至有一次一个年轻人责备他老婆：“你看人家小孩子都不哭，你几十岁了，怎么这样没用！”现在回想一下，我当年真是病态的勇敢。无论医生要对我的肉体做什么，我都会把手一伸，面无表情地看着医生把锋利的金属插进我体内，仿佛那手根本不属于我一样。有时候遇上刚出道的小护士，或是拍不出静脉，或是因为在我那扎得稀烂的手臂上找不到下针的地方，或是扎了我三四针还不回血急得满头大汗都快要哭出来的时候，我还会安慰甚至指导她：“没关系，慢慢来，你看这个地方是不是好扎一点。”

除了全身千针万孔，由于小脑不发达，我还受过许多外伤。我被水淹过、被火烧过、被狼狗咬过、被花炮炸过。刀伤更是不用说，水果刀经常被我用成切肉刀。有一次使足了劲也撕不开一包旺旺饼干，于是拿着刀子狠狠地划了上去，结果“旺旺雪饼”变成了“旺旺血饼”。更蠢的一次是自告奋勇帮家里磨菜刀，磨了半个小时后问老爸怎么才知道磨好了。老爸隔着厨房门告诉我：“用手指摸一摸刀锋。”于是我就把食指放在刀锋上，顺着刀刃的方向摸了下去！

我能活到成年，真是个奇迹！

高中的时候，我突然很想用刀片在自己身上刻字。青春期小孩自残很普遍，但当年我既不是因为被女友甩了伤心欲绝，也不是考试失败自我惩罚，更不是想要通过自残引起注意。当时我心情十分平静，割自己纯粹是想试试到底感觉如何。

选了个爸妈都出去了的晚上，事先买了一瓶碘酒、一瓶酒精、一盒剃胡刀片、一包棉签、几张创可贴。我走进卫生间，先用肥皂和清水把左前臂清洗干净，再用碘酒和酒精各擦拭一遍，又把刀片认真消毒几次。

虽然当时没学人体解剖，但医学常识还是有的：内侧割不得，碰到动脉就不是自残而是自杀了。我选择了前臂外侧两条静脉之间的一块空白区域。

割什么图案呢？自己的名字？中文名字笔画太多，估计摆不下；英文名字第一个字母是曲线型的S，难度太大。哎，干脆切个十字算了，万一被人发现，就说我是虔诚的基督徒。

白炽灯下，经过清水、碘酒、酒精三次清洗的皮肤显得格外白皙干净。我右手紧紧地捏着薄薄的刀片，只留出一小截刀尖。我把刀尖贴到皮肤上，按下去，然后往下划。刀片勾住皮肤，扯出了褶皱，仿佛被钉子钩到的衣服一样。我又加了些力气才刺透皮肤，尽量控制捏刀片的手不抖动，顺着手臂划了下去。新刀片真的很锋利，我根本没觉得怎么痛，皮肤就已经被划开。皮肤紧绷而有张力，被划开时如同熟透的果实一般绽开。开始没有出血，只能看到雪白的嫩肉，紧接着殷红的鲜血涌了出来。我用棉签蘸着酒精，想要抹开鲜血，但每次抹开后新的血液又会渗出。不是很痛，只觉得手臂凉凉的。我小心地从伤口中央上方开始割十字的竖线，刀片遇上横向伤口时顿了一下，我小心地保持过刀方向垂直，完成了第二刀。

原本想要在灯光下好好地欣赏一下这个美丽的“血十字”，但不断涌出的鲜血却让伤口模糊一片。我只好再次用碘酒消了消毒，然后贴上了创可贴。

更换创可贴的时候，展现在我眼前的是一张很美很酷的“人体刀绘”：白生生的前臂上，有一个通红的十字，表面结了一层淡紫色的痂。有点痒，那是伤口愈合的标志。半个月后，伤口彻底愈合，留下了一个淡淡的白色十字。只可惜我不是瘢痕体质，否则伤口隆起，会更加漂亮。

所以，别惹哥，哥是练过的……

回到实习课堂：男生们即便不太顺利，但也每人都见了红；女生们就糟糕得很了。她们面对自己的玉指，死活下不了手。痛倒可能还是其次，主要是过不了心理上的关。所有人都是蜻蜓点水地扎上去，破了点表皮，但挤不出血。再扎，仍然不破。但就是这轻微的一下也足够她们受的了，实验室里面一片莺莺燕燕的喊痛声。最后，一半的女生没能“落红”，只好作弊：

“Sonny，能不能帮我扎一下？”

七八个女生排着队走到我面前，怯生生地把手指伸出来。我脸上露出微笑，一刀扎下，被扎的女生“啊”的一声，然后给我一个日式点头行礼：

“谢谢了。”

这是我在湘雅五年，最为辉煌的时刻……

学会各种基本技巧后，我们就要正式转到各个科室进行实习了。正式进入临床实习的这一天对于湘湘姐、小T她们仿佛是2008年8月8日之于中国百姓，而对我和老徐他们却是2012年12月20日之于世界人民。

早就从师兄那听说了本科生在病房实习时的悲惨：没日没夜地抄写病历，一抄就是二三十页；脏活累活都得干，从取血样到送交粪便样本，从陪结核病人照X光片到给瘫痪老人擦洗身体；工作比马累，地位比猪低，稍有错误就会被教授骂狗般地痛骂一顿……

怎么听上去像是《悲惨世界》里的情节啊。

有点怕怕了……

我实习进的第一个科室是儿科——医院里面最忙最累最担风险，收入却最低的一个科室。入科第一天，住院总把我们分配到各个值班医师手下。我穿着白大褂，潜伏在弟兄们中间，心中暗暗祈祷管我的医师不要太变态。住院总拿着名单一个个点名分配，分配到我的时候，她突然皱起了眉头：

“咦，怎么多出一个？那你见机行事，哪儿忙就去哪儿帮忙吧。”

Hallelujah!

感谢祖先选择了笔画是十画的“袁”作为姓氏，感谢学校按照笔画来排学号班上同学又大多姓“王”“李”“刘”，感谢儿科的住院医师刚好比我们班的同学少一位。

Thank you, God.

于是，当同学们手指酸麻地抄写病历或者眉头紧皱地送交尿样的时候，我按照住院总的安排，“见机行事”，“哪儿忙”就不去“哪儿帮忙”。整个儿科实习期间，我只干了一件事情：陪小朋友们玩儿。

有趣的工作！

记得有个得了肺炎的小女孩，妮妮，才四岁就已经显示出美人坯子的气质。她爸妈其实长得一般，老妈眼睛大皮肤白，却身高体胖还有张国字脸；老爸五官脸型不错，却又黑又瘦仿佛营养不良。小妮妮把父母长相的优点全部抢到，再加上四岁女孩嫩得滴水的皮肤和清澈无邪的眼神——我第一眼见到她，心中就对自己说：妮妮啊妮妮，真不知你以后要让多少男人心碎。

顶级大美女或多或少都会有些“公主病”——也不能全怪她们，都是让贱男人们给宠的。

小妮妮虽然才四岁，但已经极具杀伤力：她只要眼睛一瞪，爸妈就会俯首帖耳；病房里的其余小孩都奉妮妮为老大，屁颠屁颠地围着她转；就连医生护士们也被妮妮萌得掉水晶的眼神征服，对她关爱有加。而整个病房里最有空闲的我更是成了妮妮的私人“陪玩”——几天下来，我们好得“如胶似漆”，有个护士甚至开玩笑：

“妮妮，你这么喜欢大哥哥，以后就嫁给他嘛。”

妮妮眨巴眨巴大眼睛：

“好啊。”

妮妮的爸妈，一对80后的小夫妻，是我见过的最糊涂的父母，据说小妮妮的诞生本来就是一个“美丽的事故”。妮妮三岁以前都是外婆带，小姑娘倒是活得健康滋润。两个月前外婆摔伤了脚，小两口只好自己照顾妮妮。三个小孩住在一起，不出问题才怪。小妮妮这次住院就是因为爸妈带着她熬通宵看电视，还让她吃了一大桶冰激凌，结果第二天就上吐下泻，气得外婆差点一拐杖敲过来。

小两口对妮妮非常放纵，医生严令禁止患有肺炎的妮妮吃生冷辛辣食物，可妮妮“要吃冰激凌”的圣旨一下，她爸爸就屁颠屁颠地跑到门口小卖部买了一个蛋筒。而妮妮她妈妈就是个心不在焉的大小孩，每次来医院，不是坐在床沿对着镜子涂口红就是拿着手机刷微博，妮妮跑到别的病房去串门了都不知道，还是我把她给抓回来的。有一次妮妮突然对她妈妈说：

“我要大哥哥带我出去玩。”

早就被女儿缠得烦躁不已的妮妮她妈妈如蒙大赦般地批准了：

“好啊好啊，小袁医生，辛苦你了。”

姐姐，知不知道这社会上有许多怪叔叔啊！

我转向住院总，用目光提出申请，住院总这些日子也被妮妮训练得基本上是言听计从，同意了这个既不合情（实习生的职责可没包含“遛小孩”这一条）也不合理（妮妮是个四岁的病童，理论上应该每天卧床休息）的要求：

“好吧，就在门口花园里走走，注意安全，一个小时以内回来。”

我牵着妮妮的小手，带她在花园散步。一个少妇抱着个大胖小子走过来：

“你女儿好可爱哦。”

姐姐，不，阿姨，我有那么老吗？刚想纠正她的说法，不知在什么心理的作用下，我默认了和妮妮的父女关系。

“谢谢，你儿子长得也挺帅啊。”

少妇走开了后，我低头对妮妮说：

“妮妮，叫我一声爸爸。”

妮妮甜甜地喊我“爸爸”——她明显没把这个神圣的头衔看得很

重，但一时间我幸福得几乎融化掉。

I want a daughter…

经过一个星期的治疗，妮妮的肺炎痊愈了。出院的时候，她和医生护士们一一道别。到了我的面前，妮妮张开双手，啊，要抱抱呢。我抱起小妮妮，她突然在我脸颊上亲了一下。旁边的护士们笑作一团，一个护士道：

“妮妮啊妮妮，以后你如果记起自己的初吻就献给了一个比自己大二十岁的男人，肯定会哭的！”哼，你这是羡慕嫉妒恨，好吧，别失落了，哥也让你亲一口好不好？

如果医院里每个story都如同妮妮的故事一样，有一个happy ending，我还真愿意永远留在这个“童话镇”里面。但是在儿科实习的几十天里，我目睹了两个小孩死亡；五个留下终身残疾；还有三个因为家境贫寒或者治疗无效而转院，他们的未来我不愿去想象。更让我难以接受的是，生老病死在此已经成了一种常态，昨天还伸出小手要你抱抱的小孩，第二天早上来就只看到了一张空荡荡的小床。一问旁边的护士，昨晚三点突发心衰，抢救无效，死了。一脸平静的护士仿佛是看透了我的心思，低声道：

“儿科ICU，送来的都是重症患儿，每天都可能死人，见多了，也就不会难过了。”

难道成为一个合格的医生，还需要通过“铁石心肠”这一项考试吗？

儿科实习结束，进入新的科室。这个科室很少死人，却更让我苦不堪言：皮肤病性病科。有洁癖的我在这里简直就是度日如年——凡是没穿白大褂的人我都如避瘟疫般地躲开，见到女人我就觉得她是妓女，见到男人我就觉得他是嫖客。我一天要洗几十次手，手都快被洗脱皮了。

很快我又重新加入了老徐他们的逃课大军之中。好在如果你自己不认真，带实习的医生一般不会死盯着你——病人都盯不过来，哪有闲工夫盯你？而且，与其花时间精力监督你来完成某项工作，还不如自己动手省心。学不学是你自己的事情，你要有本事能通过“执业医师资格考试”，实习期间你爱怎么玩就怎么玩儿。

当然，也有例外。比如消化科的老鲁，一个四十出头戴着厚厚的黑框眼镜的典型书呆子，带实习生就抓得很严。一天下午，老鲁特意把我们几个经常逃实习的家伙领到病房，要我们练习诊断手法，并且威胁道：

“手法不过关，就别想出科。”

于是，万般无奈的我站在一个臭烘烘的病房中间，一个胖乎乎的欧巴桑平躺在病床上——她是我今天的“病人”。当我和老鲁朝她走过去的时候，她的小眼睛咕噜咕噜直打转。老鲁对欧巴桑说：“让这位年轻的医生给你做一个全面的体格检查。”欧巴桑说她已经做过N+1次体格检查，用不着再做了，然后怀疑地白了我一眼，仿佛我额头上写着“游医”二字一样。我在心里对自己说：“亲爱的欧巴桑，加油，扛住，千万别被老鲁给骗了，老鲁是要用你当免费‘教具’呢！俺啥都不懂，俺这双手更擅长摸键盘抓鼠标，而不是给中年妇女做体格检查；要俺给你做检查，咱俩都吃亏！”

还是老鲁更强悍，最终说服了欧巴桑让我来检查。欧巴桑老大不情愿地躺着，我站在她面前，绝望地希望有什么事情发生能够把我解救出去——精神科的病人逃窜出来捅了老鲁一刀，大一的热血爱国青年抵制日货冲进病房砸毁了made in Japan的呼吸机，朝鲜试射导弹发生技术故障误炸了医疗大楼——啥都行！可是上帝显然对长相太帅的男信徒有偏见，我磨蹭了两分三十七秒，在此过程中老鲁的脸色变得越来越差，简直跟得了肝炎的欧巴桑有得一拼了。所以我决定还是献身医学事业——ok，ladies and gentlemen，俺动手了，动手了，真的动手了，不要拉俺，俺真的动手了……

突然，一个严峻的问题跳进我的脑海：我要干什么啊？“全面体格检查”，全面到什么程度呢？我仔细端详了一下欧巴桑的面庞（这也是体格检查好不好，“望闻问切”，看病人的气色嘛），突然发现她长得很像学校门口米粉店刘麻子他老婆。嗯，今天中午吃啥呢？刘麻子家的粉分量越来越少了，红烧肉也就可怜巴巴的两三块，还以肥膘居多……不过他老婆人还挺好的，每次会多给我一两块肉……

老鲁警告性地咳了咳。我叹了口气，潜运内力，气沉丹田，臂如龙尾，手若虎爪，五指朝欧巴桑腹部抓去——我当时的表情一定和内急了不得不冲入屎尿横溢的肮脏公厕时一样。谁知我冰清玉洁的手指刚碰上欧巴桑的腹部，欧巴桑就“啊哟”出来。我心中勃然大怒：欧巴桑啊欧巴桑，您以为俺想摸您啊，俺这不也是被迫的吗？俺虽然手法不对轻重不准，您忍忍就好了，嚷嚷个啥子啊。何况看您这模样也是扔了四十数五十的岁数了，干吗还要学人家90后装娇嫩装纯洁装敏感？信不信俺这就一爪子拍死您！

正当我不知道应该如何收场的时候，老徐有如superman般地内衣外穿从天而降，拯救我于水火之中。只听到身后一声巨响，老鲁震惊地看着由于昨晚通宵刷装备，神情恍惚，上身穿着扣错了扣子的白大褂，下身穿着运动短裤+夹趾拖鞋的老徐撞倒了挂药水瓶的支架，直接把针头从病人的静脉里面给带扯了出来（Ouch！）。

趁老鲁跑过去救场，我脚底抹油，溜之大吉。之后几天还很担心固执的老鲁会把我再次捉回去，谁知直到出科老鲁都没再找过我们。

大概是他终于想通了：让我们逃实习，有可能十年后害死许多病人；不让我们逃，现在就会害死。

跌跌撞撞，过五关斩六将，我成功地 down 掉了三分之一的 boss。本以为剩下的大半年能够顺利通关，谁知一个不慎，被巡逻的小怪给秒掉了。

星期天在新东方上了一天课，手机一直调的震动模式，回家一看，三个未接来电，都是湘湘姐的。还有一条短信：Sonny，你外科出科考试怎么没考？教学办打电话找我了，说要你下周二补考。

哎呀，真是“大意失荆州”啊。出科考试本来很容易过的——监考老师都是带你实习的医生，除非你当着他的面调戏护士 MM，他一般不会用出科考试来为难你。貌似一个月前湘湘姐就给我发过一条短信，要我在什么什么时候去哪个教室考出科考试。可惜我记性没有孙权刘备他们好，很快就把“荆州”给忘得一干二净。

Shit!

临阵磨枪是不可能的，一天时间复习，你当我是考神啊。

Y 胖，只能借用你的“人际关系大法”了！

但人背的时候，喝凉水也塞牙，便秘的时候还可能拉稀。原本以为一个小小的出科考试，老师应该不会过分为难。跑到教学办去，想申请缓考。偌大的办公室，坐了七八个闲人；来办事的学生只有三两个，但闲人们却让我足足等了一个钟头。也难怪，这群家伙有的在看报，有的在喝茶，有的一边办公一边上 QQ，有的不管有多少人在等她盖章却还在用公家的电话讨论内裤的四十八种洗法……总算开始办事了。终于有一对鼻孔转向了我，刚解释了两句，她就打断我：

“不行！”

我还想说点什么，她极不耐烦地挥手道：

“出去出去，忙着呢！”

如果是玩《魔兽争霸》，我就对你扔“风暴之锤”；如果是玩《大富翁四》，我就用核弹炸你；如果是玩《反恐精英》，我就拿一把AK47顶着你的脑门将一整个弹夹的子弹灌到你的肥猪头里！

可惜，我现在玩的是一款有许多bug的国产网络游戏——《真实人生》。眼前虽然只是个小小的看门boss，也足够一招秒掉我。

我赔了个笑脸，点头哈腰地出去了。

等着明年毕业前再补考吧。

出门的时候，心情甚是沉重。无意间抬头扫了一眼墙壁，眼前突然一亮。墙上挂着一排照片，乃教学办大小领导之尊容。有一位大叔的照片我看着觉得挺眼熟的，国字脸，圆鼻头，小眼睛，大眼镜。

这人不是上周在口语班上碰到的那位“嗯啊”大叔吗？

在新东方，经常会碰到湘雅的同学或者老师。这不难理解，学医的，如果不能出国喝点洋墨水，就仿佛保健品上没有写着“乾隆皇帝宫廷秘方”或者“美国Sucker协会Bullshit教授四十年研究成果”一样，难以让人信服。

上周口语课下课和学生们闲聊，听说我还在湘雅读书，一位老伯热情洋溢地冲了上来，问寒问暖，就差没拉着我的手说“终于找到组织了”。旁边一人介绍：“这是湘雅的老师啊，你们应该是老熟人了！”老伯灿烂地笑道：“难怪看老师这样面熟，你以前肯定上过我的课。”我脸上的笑容同样灿烂：“呵，呵呵，‘嗯啊’老师，难怪看您这样面熟。”

“嗯啊”是什么姓氏呢？是我被老妈给逼出来的绝招。从小碰上院子里的七爹八婆二百五叔叔奥巴马他二姨等人物，老妈总是提醒：“喊人啊，这孩子，就是没礼貌。”老妈忘了因为遗传原因我的脑袋和她一样乃是千疮百孔的麻袋，从来记不住别人姓甚名谁。所以我每次都只能挤出灿烂腼腆的微笑喊道："嗯啊叔叔好！"——这个"嗯啊"代表了中国大地上五十六个兄弟民族以及数千万海外华人华侨的所有姓氏，读的时候一定要含混，"嗯"要清，"啊"要短，而且一定要和后面的"叔叔""阿姨""爷爷""奶奶"连上去，这样他们就听不出你是记不得他们的姓名，而以为你就是在梦中也千遍万遍地呼喊他们的芳名以至可以连读弱读失暴同化击穿辅音，等等。

我又仔细端详了一下照片，没错，就是"嗯啊"大叔。大叔的头衔竟然是教学办的主任！对了，"嗯啊"大叔上次似乎说他以前是教卫生学的，现在在湘雅教学办当主任，今年年底要去美国访问学习。哈哈，肯定没认错！

真是天无绝人之路啊！

赶快记下他的名字，然后在湘雅教师通讯录上查到他的手机号码，一个电话打过去，通了。

"请问是不是教学办的王主任？"

"你谁？"

王主任的声音冷冰冰的，句子短得连谓语都省掉。也难怪他，这时候给他打电话的陌生人，十有八九是考试挂科作弊被抓死乞白赖求党和政府手下留情的差生。他没把自己的手机彩铃改成日文神曲《你们怎么不去死》就算客气的了。

"我是 Sonny，就是那个在新东方教书的湘雅学生。"

话还没说完，王主任的腔调马上就热情了几十度：

"哎呀呀，Sonny 老师啊，真没想到是你。你还好不？"

要是好就不会打您老人家的电话了。

"挺好的。王主任您还好不？"

一番寒暄之后，我话锋一转："有志青年目标远大既想成为医生拯救世人之肉体，又想成为教师拯救世人之灵魂无奈两门学问都是博大精深在下我头悬梁锥刺股也没能首尾兼顾，这次实在是万般无奈阴沟里翻船不知王主任能否高抬贵手放小人一马……"

我琢磨了一下午的声情并茂的演讲词还没说完，王主任就极其爽快地打断我：

"没问题！你明天到我办公室来！"

不会吧，这么简单？

第二天去王主任办公室，又是一番"你好我也好"之后，王主任拨通了教学办管成绩的人的电话：

"小朱吧，我是老王，有个学生出科考试没过，你帮他搞一下吧。他的名字和学号是……"

我赶紧把名字和学号写在纸上递过去，王主任捂住电话，转头问我：

"你要优秀还是良好？"

我慌忙说：

"良好就够，良好就够！"

王主任对着电话：

"给他 75 分吧，嗯，就这样，再见！"

后门走起的感觉原来是这样的爽。真是白当了二十年的中国人！

外科出科后，我就更小心了。实习尽量不逃，考试尽量去考——但在医院里面待得越久，我就越有点质疑自己当初的选择了。我不止一次地问自己："这就是我想要的毕生事业吗？"

如果你要我描述一下医院里的工作环境，只能用三个字：脏、乱、差。

首先是“脏”。医院尽管负责对抗病菌，其实是天下第一肮脏的地方。想想看，全市全省甚至全国的病人，如同一辆辆军车，满载着各种细菌、真菌、病毒、支原体、衣原体，呼啸而来。病菌新兵们到了医院，立刻接受抗生素的魔鬼训练（中国人均每年挂八瓶水，抗生素严重滥用）。经过一轮轮“适者生存”的进化，最后留下的都是些“百毒不侵”的“超级细菌”（有些细菌连剧毒药物万古霉素都奈何不了，想要杀死它们恐怕只能往病人体内注入浓硫酸）。每次传染病暴发，医院就是立在最前线的“肉盾”，大量医务人员成了炮灰。放眼四望，无数感染了传染性疾病的高等灵长动物在向外界排放各种体液：有人蹲在墙角呕吐，有人大小便失禁，有人往地上吐痰吐血，还有人打完喷嚏用手指把鼻涕甩到地上抹到墙上或者擦到自己裤子上。

然后是“乱”。整洁的环境，雪白的墙壁，崭新的设备，英俊的医生，那是电视剧，而且是美剧。湘雅是中国最好的三甲医院之一，但环境却比最乱的菜市场还要糟糕。医院里面人满为患：心情烦躁的医生，步履蹒跚的病人，压力巨大的护士，满面愁容的家属，再加上混杂在人群中的医托、号贩、小偷、乞丐，放眼望去，人山人海。在里面的感觉是：乱哄哄、闹哄哄、臭烘烘，眼中耳中鼻中都在“HongHongHongHong”。

许多患者凌晨三点就来排队，队伍从挂号窗口一直排到医院大门，人与人之间几乎都是前胸贴着后背，艰难地呼吸着浑浊的空气。然而，花费如此多的气力，获得的还只是看病的资格——去看病的时候，又要排上几个小时的队；做检查，继续排；住院，继续排（有时候等上几个星期，只能等到狭窄的走廊里面加床）。让一个生龙活虎的精壮汉子把医院的全部流程走一遍，没病也会给他弄出点病来。

最后是“差”：医生工作环境的安全状况比漏水煤矿还要差。医生们手上拿着一把手术刀，背后却有无数把菜刀、水果刀、大砍刀虎视眈眈。最开始将医生的地位想象得无比崇高：我是医生，你的性命掌握在我手中，在你面前，我就是神，要你站着就别躺下，要你脱衣就别脱裤；我开泻药你就得拉，我开止泻药你就不准拉，就是拉了也给我吃回去！我要你活你就活，要你死你就死，要你死了一半活过来或者活到一半又死掉半死半活不死不活死去活来——你只能照办。可是后来发现病人的逻辑是：我是病人，身体（和心情）有点不爽，你小子给老子治，治好了医药费给我打个八折；治不好咱走着瞧，手医坏了砍手，脚医坏了砍脚（参见《汉谟拉比法典》），脑袋医坏了砍——砍脑袋？没那么便宜，砍断你的小弟弟然后把你扔到一群裸体美女里面，让你自焚而死！

我表哥也是医生，在哈医大工作，有一次新闻报道病人捅死了他们医院的一个年轻硕士，还是误杀的消息。我打电话问他知不知道此事，要他小心。他沉默了一阵，说："死的那个医生是我大学的同班同学。"

Maybe...

Hmm...

We'll see...

第十七章　屌丝男的宅居生活

许多幼年动物一旦具备独自生存的能力，就会被父母赶出巢穴，被迫面对残酷的野外生活。

没想到，我也会有这一天。

时间是 2008 年 9 月 12 日，一个风和日丽的星期五下午，湘雅没有实习，新东方不用上课。我在楼下超市买了一袋薯片，一瓶可乐，然后舒舒服服地坐在书房电脑前玩《魔兽世界》。

五点十五分，老妈开门回家。

“妈，几点钟吃饭？”

“六点半。”

“我要吃孜然牛肉！”

“好的，冰箱里正好有牛肉。”

嗯，很好。离吃饭还有一个多小时，足够下一个小副本了。去哪儿呢？这时候可能没多少人上线，组个简单点的五人本刷点勋章吧……

老妈忽然出现在我的面前。

“干吗？”

“儿子，跟你商量个事儿。”

“什么？”

“你想不想出去一个人住啊？”

我停止了在组队频道刷屏“YXCQ来MT，治疗，3=2”[①]，转过身子。

“什么？”

“我是说，你今年已经二十二岁，还有一份兼职工作，应该算是不折不扣的成年人了。这么多年你都窝在家里，寝室都没住过几天，以后你怎么独立生活啊。妈妈总不能照顾你一辈子吧。”

“放心，以后我会找个老婆照顾我的。”

“……”

继续刷屏，发现老妈还没走。

“你这样宅在家里，到时候会找不到老婆的。”

“请相信我的魅力。”

“……”

老妈顿了片刻：

“你二叔要搬到广州去，长沙的房子空着没人住。二叔家宽敞整洁，家电齐全，周围环境也很好。你想不想住进去，一个人独立生活啊？”

哼哼，要甩掉本少爷？想得美！不过……一个人住，岂不是可以自由自在地抽烟喝酒玩魔兽，耳边再也没有老妈的唠叨？可是，那我不是要自己做家务？不行不行！

“不去不去！”

“为什么？”

“我才不想自己做家务呢！”

“不用你做啊，衣服你每隔三天拿回来一次，妈妈给你洗；每周

---

① YXCQ来MT，治疗，3=2：这是《魔兽世界》玩家组队下副本时用的缩写，意思是：英雄地狱火城墙副本来坦克、治疗职业，队伍中已有三人，再来两人就出发。

我给你做好饭菜，带过去能吃几天。你只要住出去，就算是迈出独立的第一步了。”

这个买卖挺划算啊，行，成交!

第二天，老爸老妈一齐动手把我的行李整理好，叫了辆出租车，载着我们一家三口朝我的“独立”驶去。

许多黑心老板会设计这种骗局：在招工广告上把自己的工厂描述得天花乱坠，等那些不谙世事的年轻人千里迢迢到了工厂才发现，厂房残破，设备老化，条件极其艰苦，甚至是个安全状况很差的血汗工厂。

没想到，我的亲生父母也会这样对我。

二叔的房子原来不是一般的远！在一条叫——百度地图上没有显示名字，google earth 卫星照片上是一片黄土的路上。以前文艺部办活动时我跟老赵他们去过一次林学院，听听这名字，“林”学院，多像是荒郊野岭里的边远学校。那次坐了一个半小时的汽车，觉得林学院已经是长沙甚至中国的尽头。

二叔的房子，过了林学院还要再走五公里……

旁边有不少新开发的楼盘，售楼商的广告是这样打的：

省府侧，名校旁，长沙中央的山水大宅。

等到实地考察了才知道，这个“长沙中央”指的是长株潭一体化之后纵横有五十公里的大长沙的中央。

被骗了，还是被亲生父母骗了。

哎，既来之则安之，只好住下了。

真正住在这“市中心”还是能感觉生活有明显的变化。且不说随便去一趟商业区就得打上三五十块钱的士，且不说买瓶咳嗽药也得走上二十分钟，仅是看看周围的环境就会让人心中一凉：南边是一个大鱼塘，水面上有一群鸭子在游弋，池塘边还有几十只鸡和两条狗，半夜经常能听到鸡鸣狗叫；北边是一座荒山，现在开发出来作为苗圃，稀稀拉拉种了不少小树苗；西边是菜地，绿油油的煞是好看，美中不足的是每天都有农民浇大粪，这个时候一定要关紧窗户；东边就是所谓的名校了，孤零零地矗立在那，仿佛是《绿野仙踪》里面被龙卷风吹到奥兹国的小房子一样。我心里琢磨学校迁移到这里压根就是看中了此处的荒凉——学生如果晚上想翻围墙出去上网，估计得带足三天的口粮，不然在他找到网吧前就会饿死在路上。

更让人心凉的是，走出小区没几步，居然看到一块牌子：石人村。天哪，村，村！那我家岂不是成了“邻村”？！村民们倒是挺和气，还很自豪地说，这里曾经出土过两个唐朝的“石人”，所以此村命名为“石人村”。我走近看了看那两个“唐朝石人”，哎，鼻子不像鼻子眼不像眼，不仔细看谁知道那是雕塑啊，估计在唐朝也是摆在公厕门口的。

有次在一个连锁快餐店点了套餐让他们送过来，结果前台听了地址之后冒出一句：“对不起，我们只送市区。”当时我几乎要破口大骂，感觉是听见有人说白宫不够白、红场不够红、紫禁城不够紫一样！

宅居了几个月，吃喝拉撒都不是问题，唯一麻烦的是，肥皂、牙膏、卫生纸等生活用品必须自己采购。一开始我不太喜欢去超市，但去了几次就上了瘾。倒不是我真喜欢和一群东挑西选绿豆都要一粒粒检查的老太太一起购物，而是因为超市乃偷窥美女的最佳场所，一些饥渴的宅男甚至推着车子跟在美女屁股后面走上半个钟头而无被看穿的危险。有次我在新一佳逛了一下午，在生鲜水产部看到一个身材苗条面容清丽的营业员，穿着制服系着围兜。我拖着仅仅放了一瓶洗发水一卷卫生纸的手推车，假装关心旁边的年糕和冰冻水饺，在她周围晃荡了几圈。突然旁边一位老太太指了指水箱中的一条大草鱼，那看上去弱不禁风的俏 MM 拿起一个网子，“哗”的一下把那条五六斤重的大鱼捞起来，手一挥，只听到“砰”的一声巨响，便将那鱼重重地摔在地上——鳞片飞出好远，鱼眼珠子都快爆出来——没等我回过神，那 MM 就已经完成了过秤、破鳞、开膛、切块的全过程。不到两分钟，一条硕大鲜活的草鱼就变成了老太太篮子中一堆滴血的肉块。当时我心中的邪念便如大鱼的生命一样灰飞烟灭……

老妈让我独自宅居是为了让我能够独立自主，可惜的是，我的生活反而变得极其混乱不堪。且不说昼夜颠倒的作息时间，且不说大堆大堆的垃圾食品，且不说香烟啤酒《魔兽世界》，光是家里被我弄得混乱肮脏的程度，就足以让老妈悔青肠子。不到半年，我的宅居就仿佛是北方饱受沙尘暴困扰的城市和南方遭到生活垃圾污染的海湾，逐渐被灰尘和垃圾所覆盖。

“你不是有洁癖吗？怎么忍受得了如此的环境？”OK，我虽然有洁癖，但仅限于自己的身体，房间是否干净，市容是否整洁，党风是否廉正，跟我有什么关系！

客厅里有张小桌，半年前刚搬来的时候随手扔了本杂志，准备走的时候我才把它拿走，先生们女士们，见证奇迹的时刻到了。整张桌子蒙着厚厚的一层灰，杂志被拿走后，留下一个洁白的长方形凹槽。从前以为“厚厚的灰尘”是文学的夸张，现在才知道，灰尘还真能堆积出厚度来。那个凹槽没有半厘米至少也有 3 毫米深。

另外一张桌子没有什么灰——堆的东西太多，灰尘找不到落脚点，60cm×60cm 的桌子上堆放有：

《药理学》、《朗文英汉双解词典》、《山海经》、《西方文明简史》、《二战重大战役》、《侠盗猎车手：中国城》、半个面包、一根我在路上捡到的喜鹊羽毛、一盒方便面、一块手机电池、一叠草稿纸、钢笔、圆珠笔、铅笔、痒痒挠、一根楼下小孩给我的棒棒糖、一个橡皮擦、一张和班上学生的合影。

这是 2009 年 11 月 17 日的记录，实际存放物品每日更新。

真的很享受“宅”起来的感觉，若有吃有喝有电脑，可以三个月不出门。有人有幽闭恐惧症 Claustrophobia，不能待在狭小的空间里；我大概有户外恐惧症 Agoraphobia，四面有墙才舒服。儿时和父母旅游，时常问：“啥时候回去啊？”父母问：“回哪里？”答曰：“回旅馆。”

宅居生活让我最感痛快的是可以把各种东西随手乱扔——特别是一些与人合住时绝不可能乱扔的东西。

一是人民币。我没有钱包，各种颜色、尺寸、材质的钱被我揉成一堆，塞在口袋里。买东西我总是从口袋中“挖”出一大“团”钞票，威风八面地往柜台上一扔，孔乙己当年“排出四文大钱”也没有我潇洒。全身口袋塞满零钱行动起来不方便，于是每次回家我就会把五元以下的零钱扔到客厅角落里——而且从来不捡起来使用。最后离开“宅居”的时候，我拿了个布袋，将所有的钱铲入袋子里面封好，带回家送给老妈。老妈打开袋子看到是满袋子钱的时候，脸上写满了“你这儿子没白养”的幸福。她一张张地叠好，按币值分类堆砌，最后算得总数：人民币八百七十二元五角五分！

“三个月的小菜钱都有了，哈哈哈。”

一个月前我把存下的两万元工资交给她的时候，她都没这么高兴。存在账上的钱，只是个数字，后面是五个零还是六个零，都没感觉。放在布袋里面的钱就是真金白银了，看着舒心，拿着放心，用着开心。

还有一样是我的“诡异收藏品”。有人愿意花几十万收藏一些纸片（邮票），几百万收藏一些泥土（瓷器），几千万收集一些颜料（油画），我没这种财力，但我觉得我朴素的藏品一点都不比收藏家们的逊色。前面说过，我的藏品中包括酒瓶中的小婴儿，这所房子主人十年前动手术拿出来的蚕豆大的胆结石，一张东北猞猁的皮毛，一个据说是西藏寺庙中请回来的牛头骨。但我最喜欢收藏的还是各式各样的武器：匕首、砍刀、弓箭、铁矛，等等。当然，我没钱购买 *Kill Bill* 里面的 Kantana Sword——我的藏品价值基本都在 100 元以内，虽然刀贩子们往往会信誓旦旦地承诺这些长短兵刃都是削铁如泥的宝刀。

事实上他们并没骗人：在春秋战国或者希腊古典时期，无论是“干将莫邪”，还是荷马史诗中英雄们手中的传说级别兵刃，其实都是青铜武器。而我的藏品中最劣质的价值二十元的砍刀，也是现代技术冲压出来的高碳钢制品。如果对砍，十把“鱼肠剑”都不是它的对手。

老妈总觉得我收藏这些东西是用来砍人的，每次趁我不在家就会把它们扔掉，在损失了可以武装一个罗马百人队的装备之后，我彻底放弃。现在有了“宅居”，我又可以重新建立我的冷兵器库了。

步行街附近经常有一些藏族大汉游荡卖刀，我一直有点奇怪，当街卖砍刀，难道没人管吗？后来我特意咨询了一位城管大哥，他的回答是：“那是民族工艺品，可以卖。”我心里就琢磨，被这工艺品砍了，估计也会很痛的。

有次碰到一个藏族汉子，兜售一把做工精美的“民族工艺品”。问问价格，七百五，他向我保证，这是藏族工匠手工打造的真品藏刀。

我看了看那汉子黑里透红的真诚面庞，又看了看手中像模像样的华丽刀鞘，还真有点心动了。我抽出那把刀，想检查一下刀刃，结果在刀的侧面看到一行小字：Made in China。我脑中浮现出这样的场面：在喜马拉雅山脚下的一个西藏小村庄里，一位年过七旬的藏族老刀匠费力地扯动着牦牛皮鼓风机，一锤一锤敲打着手中通红的刀刃。完成了捶打、淬火、精磨等数十道工序之后，老刀匠抚摸着手中的封山之作，眯着眼睛，在刀面刻上 Made in China 几个英文字。我吐吐舌头，把刀递回去：

“太贵了。”

藏族汉子赶忙说：

“泥开个家，泥说多烧？”

我“呵呵”一声，摆摆手，转身离开。那汉子在我身后喊道：

“五百！”

我继续走。

“四百五！”

我继续走。

“三百！”

等我走到街道拐角，价格已经降到一百五了。但就是五十块钱，我也不会去买一把刻着英文的藏刀。假东西我不介意——满街的 Gucci、LV，有几个不是 A 货？但不能假得太雷人啊。

宅居的生活过得很滋润，但新问题很快浮出水面：家里进了一群不速之客。一天在客厅里看美剧，突然见到一团黑影从我和电视机之间窜过，消失在柜子后面。

Oh My God!

房子里进老鼠了！

其实我对恶心动物的免疫力比一般人强。我养过蜘蛛、蝎子、蛇等各种非主流宠物——虽然结局都不太美好——养一只死一只，但宠物们心态还算豁达——活一天算一天。我丝毫不介意让蜘蛛在我手背上爬或者把菜花蛇缠到自己脖子上（后者没成功，不是我不愿意，是蛇不愿意），但我真觉得老鼠很恶心。这应该算是偏见，老鼠和其他宠物本质上并无区别：你说啮齿类动物太恶心，那为何仓鼠很可爱？你说黑乎乎的动物不好看，但为何八哥你又很喜欢？你说你讨厌动物的毛，波斯猫难道没有毛？你说老鼠很脏很猥琐，哼哼，你家的狗狗刚才还在楼下闻一块大便，看它垂涎欲滴的表情似乎还想一口吞下。告诉我，老鼠哪点不如别的动物了？

只能说，厌恶老鼠是人类的天性。如果要评选对人类危害最大的动物，老鼠绝对排名第一。全世界有150亿只老鼠，每年造成近千亿美元的经济损失。老鼠会传播各种疾病，欧洲中世纪爆发的黑死病（鼠疫）在全世界造成了7500万人的死亡。而老鼠又是世界上生存能力最强的动物之一：老鼠能游泳、会爬树；一晚上能打300英尺的地洞；从五层楼摔下来也不会受伤；一对老鼠一年能繁殖15000只后代！

好家伙，放鼠过来吧，大哥我接招！

我在楼下的小杂货店买了七八张粘鼠胶，回家放满一地。三天后，在损失一双拖鞋（我起床一脚踩到粘鼠胶上了，心疼拖鞋之余，暗自庆幸没有使用捕鼠夹），误伤数十无辜（蟑螂、灰蛾、蝴蝶）之后，我干掉了五只老鼠。

但有一只最大最狡猾的老鼠头目却总不肯就范——似乎有一次粘鼠胶还粘到了它，但起身查看，却只见到粘鼠胶上的一片黑毛。

OK，鸟枪换炮，升级装备。

我买回一个捕鼠笼，放入诱饵，连续三天老鼠王都不肯上当。于是我把捕鼠笼用烧枯叶产生的烟熏了熏，除去人的味道；再把一小块带皮的肥猪肉烘烤得喷香流油（香得我都恨不得一口吞下），然后小心翼翼地挂在了捕鼠笼里的机关上。

半夜两点五十分，突然听到“吧嗒”一声，然后就是老鼠的尖叫。

Gotcha!

去厨房视察，捕鼠笼中关着一只我这辈子见过的最长最大最凶悍的黑老鼠，见我走过去，它竟然龇牙咧嘴地向我示威。把胆小猥琐之人斥为“鼠辈”其实冤枉了老鼠。它们警惕的天性实际上是生存的智慧，对方比你庞大几百倍，你还傻乎乎地对抗，那是自杀式的愚勇——就仿佛二战时期波兰骑士拿着长矛去冲击德国坦克。拳击手躲闪对手的拳头，斗牛士避让公牛的犄角，特种兵在枪林弹雨中翻滚卧地，难道你说他们是懦夫？

真正的勇气是：必须战斗的时候，勇敢地战斗！

老鼠就很有战斗的勇气！一旦被逼入绝路，老鼠比兔子，甚至比猫狗都要凶悍。它们患有白化病的表亲——实验室培育出来的大白鼠，向来是臭名昭著的恶棍。老徐当年就被狠狠地咬了一口，他还埋怨老师骗他说白老鼠不咬人。

老师明明说的是：“小白鼠不咬人，大白鼠就要小心了。”

谁叫你听课只听一半？

解决掉了老鼠们，宅居的日子越发慵懒闲适。有时候甚至会像古代吃闲饭的文人，想着如何打发掉一天的日子。我参考了一下古人们的做法：爱看书的“年年岁岁一床书”，喜下棋的“长日只消一局棋”，寂寞的宫女“行到中庭数花朵”，无聊的文人“更把前题改数联”，抬起头来“坐看云起时”，闭上眼睛“临风听暮蝉”，端起杯子“花间一壶酒，独酌无相亲”，背上钓竿“孤舟蓑笠翁，独钓寒江雪”。

我没这种雅致，我打发日子的方式是：看书看碟玩魔兽，吃好喝好睡个够。

宅着宅着，突然发现自己已经是一把年纪了。一天下午，楼上邻居一家子在院子里面晒太阳（也够难为他们的，爷爷奶奶外公外婆小两口，再加上一个小baby——七口人住在不到七十平方米的两室一厅里面，他们家居然还有物理和心理空间养了一条大黄狗，中国人生存的能力真是一流）。我走上去抱那个小baby，她奶奶说："乖崽，叫哥哥。"旁边小baby她妈巧笑道："应该是叫叔叔了。"正当我准备接受这个头衔，突然瞟了一眼旁边站着的小崽子傻里傻气的老爹，开口问他："你多大啊？"她老爹憨笑道："虚岁二十二，实岁二十一。"我绝望地看着这个比我小一岁却每天晚上在我楼上屏息凝神进行着合法的婚内性生活（四个老家伙加一个小家伙在旁听，估计他俩比别人偷情还得小心谨慎）——而且还合法地制造出了一个能够上户口的小崽子——的男人，长叹一口道："应该是叫伯伯啊。"

手上抱着的小女孩不断地抓我的衣服，侧目瞧瞧她那矮墩墩的老爹，心中突然泛起一阵奇特的感觉。嫉妒？不能说没有，瞧这小子傻不拉唧的，居然也是个"爹"。欣慰？幸亏当爹的不是自己，不然从现在开始就得年年月月地上班下班，换尿布喂奶粉，拖娘带崽地走在街头意淫前方的性感MM。自负？老子是不生，要生保证比你生得多生得好生群娃娃满地跑——不信，我，我这就生给你看！大兄弟，借老婆一用？

怀中的小baby不知是哭还是笑地瘪了瘪嘴，小眼珠骨碌碌地直转，她老爸点了根烟，和老婆老妈聊天。心里一个激灵，突然觉得自己真的似乎是这个比我小了四分之一个世纪的小崽子的哥哥一般：大人们在旁边聊天，我们两个小朋友在玩——潜意识里我还真想叫这个小我半岁但是有着固定的工作每天上班下班在外陪客户喝酒抽烟回家亲老婆抱孩子的男人"叔叔"。突然发现自己的生活方式、思维心态还停留在中学时代。虽然经常自负地觉得自己饱读诗书看破红尘拳打耶稣脚踩佛陀古今中外五千年历史不过是自己放的一个响屁——但放下了手中的书本，回到真实的世界，自己不过是不通世事的老男孩。喜欢抱着小孩子玩并非因为天性中的“父爱”，而是把他们当成自己的“同龄人”了！

我把小 baby 递给她老爸，满腹心事地回到家里，纳闷自己这几天怎么突然有了这么多的思绪。一看日历，难怪，明天居然是我的生日！

二十二岁了，一眨眼，竟然成了一个“青年”。哎，似乎任何形容词加到“青年”这个词前面都很难听：“革命青年”“文学青年”“大龄青年”……“少年”这个词给人的感觉是新鲜的牛奶，“中年”是醇厚的红酒，“老年”是浓郁的白干，唯有“青年”一词，仿佛是跑了气的可乐，半甜半腻，皱着眉头也能下咽，但绝不想再来一瓶。

应该怎么度过人生的第二十二个生日呢？

Party 是肯定免除的。我向来讨厌各种仪式：生日、婚礼、葬礼……生日上憋着气吹蜡烛傻乎乎地许愿；婚礼上一大堆人灌你酒精，看你出洋相；葬礼上人们对你的遗体说违心的赞美……全是过给别人看，烦。因此，多年来，我的生日都是一个人独自度过。我最喜欢的过生日方式，是带上几本喜欢看的书和一袋子喜欢吃的东西，跑到一个安静的地方独处。

当然，独自过生日有伪隐士和作秀之嫌疑。真正的隐士是不会隐居的，因为心中自有山林。真正的牛人是不会作秀的，因为够优秀。我算不上，只好装一装。

去哪儿呢？闹市中央的公园基本上已经变成了菜市场，游人多过树木，唯有岳麓山上可能还能找到几处僻静的去处。嗯，就是岳麓山了！

第二天，关掉手机，带上一瓶清酒，一包熟食，一个面包，跑到岳麓山上一个人待了一整天。回家写了篇作文权当纪念：

戊子年秋，登麓山。沿小径而上，行者寥落，悄无人声，唯闻鸟语婉转。四周密树丛生，景致隽秀，天高而云白，风清而气爽，桂花馨香时隐时现，环视却不见桂林。小径蜿蜒盘旋，数分叉口后，已不知南北西东。信步闲游，忽见一林，皆苍松翠柏，雄健挺拔。入林，其间幽暗，举头不见天日。行数百步，豁然开朗，见一断崖，崖边有巨石数块，色白，平滑如玉，触之不寒。坐于石上，极目远眺，山上山下草木葱翠。有良田数顷，阡陌交通，井然有序。有鱼塘成片，水波粼粼，熠熠生光。有农舍数间，散布良田鱼塘之侧，与城中高楼广厦相映成趣。取所携清酒干鱼，美景做伴，独斟自乐。酒酣长啸，惊起山鸟无数。

余叹古人，游山玩水绝少独行。或呼朋唤友，觥筹交错，虽畅怀快意，总染市井气息；或高谈阔论，评判世人，虽格致高雅，难免竞争之心。昔王文公游褒禅山，欲穷华山后洞，同游者“怠而欲出，曰：火且尽”，同出，“火尚足以明也”，文公“悔其随之，而不得极夫游之乐也”。唯独身前行，着木屐，携竹杖，或急步攀登，或缓缓徐行，欲停则停，欲行则行；或穷探奇山之巅异水之源，或寻访古墓残碑隐士故居；或因东风骤起而有激昂之意，或见鸿雁北归而生思乡之情；或小憩，或独斟，或吟诗作赋，或长啸狂歌。唯独行方可“极夫游之乐”，笑古贤之不知也。

第十八章　向我证明你不是gay

现在我的日子基本上是三点一线：湘雅、新东方、家。从开始做兼职的第一天起，我心里面就放下了一架天平：医生 VS 老师。在医院里面待得越久，天平就越向老师这边倾斜。救死扶伤固然高尚，而且医生无论社会地位还是收入待遇都要优于老师——可一想到未来一天八个钟头，一个月二十五天，一年十二个月，一辈子三十五年，必须在一个压抑的地方，面对一群压抑的人，从事一份压抑的工作，我就感到无比压抑。新东方的工作固然也很累，但累得安全，累得自由，累得快乐——至少我能保证，我的服务对象和我本人，能够活着离开我的工作单位。

既然能看笑靥如花，何必面对生老病死？

那这五年医科不是白读了吗？浪费自己的青春不说，还浪费了国家的教育资源。

也不是完全白读了。家人朋友有个小病小痛的，只要他不怕死，我这袁医生还是能开出一两张“白加黑，白天两粒晚上一粒”“创可贴，贴在创口上”之类的处方的。天下这样大，有的是比我更擅长在医院工作的人：能够在人解室吃包子的“食神张”，想必不会因为病人的呕吐物而影响胃口；不打麻药就给兔子动手术的小 T，想必不会因为无法拯救绝症病人的性命而黯然神伤；还没把驾照考到手就敢开着老爸的越野车上高速的伟哥，想必不会害怕病人家属来找他麻烦——

兄弟姐妹们，拯救国人病躯的重担就交给你们了，小弟我无德无能无胆量，只能拿起教鞭，去污染祖国花朵们的灵魂了……

我这种三点一线的"宅男·医学生·英语老师"的日子过得挺平静，挺充实，挺滋润，直到有一天，手机突然响起，屏幕上显示了我舅舅家的号码。

"喂？"

"喂，你在干什么？"

咦，洋叔？这小子怎么给我打电话？

"洋叔啊，你在长沙？"

"嗯，倩倩也回来了，有空接见我们不？"

"好嘛，你定时间。"

"明天下午，五一路？"

"行。"

哦，忘了介绍，洋叔其实不是我叔，是我表弟。虽然才二十出头，但天生满面沧桑，看上去四十不足三十有余，我于是喊他洋叔。

洋叔老爸怕他营养不好，从小就用土鸡、甲鱼、冬虫夏草等各种补品进行填喂。结果洋叔青春期开始就朝横向发展。成年后，洋叔变成了个身形矮胖、一脸横肉的莽汉，晚上碰到他你绝对会心惊胆战一阵子。

长这副尊容，洋叔不悲反喜，每次进火车站飞机场，总有便衣拦住他要看身份证，他把这件事当段子津津乐道地讲给我们听。也怪不得人家警察同志，说洋叔长得像走私军火的大盗都算客气了，他的气质中除了匪气痞气，还有几分淫气，更像是拐卖妇女或者开妓院的。

洋叔从小是那种死不读书成绩很差，但油嘴滑舌古灵精怪的韦小宝式的人物。十岁的时候，有一次他喜滋滋地拿着一叠崭新的压岁钱（全是五角一张的）向我炫耀：“你猜有多少张？”我说：“猜中了有什么好处？”他说：“猜中了就全给你。”我思考片刻，答道：“四十张。”洋叔脸色大变，我抢过钱一数，一张不差。眼看二十元巨款就要到手，洋叔瞅准我老妈走过来的时刻，大声道：

“把钱拿去吧，我愿赌服输！”

洋叔的音量别说我妈，就是楼下派出所抓黄赌毒的警察都听得清清楚楚。没等我妈严刑逼供，洋叔就立刻坦白交代和我聚众赌博的全部事实。判决结果自然是以党和政府的名义，宣布赌博非法，那二十元新票子又回到了洋叔的口袋。

但小聪明是不能带来好分数的，洋叔在中学的成绩排名一直和班上人数一致，如果考文化，估计只能学“环卫专业”。在我老妈的指点下，洋叔高中剑走偏锋，成为美术特长生。在进入美术班之前，洋叔的最高艺术成就还是小时候尿床在床单上留下的印象派尿迹；初学素描，拿炭条的手硬是抖个不停，画水彩，脸上手上的颜料比画纸上的还多。美术史更是一窍不通，以为列宾是列宁的弟弟，凡·高来自印度，对达·芬奇、米开朗琪罗、拉斐尔倒是很熟悉，《忍者神龟》里面的三兄弟嘛。好在美术老师是我妈的同事，格外用心指导，居然也把“吃白食”训练成了“齐白石”。

高考进入考场前，突然一团鸟屎落在洋叔头上——他大喜过望，认为这是上帝派给他的守护“天屎”。果不其然，各门考试都是超常发挥，就连只有小学水平的数学，被他 ABCD 轮流来地一气乱填，居然也打了四十五分（在美术生中已经是高分了）！算下来，达到清华大学文化生录取线一半的分数，但也足够把他送入华中师大。

过了高考这座独木桥，洋叔就走上了阳关道。洋叔智商不低，情商颇高，除了不喜欢读书，什么都好。偏偏赶上了唯分数论的中学教育体制，压得洋叔六年喘不过气来。一旦没有考试这道催命符，洋叔的优良品质就全体现出来了。洋叔有着商人的精明头脑和绝佳口才，无论见到什么机会，眼珠子转悠几圈就有了点子，然后口吐莲花，忽悠得别人供他差遣。这点其实是他的家族传统，他爸妈以前在下河街做小生意，打拼多年，发了点小财。洋叔继承了其父的精明狡诈和其母的彪悍耐劳，在社会上混得团团转。

洋叔大学期间就和我一样开始做兼职，不过和我在新东方出卖血汗不同，他搞的是“大事”，具体干了什么我也不知道（估计就是四个字：坑蒙拐骗）。总之每次见到他，他就会胖一圈，存款则长一个数位。有一次给我打电话，居然是在伦敦——他成了美国一个什么什么基金会在华的总代表，大学英语三级都没过的洋叔竟然在英国召开记者招待会，忽悠到了一大笔美元！

但让我最佩服的不是他的发家致富史，而是他居然骗到了个身材苗条面容端庄的妹子当女友——光看他俩长相，别人会以为是煤老板找了个小蜜，偏生那妹子是个研究生学历的官二代，老爸在郑州还算得上是一方人物。

天老爷，你长不长眼啊，如果近视，配副眼镜好不好？

第二天，在五一路的一家咖啡厅见到了洋叔。好久不见，我一眼就忽视了他，因为他身边除了女友倩倩，还有一位陌生的大眼睛美女。

洋叔说：

“这是我妹。”

我心里想：“你是我弟，你妹就是我妹，我啥时冒出个妹来了？”

我说：

“你妹！”

洋叔没听出我在骂他，以为我用的是疑问语气“你妹？”，解释道：“李叔叔的侄女，你还记得李叔叔吧？”

记起来了，洋叔老爸当年在下河街摆摊的时候，有个姓李的哥们儿。白天一起坑蒙拐骗，晚上一起喝酒打牌。如果论关系，这女孩是我老妈的老弟的结拜兄弟的老哥的女儿，七折八转，也能算我妹了。于是我认祖归宗道：

“你好，Mei。”

很快就明白洋叔叫我出来的目的了：咖啡里面“相亲”的味道实在太浓。尽管洋叔不断强调他不过是碰巧把我和 Mei 同时约出来，但洋叔的演技着实低劣，丝毫没能掩饰自己“媒婆”的身份。他一会儿向 Mei 宣传我是“容姿不逊潘安，才情堪比唐寅，信义更胜尾生”（貌似三个家伙下场都挺惨）的“绝世好男人”，一会儿又对我渲染 Mei 乃是湖南师大“沉鱼落雁、倾城倾国”（淹死鱼，摔死鸟，吓跑整个城市的居民）的“头号校花”。

其实洋叔大可不必如此辛苦，我和 Mei 是干柴碰烈火，没一会儿就烧得滚烫，彻底把洋叔和倩倩给屏蔽掉了。

洋叔回武汉后，我和 Mei 单独约会了几次，第三次牵了手，第五次亲了嘴，两人也就算正式成为男女朋友。

Aha, I have a girlfriend now!

开始肯定得相互查查家底：Mei 比我小一岁，长沙人，师大英语系的。由于她读书比我早一年，加上医科要读五年，因此比我还先毕业，在著名的重型机械制造公司 Sany 找了份文秘工作。

别的都很 perfect，唯有 Mei 的工作环境让我有点担心：Sany 有三万五千名员工，其中三万四千五百名是男性——五百名女性中还有四百名是食堂里面的大嫂和从事保洁工作的阿姨。这一百多个从事文秘工作的年轻女孩，仿佛就是——我找不出更地道的比喻了，三万四千五百个从机械工程系放出来的饥渴男 VS 一百个学英语、文秘、中文的孤单女，you do the math. 她们就是三百六十五天每天换个男朋友都有足够资源——我觉得女朋友在 Sany 工作被人横刀夺爱的概率比在监狱和军队里面还要高：毕竟那两个地方还有狱警、教官、纪律和铁栏杆挡住那些如狼似虎的 animals……但 Mei 却说，Sany 的环境比女子大学还要安全——她绝不会喜欢上任何一个本公司的男人。我问为什么，她说你去了就知道了。后来我去她公司，知道为什么了。Sany 有两种人：工程师和工人。工程师一律穿深蓝的西服，工人一律穿淡蓝的工装。走在 Sany，放眼望去，整个就一片淡蓝和深蓝的海洋。更让人惊奇的是，除了衣服的单调一致，员工们的容貌表情竟然也几乎都是一致。工人们还好，走在一起有说有笑，相互开开玩笑；而那些工程师们，一个个都是严肃的表情，微皱的眉头，厚厚的眼镜，呆滞的眼神。他们和 Sany 的产品——重型建筑机械——有着同样的气质：厚重朴实、严肃死板。千篇一律的服饰，千篇一律的面容，千篇一律的个性。Sany 有一万名工程师，但只有一种灵魂。

用 Mei 的话说："和他们谈恋爱，会郁闷得吐铁锈。"

嘿嘿，别担心，哥哥会让你开开心心的。

由于两人都很忙，我们一周最多见一次面——没什么特别激情浪漫的，和中学生恋爱差不多，吃一顿饭，看一场电影，逛一逛商店。唯一升级的地方是牵手的时候不必担心父母老师看到。不见面的时候我们就煲电话粥。从正式恋爱开始，我们每晚九点准时开聊，一直聊到午夜，每次都要提醒对方"明天还要上班，不聊了不聊了"N+1 次之后，才舍得挂掉。后来 Mei 问我："我们那时候哪来的那么多话题聊？"我绞尽脑汁居然无法回忆起任何一次的聊天内容。这大概就是英语里面所谓的 sweet nothings（甜蜜的废话）吧！

一个月的接触，让我基本了解了 Mei。她长得挺漂亮，自认（并且号称公认）是师大的校花。但骄傲的同时，私下又对自己的长相不满——总觉得自己太胖（哎，环肥燕瘦，丰满是美嘛），脸上有痣（其实就两粒），腿不够修长（你又不是青蛙，要那么长的腿干吗），每天掉头发（一天掉一百根以内都属正常，只长不掉，你会变成豪猪的）。她有点小急躁，有时喜欢耍点小性子，还有点小虚荣，热衷讨论名牌、名车、名胜、名人。大部分时间，她是个胆小怕事喜欢搂着我脖子撒娇的小猫咪；脾气来了立刻会变成母老虎，张牙舞爪，甚至咬人。她不喜欢日韩偶像剧，但爱看《快乐大本营》《天天向上》和湖南卫视的各种节目。手机是她的第二生命：电话、短信、微博、微信、上网、拍照——哪天没带手机，她就会六神无主。她最喜欢的事情是吃美食（越辣越好），睡大觉（最高纪录据说是十八个钟头），上淘宝（从五分钱一个的橡皮筋到五十寸的液晶彩电，衣食住行吃喝拉撒，全部在 www.taobao.com 上面搞定）。

嘿嘿，可爱的女孩子，哥哥喜欢。

有一天晚上，我们一直神聊到了凌晨一点半，我正在说一个冷笑话，突然听到电话那头传来一声凄厉的尖叫，然后电话就断掉了。

我愣了半秒，回过神来，赶紧回拨电话，没人接；再拨，还是没人接。疯狂地拨了十分钟电话后，我开始紧张起来了：半夜三更，女友突然尖叫然后挂断电话，太像恐怖电影里面的情节了！正当我考虑是否要报警的时候，电话响了，是 Mei。

“怎么了？”

“噢，我刚才拿着无绳电话去厕所，看到好大的一只老鼠，吓死我了——但老鼠估计被吓得更厉害，居然僵了几秒没动弹。我老爸从床上冲下来，以为出了大事，发现只是一只老鼠，把我给骂了一顿。”

“……”

第二天见面，教了 Mei 一些对付老鼠的绝招。在江边餐馆吃了顿饭，正打算用手机查一查今天下午有什么电影看，Mei 突然说：

“我们一起在江边散散步吧。”

好主意，浪漫、健康，还能给哥省一张红票。

正值初秋季节，天气又特别好，我真正地体会到了书中“秋高气爽，云淡风轻”的描述。秋冬枯水期快到了，两岸的河滩面积很广，绿油油的野草贪婪地吮吸着河底淤泥留下的养分，疯狂地生长着。周边一些勤劳的居民在河滩上清理出一块块菜畦，河水灌溉出来的卷心菜、韭菜、萝卜叶显得特别的青翠肥嫩。菜畦的尽头，有一大片油菜花，在阳光下骄傲地展示着金色的花朵。一条黑色的土狗在菜地间嗅来嗅去，有人路过就会抬头望望，然后继续认真地嗅着泥土。

我和 Mei 手牵手走在河滩上，仿佛置身美丽的乡村之中——几乎忘却这里其实是长沙市的中心。河滩的一边是车水马龙的湘江大道，大道旁高楼林立；另一边是缓缓流动的湘江，湘江中央是建设成了“橘洲公园”的橘子洲，巨大的毛泽东雕像矗立在各种仿古建筑之中，仿佛在回忆当年“独立寒秋，湘江北去”的情境；更远处是河的西岸，岳麓山上树木葱翠，和秋日的天空融成了蓝灰色的一片。

我把手背在身后，摇头晃脑朗声诵道：

“山水洲城，秋满潇湘……”

Mei 啐了一口：

“你还《沁园春・长沙》呢，酸得我牙疼！”

江边停靠着几条小船，我拉着 Mei 上前去观看。那些船都是渔船，长四五米，宽一两米，船尾有个小棚，能容纳一两人居住。渔民们一般都是夫妻搭档，船上空间虽小，但能睡觉，能做饭，生活设备一应俱全。有些船上甚至配有一台屏幕只有两个巴掌大的小电视——渔船就是一个温馨的小世界。

每天下午，渔夫们会集中靠岸，将一天的收获用脸盆装了摆在河滩上出售。野生鱼品种驳杂，鲢鱼、鲤鱼、鲫鱼、鳊鱼、鳙鱼、草鱼、青鱼——五花八门，但都比家养的同类要瘦小一些。有时候还会有一些非主流的河鲜，比如今天有个渔夫的盆子中就放了一只沾满淤泥的黑色乌龟。

“这只乌龟多少钱啊？”

Mei 扯了我一把：

“你不会买吧？”

我说：

“不买，只问问价。”

渔夫也听到了这句话，他好脾气地笑了笑：

“一百五。”

“啊，好贵哦。”

“野生乌龟，肯定贵一些嘛。”

继续往前走，草丛中站着一对盛装的年轻男女，一个摄影师指挥他们摆出各种各样的姿势。风景很美，但风景中的人嘛——哎，还是积点口德算了。让我实在忍俊不禁的是，那个女孩子无论摆什么 pose 都仿佛是被劫匪用手枪顶住后腰的人质；脸上的笑容更是生硬得如同中日领导人在握手照相。摄影师倒是极其耐烦，还挺有幽默感：

“美女，你笑得真实点好不好，你再假笑，我就拨打 315 投诉你了。”

继续往前走，Mei 突然指着一大片草地叫出来：

“马！”

妹子，看花眼了吧，真当这里是天苍苍野茫茫风吹草低见——Oh My God，真的有好几匹马在河滩野草地上悠闲地踱步。上前细看，四匹棕马，一匹黑马。马脖子上都套有麻绳，但环看四周却不见主人的身影。

“哪来的马啊？”

“应该是景点让人骑乘或者拍照的驯马。”

“也没人看着，不怕被偷走？”

“怎么偷啊？马鞍都没有，骑上去肯定摔跤。就算你牵着走，在大马路上——虽然‘马路’直译过来似乎就是‘给马走的路’——会有多少人围观啊？没准你还会上今晚的《法治新闻》:《长沙城的偷马贼》。”

不能偷，摸一下总不犯法吧。我走上前，摸了摸一匹看上去最温和的棕马的脖子。马的体温高于人类，摸上去热乎乎毛茸茸的。我弯腰捡起麻绳，扯了扯，那马很听话地跟着我开始往前走。Mei一边拿出手机拍照，一边开始哼唱：

“你挑着担，我牵着马……”

告别了马群，发现我俩已经从湘江大桥走到了猴子石大桥，路过桥下的时候，看到一群阿姨在跳广场舞。Mei突然问我：

“你爱我吗？”

废话，当然爱啊。

“那……”

Mei脸上突然露出一丝奸诈的笑容：

“如果你爱我的话，嘿嘿……就请加入这群阿姨，一起跳舞。”

明白了，这是每个女孩都喜欢玩的“你爱我吗”游戏。

“你爱我吗？爱我就把这一坨芥末吃下去。”

“你爱我吗？爱我就在学校操场背靠着国旗旗杆跳钢管舞。”

“你爱我吗？爱我就冲上去敲一下前面那个满脸络腮胡的猛男的秃头。”

Mei 还算客气，没有要我去熊抱领舞的大婶。我脸上也露出一丝奸笑：

“确定要我去跳？”

“嗯，确定。”

我流星踏步地冲了上去，站到了队伍的最前面，开始手舞足蹈地跳了起来。要知道，我从小就以动作不协调闻名。我怀疑，上帝在制造我的时候偷工减料，少给我安了一亿个运动细胞。我两岁才学会走路；二十岁了下楼还经常失足滚下；体育考试常年不及格；军训教官恨不得一枪把我毙了；小学的时候做广播体操，动作可笑到让班主任看了无法生气，而是偷偷把同事们喊来围观。

个十岁的小孩做广播操不协调还算笨拙可爱，一个二十岁的男人跑到阿姨中手舞足蹈地跳广场舞就……

阿姨们倒是不介意，有人甚至对我竖起了大拇指。我边跳边对站在旁边目瞪口呆的 Mei 挥手：

“亲爱的，你也来吧！”

阿姨们齐刷刷地做出“向右看”的动作，Mei 的脸一下子变得通红。嘿嘿，亲爱的，“你爱我吗”游戏好不好玩啊？ Mei 僵在那里，既不敢走近过来，也不好转身离开，更不愿意承认向她招手的那个人是她的男朋友。眼看 Mei 就要到崩溃的边缘，我才对着阿姨们挥挥手，拉着 Mei 朝前方走去。

走了至少一公里的路，Mei 才从刚才的“广场舞惊魂”中回过神来：

“你的脸皮真不是一般的厚啊！”

“谢谢夸奖。”

“……”

“亲爱的？”

“嗯？”

“以后还玩这种游戏不？”

“向毛主席发誓，绝不会了……”

突然一辆红色的跑车从我们身边呼啸而过，吓得我俩连退几步。

等我们回过神来，跑车早已绝尘而去。

“你没事吧？”

Mei 摇头：

“我没事，那是一辆保时捷呢，开车的好像是个年轻女孩。”

“哼，估计是二奶，或者小三，要不压根就是个做鸡的。”

“喂，你积点口德好不好。人家说不定是自己奋斗赚钱买的呢！”

“保时捷的跑车多少钱一辆？五十万？一百万？有几个 80 后、90 后能买得起？你当人人都是扎克伯格哦。”

“就算是老爸或者老公送的，也没什么啊。”

“哼，开个跑车怎么了？就看不惯这些……”

“好了好了，别愤青了，对了，你们新东方的老师好像都挺 fashion 的啊，时不时香港购物、出国旅游什么的。长沙新东方还有个周什么，挺有名的，好像买了辆百把万的跑车吧？”

“那是他们的生活，与我无关。买豪华跑车干什么？公交的士电单车，以后还能坐地铁。要出国旅游干什么？看书看碟玩游戏，骑车散步逛公园。去香港购物干什么？森马李宁班尼路，绝对胜过爱马仕。”

Mei 突然停住了脚步：

“也就是说，你以后绝不会买车，不会旅游，不会买名牌？”

我突然意识到，我们现在已经不是在泛泛地讨论奢华生活好还是简朴生活好，而是在摊牌两人的价值观。

“也不是绝对的吧，但我觉得这种手牵手在江边散步才是最甜蜜的生活。你难道不享受我们的现状吗？”

“现在我们都刚工作，可以不考虑物质生活。但以后呢？你难道打算挤一辈子的公交，穿一辈子的班尼路，玩一辈子的电脑游戏？”

我沉默了——我还真能这样过一辈子。只要给我一间二十平方米的小房间，窗台上放几盆花，窗外能看到绿树蓝天；房间里面放一张小床，一个书桌，一把椅子，没有书柜我就把书堆在地上；书桌上有一台电脑，网速 4M，硬盘 1000G，独立显卡，双核 CPU；每天能吃到热饭，能睡够八小时，还能有五百块钱零花钱——这就是我心目中的共产主义……

“那倒也不是，不过，嗯……”

“嗯……”

对话之后，Mei 就再也打不起兴致，无论我怎么逗她，她都是闷闷不乐。我只好叫了辆的士，把她送回了家。

之后几天我们都尽量避免谈论有关未来的话题——毕竟刚恋爱了几个月，没必要用柴米油盐生儿育女的话题来破坏浪漫的情绪。但我知道，如果我和 Mei 真有未来，价值观的问题肯定会在某天爆发出来。

哎，未来的问题就让未来的自己去解决吧！

有一天 Mei 突然问我：

“你怎么从来不邀请我去你家？”

我一时语塞，原因太多了：天高地远，公交车都只有一趟；鸟不拉屎，像样点的饭店要走二十分钟；少儿不宜，满桌子都是日本和欧美的碟片；污染严重，脏衣服、臭袜子漫天遍野。

“该不会是你在家里藏了一具尸体吧？”

呃，还真让你说中了，这也算原因之一吧。

“你要来我家？”

“你不愿意吗？”

“愿意，当然愿意啊！不过我得先收拾收拾，太乱了。”

疯狂地收拾了一整天，自我感觉能够见客了。第二天把 Mei 接了过去（她路上至少问了五次“还没到吗？”），一进门她就皱起了眉头：

“够乱的啊！”

妹妹，我还收拾了一天好不好。参观了一圈之后（此过程我十分紧张，生怕落下了少儿不宜的东西没藏好），Mei 放下包包，说：

“抹布、水桶、扫帚、撮箕、拖把、洗洁剂。”

“什么？”

“这些东西在哪里？”

“厨房。”

“嗯。”

Mei 挽起袖子朝厨房走去，我拉住她：

“别咯，亲爱的，怎么好意思让你来打扫卫生？”

“作为主人，让第一次来访的客人打扫卫生，你的确应该感到不好意思。但作为你的女朋友，让你在这种环境中苟且偷生，我也很不好意思。”

“……”

“别磨磨唧唧了，帮忙吧！”

八个小时之后，家里已经干净得我都不敢随意放屁了，但 Mei 仍然不满意：

“坐垫也没有，灯罩也没有，热水瓶也没有，装饰品也没有，哪像个家啊。明天正好我还能休息一天，给你带点东西来。”

第二天 Mei 扛了一个大袋子跑过来，一上午工夫，我的宅居就变成了一个温馨的小家。环视四周，感动不已。我抱着 Mei 狠狠地吻了一口，说道：

“Men make houses, Women make homes.”

Mei 伸手抹脸：

“恶心死了。”

看看窗外，铅灰色的天空，没心情出门游荡，窝在家看电视吧。Mei 端来两杯热牛奶，一碟巧克力饼干，我俩并排坐在沙发上，打开了电视。Mei 一手拿着饼干蘸牛奶，一手娴熟地操作着遥控器。一百八十六个电视台，她五分钟全部换了一遍，然后把遥控器扔给我：

“没啥子好看的节目，你选台吧。”

那就看 CCTV1 呗。电视里李玉刚正在柔情万种地演唱《贵妃醉酒》，我感叹道：

“再也不敢在街上跟美女搭讪了。”

Mei 端详了我片刻，道：

“其实你也能化成这样。”

“什么？”

“我说，你也能化装成女人。你虽然鼻子大了点，眼睛小了点，耳朵招风了点——但，你有一张瓜子脸，装扮女人不是难事。”

的确，脸型才是王道。无论一个女生眼睛多水灵，鼻子多俊俏，皮肤多白嫩，嘴唇多丰润，只要她长着一张国字脸，别人就很可能在其名字后面加一个“哥”字。

“Really?”

"Really."

"Ok, Just do it!"

第三次来我家，Mei 带了整整一旅行袋的化妆行头，帮我化女妆。化妆的过程就不具体描述了，女性读者你懂的，男性读者请去问身边的女性。总之一句话，做女人真难啊，每天要往自己身上倾倒如此多的化学物质，而且过程是如此的费时费力痛苦不堪。贴假睫毛、粘双眼皮贴、烫头发、佩戴美瞳……两个小时的化妆过程中我不断地呻吟，化完的时候，我已经半死不活。

最后，为了"一贱到底"，Mei 拿出一套在日本留学的同学送给她的红色和服，让我穿上，跪坐在木板地上，装艺伎拍照。

Mei 拿着相机，指挥我摆出各种 pose，咔嚓咔嚓地拍了许多张照片。拍完，花了半个钟头才把妆卸掉。我说我要看照片，Mei 说："就是专业摄影师拍的艺术照都要 PS 之后才能见人。晚上我 P 完再给你看。"

晚上十一点，Mei 把用"美图秀秀"加工了一番的照片发给了我。

点开图片，我的心中闪过一个念头：Mei，我对不起你，我爱上另外一个女人了。

图片里面是一个让任何男人看了都会心动的妙龄女子：水灵的妙目，性感的红唇，精致可爱的鼻子微微上翘，光滑白皙的皮肤水嫩欲滴——此时我能理解爱上自己倒影，顾影自怜憔悴而死，最后变成水仙花的希腊美少年 Narcissus 了。同时也深刻地理解了 21 世纪造美公式：化妆 +PS= 另外一个人。

故事还没完，后来 Mei 把照片以《师大日语系单身美女外教》的标题挂在自己微博上，引来无数贱男围观，一大堆人给她留言"求交往""求 QQ""求电话号码"。爆笑之余，心中暗喜：男人迷倒女人不是本事，同时能迷倒男人才算厉害。而且，哪天要是丢了新东方的工作，总能在泰国找到容身之地。

又是一个星期天，Mei 一进门就嚷嚷要洗澡，说坐公交车的时候，一个脏兮兮的小孩往她身上抹了鼻涕。

我一下子慌了手脚：在这儿洗澡可不是件小事，距离上一次有女孩子在这儿裸体至少已经——哦，似乎没有女孩子在这里裸体过。我把 Mei 带到浴室，她视察了一圈，眉头皱了起来：

“你有大一点的浴巾没？”

“没有。”

“沐浴露呢？”

“没有。”

“洗面奶呢？”

“没有。”

“护发素呢？”

“没有。”

“亲爱的，你平时是怎么过日子的啊……”

“哎呀，男生嘛，哪那么麻烦。早上清水洗脸洗手，洗完毛巾都不用，在空气中风干；晚上肥皂一块，洗澡 + 洗头，用时五分钟。”

Mei 叹了口气：

“拜托，去楼下超市给我买来好不好？”

Yes, Madam！设备采购齐全后，Mei 踏入了浴室。稀里哗啦好一阵子之后，我隔着门喊道：

“洗完了？”

“还没开始洗呢。”

我顿时无语，看来没有一个钟头 Mei 是不会出来的，哥哥我小小地“魔兽世界”一下。

进入游戏，刚好工会开了个祖阿曼团，问都没问就把我拉进了副本。不一会儿我就沉浸到了对巨魔的屠杀之中。杀到老三面前的时候，浴室里传来 Mei 的声音。

“亲爱的，我洗好了。”

“嗯嗯。”

“亲爱的，你在干什么？”

“玩《魔兽世界》呢！”

“亲爱的。”

“嗯？”

“我出来了。”

我回过头，Mei 用新买来的大浴巾包裹着身子，走了出来。热水澡让她原本白皙的皮肤变得更加粉嫩水灵——再好的护肤产品也没五十摄氏度的热水有效；浴巾只裹住了 Mei 的躯干，手臂、肩膀、小腿、大腿都裸露在外；浴巾裹得有点紧，Mei 丰满的身躯显得格外凹凸有致……

我觉得全身震颤了一下，一股邪恶的热流从丹田涌入全身血管，我“蹭”地站起身来——这时我突然听到屏幕里 Boss 发出一声怒吼，瞟了瞟，Boss 已经化身成了一只半人半虎的怪物，MT 的血刷刷地直往下掉。糟糕，Boss 进入“狂暴状态”[①]了，如果我这个队伍里唯一的猎人不对 Boss 施放“宁神射击”[②]，用不了十秒钟就会被灭团。

我咬咬牙，坐回椅子，点击了“宁神射击”。游戏里面的 Boss 镇定下来，生活里面的 Boss 却进入了“狂暴状态”。

① 狂暴状态：有些 boss 会在战斗中进入一种特别状态，攻击力会陡然增加许多。

② 宁神射击：猎人的一种特殊技能，击中狂暴状态下的 boss 后，能让其恢复常态。

"喂！！！"

我转向 Mei。

"亲爱的？"

"你还在玩游戏？！"

"呃，我不是……嗯，我只是再需要一点点时间就 OK，OK，OK，我立刻关机。"

对不起，战友们，兄弟我再不闪人就要被生活中的 Boss 直接秒杀了。我拔掉了网线，这样队友们就会认为我是突然掉线，而非关键时候重色轻友。

我抬起头看着 Mei，却还没能完全从祖阿曼回过神来，Mei 的美貌和队友们尸横遍野的惨状融入了同一幅画面……没有我的"宁神射击"，Boss 很快又会狂暴，MT 扛不了多久的，Mei 的头发好长好黑好柔顺啊，还能闻到一股幽香……不过 MT 装备很好，治疗也很给力，Boss 只剩下 15% 的血了，说不定他们能撑到最后……Mei 的腿真是性感，修长，白嫩，仿佛是玉石雕成的，不知道摸上去是什么感觉……糟糕，我忘了，Boss 每狂暴一次，攻击速度就会增加，只要再狂暴个三五次，再牛的 MT 也会歇菜……Mei 的脸太美了，标准的鹅蛋脸，还有她的眼睛，水灵灵的，眼神更是勾魂……哎，队友们这时候估计已经全部完蛋，他们肯定恨死我了，啊，Mei 的表情怎么不自然了，难道她生气了……

"喂！"

我回过神来。

"亲……亲爱的。"

Mei 盯着我的眼睛，脸色突然变得很凝重。

"怎么了？"

Mei 张开口，欲言又止。

“说啊，怎么了？”

Mei 吸了口气，一字一顿地问道：

“告诉我，你是不是 gay，请告诉我实话。”

其实，作为一个想象力异常丰富的超级宅男，在 Mei 犹豫要不要问这个问题的 3.5 秒时间中，我脑子里闪过了二十种以上的猜想：

“我们分手吧。”

“我们结婚吧。”

“借我一万块钱好吗？”

“我的生父其实是李嘉诚，他刚才给我邮寄了一千万。”

“我得了绝症，需要一个肾，你愿意捐献给我吗？”

“我是中央情报局的特工，奥巴马总统想请你喝茶。”

“刚才我放了一个很臭的屁，对不起。”

“我也是魔兽玩家，我们以后一起玩吧。”

但，我绝没有想到，也绝对不能接受，我的女朋友问我：

“你是不是 gay？”

“什么！”

“请回答我。”

“你什么意思？我怎么会是 gay？你为什么会这样想？”

Mei 耸耸肩膀：

“你皮肤白皙。”

姐姐，我是宅男好不好？整天在家接受屏幕辐射而非紫外线辐射，怎么可能黑得起来？

“你有洁癖。”

讲卫生也有错了？直男就应该直接用手揩屁股然后再抓馒头吃？

“你英语好。”

你是英语系的娘娘腔男人看多了吧？我的专业是临床医学好不好？英语纯粹是从好莱坞大片里面学的，而且我看英文大片，5 分钟不死人，10 分钟女主角不脱衣服，我就直接换碟！

“你经常会翘起兰花指。”

我……我……我比窦娥还冤呐！为了玩“水果忍者”，我买了 itouch，但 itouch 也有个问题，屏幕太小，切水果时手指容易乱碰屏幕，我只好每次翘起右手小指。等“水果忍者”破了 1200 分大关的时候，兰花指的毛病就已经改不了了。

“你从来不跟我说口味重的东西，也从来不对我动手动脚。”

苍天哪！沧海哪！我可是号称“口味王”啊！但姐姐，你是我的女朋友啊，我怎么能……这世道，君子难做，好人死绝啊……不对你动手动脚，也是罪吗？这世道就容不下一丝一毫的传统观念了吗？男人尊重自己的女朋友，把肉体关系看得比较神圣，不在第一次约会就提出要上床，觉得两人在一起至少三个月才能发生关系就会被当成同性恋或者性冷淡吗？

Mei 接着又提出了一连串的证据：

“你会弹钢琴。”

“你愿意化女妆照相。”

“你是路痴。”

“你不喜欢体育运动。”

“你不会修理任何电器。”

“你不会开车而且声称绝不去学。”

……

我一一解释，情绪越来越激动。解答完 Mei 最后一个问题，我已经是面红耳赤汗流浃背。Mei 盯着我的脸，眼睛眨巴眨巴的。

“你真不是 gay？”

我气急败坏，吼道：

“不是，真不是！”

Mei 低头沉吟片刻，然后抬起头来：

“那，证明给我看吧。”

“什么？”

Mei 突然解开包裹身体的浴巾，朝我走近一步：

“向我证明，你不是 gay。”

已知：若男性愿与女性发生关系则不是 gay（公理）

Sonny 为男性，Mei 为女性

求证：Sonny 不是 gay

解答：Sonny=S= 男性，Mei=M= 女性

S 和 M 发生关系 = 男性和女性发生关系

根据公理：若男性愿与女性发生关系则不是 gay

则：若 S 和 M 发生关系即可证明 S 不是 gay

证明完毕

我走向 Mei，把她抱到床上，完成了数学题的证明。

原来数学也可以很美好……

第十九章　爱情最终败给了“别人”

完成了数学证明题后，我和 Mei 的关系上升到了一个新的境界。感叹自己木讷驽钝之余，也感叹世风日下、人心不古、绅士难当、激情万岁。

但新境界也带来了新麻烦。有人说，两人恋爱关系之发展有点类似于昆虫的“变态发育”——从虫卵，到幼虫，再到蛹，最后破茧而出，变成美丽的蝴蝶、丑陋的灰蛾、霸气的黄蜂、猥琐的蟑螂，等等。我和 Mei 的关系，已经度过了“确认名分”“肉体关系”这两个重要节点，很快就要面对第三个发育阶段：“见父母。”

在许多人的恋爱日程表上，“见父母”这一栏填写的是 Never—if possible。

岳母应该还好搞定（而且我特别受四十岁以上的中老年妇女喜爱），但极少有岳父看女婿会很顺眼的。

无论你如何谦卑如何有礼如何对女友宠爱有加对岳父敬重无比，你在岳父心中永远都是抢走了他宝贝女儿的人。正如同几千年来杀得腥风血雨的婆媳关系，岳婿关系的矛盾本质在于，从前，他是他女儿中的 No.1 man，而现在你企图取代他。你是一个强盗，想要夺走他生命中最重要的一个人。

所以，你一定要端正地位：Sir，你永远是这个家里的 Alfa Male；我不过是一个 outsider，是 No.2；我加入 wolf pack 是为了种群的繁衍生息发展壮大，而绝非想要挑战你的地位；你反而会因为多了一个垫底的小弟而地位上升。

有了我这种高度的政治觉悟，未来岳父即使真的人如其名，仿佛泰山般的难以逾越，相信我也能轻易搞定。

何况 Mei 的老爸根本不是泰山，充其量是岳麓山，甚至只是中南大学的后山——我原以为 Mei 的老爸和其伯父是一类人：吃喝嫖赌，坑蒙拐骗。谁知老头子不抽烟不喝酒，慈眉善目，喜欢读书和聊天，退休前在一家公司从事财会工作。听说我是医学专业，兼职英语老师，兴趣爱好是看书和带小孩子玩，老头子几乎当场就要拍板：“嫁！”

见过了父母，这恋爱谈起来就很正式了。仍然是每天煲电话粥，但三两天就会见面一次。我现在有的是时间和精力来谈恋爱——反正已经下定决心弃医从教了，湘雅的实习我是能逃就逃，逃不了的也只是去打半天酱油就闪人。好在最后半年，同学们大多也在忙着考研和求职，实习老师都睁一只眼闭一只眼，让大家蒙混过关。

不过有个小问题，虽然两人都在长沙，我们却算得上是“异地恋”：Mei 家住星沙，从我的宅居到她家，足足有二十公里的路程——一个在长沙的最北端，几年前还被称作星沙镇；另一个则在长沙的最南端，汽车开入我家的小区手机就会接到短信：“主席的故乡，美丽的湘潭欢迎您。”由于 Mei 晚上回家不安全，见面一般都是我去她家——吃饭是方便多了，卫生营养还省钱，但做“数学证明题”就有点不方便了。我俩只能抓住老两口同时出去散步或者买菜的机会 happy。Mei 在父母心中还是个纯情少女，我也希望在她父母心中是个翩翩绅士——因此每晚我都规规矩矩地回自己家。

那天在Mei家吃了晚饭，八点钟准备回家的时候突然下起雨来。转回去拿伞，Mei的老妈突然说：

“小袁，雨这么大，你今晚就睡在这里吧。”

我感到背后长出了一对“隐形的翅膀”，呼哧呼哧地把我带上天堂……

下一句话直接把我拉回人间：

“我去把书房里的沙发整理一下，崽，去给小袁拿一套新的被子和枕头。小袁，委屈你了噢。”

有点委屈地睡在书房沙发上，手机突然“嘟”了一声，是Mei的短信：

“长夜漫漫，孤枕难眠。”

炽热的动脉血立刻朝两头奔涌，使得我内脏黏膜因为缺血而苍白。死小娘，洒家我正欲火焚身呢，你还来挑逗！

“寡人这就御驾亲征，临幸爱妃。”

“哼，料你有色心，尢色胆。”

“咄！吾乃浑身是胆的赵子龙！”

“呸，你最多算条鼻涕龙。不理你了，姐姐睡觉。最后挑逗你一句：我今晚裸睡。”

这就太过分了！我就是被你老爸用菜刀砍死，今晚也要偷香窃玉！

悄悄打开书房门，很讲究养生之道的老两口已经上床睡觉了。蹑手蹑脚地走到Mei卧室门前，轻轻推开，啊哈，没锁。闪进去，Mei刚洗了澡，正坐在床上玩手机，露出雪白的小腿和手臂，湿湿的长发，光光的脚丫，脸上原本就滑润的皮肤被热水浸泡后显得格外的白嫩红润。遏制了半天的兽性一瞬间爆发了出来，我爬到床上，把Mei的手机抢过扔开。

Mei 吓得花容失色，压低声音道：

“我……我爸妈在隔壁啊！”

我也压低声音：

“我这样过去，书房等下会起火的。”

我们身下的木板床突然“咯吱”了一声。

“但这声音……太响了吧……我爸妈耳朵很好的……别……别……太响了啊……亲爱的，求你了，我爸妈真的会生气的……”

看着 Mei 既希望我留下又希望我离开，欲火焚身却不敢放纵的又可怜又可爱的表情，我心中的理性终于战胜了兽性。我把 Mei 推下床，两人在地板上重新开始……

幸福的生活过得飞快，一眨眼，就到了“恋爱 100 天纪念日”（Mei 的说法，我可没这么琼瑶）。正在琢磨应该如何庆祝一下，Mei 说单位派她去北京出差，要我陪她去，办完事在北京玩几天。

Good idea!

有了上次去北京见老俞的经验，这次我穿了合适的衣服。果然，北京的初冬还没有长沙冷，气温虽低，但艳阳高照。晚上七点，住进酒店，突然发现室内温度不是一般的高。一看气温表，二十九摄氏度。于是两人开始比赛脱衣服，很快就脱到接近亚当夏娃偷吃禁果前的着装，却还是觉得热。到处找暖气片的开关，满头大汗却找不到。跑到前台问服务员：“能不能把暖气调小点啊？”服务员说：“调不了，要不你们开空调吧。”

十二月夜间，室外气温零度下五摄氏度，滴水成冰。

酒店里热得只能穿裤衩，不能关暖气，只能开空调降温。

市政供暖，供给北京两千万人。产能方式，烧煤发电。

现在你知道 pm2.5 为什么会爆表了吧。

第二天，Mei 去办事，我在酒店里看电视玩手机。

第三天，晴，气温 -1℃ ~6℃，北风 1~2 级，湿度 25%。

出游的好天气。

有什么地方可以玩？

妹妹，这是北京呢！故宫、长城、天安门、十三陵、颐和园、圆明园……

到底去哪个？

先去长城？

跳上出租车，Mei 问司机：

“长城好玩吗？”

司机大哥是个老实人——太老实了。作为祖国首都窗口单位的从业者，他用一口标准的京片子答道：

“长城啊，那有啥好玩儿的，不就是点儿台阶吗？”

秦始皇在地宫里气得喷出了水银。

“那就到故宫去吧。”

调转车头，直奔故宫。下车，一片人山人海。千辛万苦杀到门口，发现故宫的外墙居然油漆剥落，感觉比长沙的开福寺还要破旧。Mei 皱起了眉头：

“这就是故宫？”

我也有点怀疑：

“应该吧，故宫，直译过来不就是 Old Palace 吗？掉点漆也正常。”

Mei 瞪了我一眼：

“不想进去了。”

我睁大眼睛：

“大老远跑到北京来，长城也不去，故宫也不去，那咱们去哪儿？”

Mei 耸耸肩膀：

“到王府井买东西去！”

到了王府井，发现这正宗的中国百货老大和长沙的分店基本没有区别；虽然商场还是让 Mei 小兴奋了一下，但我提醒她，在这儿买还得扛回长沙呢。于是两人两手空空回到了酒店……

第四天下起了雪，我提议去天坛或者北海看雪景，但 Mei 却赖在了床上：

“好冷的，好累的，亲爱的，我们今天别出去了好不好？”

我抓住 Mei 的胳膊，企图把她从被窝里拖出来：

“你大老远跑到北京来玩，窝在酒店里，对得住自己不？”

Mei 挣扎着缩回了被窝：

“不要，不要，no，no…”

于是两人在酒店宅了一天：看电视（《快乐大本营》，服了自己了，在长沙还能看现场呢）；吃外卖（而且是从五百米远的一家湘菜馆叫的，北京烤鸭就吃了一次，Mei 说太油腻，吃了怕长胖）；打扑克（而且还赌钱，很快我身上的几百块钱现金就到 Mei 的兜里了，Mei 说那就打“脱衣扑克”，半个小时后，我赤身裸体地坐在床上）；做“数学证明题”（你懂的——小两口最健康最节约最环保的休闲娱乐方式）。

可是，妹妹，这些活动需要跑到祖国首都来搞吗？

其余几天，在我的强烈要求下（不然对不住火车票和住酒店的钱），我们还是去了几个景点。但 Mei 明显对人文景观和自然景观都不感兴趣，每到一个地方，她就会拉着我搔首弄姿地拍照，拍了一圈之后就蹲下来发朋友圈，发完就闪人。仿佛这游不是为自己而是为别人而旅的——她有没有看风景不重要，关键是别人看到了风景中的她。

最后一天晚上，收拾好行李，准备回长沙了。我俩躺在床上，细细碎碎地聊天。Mei 突然说：

“唱歌给我听。”

“什么歌？”

“催眠的，我睡不着。”

我开始哼唱勃拉姆斯的《摇篮曲》：

“咪咪唆—，咪，咪—唆—，咪唆多—西—啦，啦—唆—”

“要有歌词的。”

臭丫头，真麻烦！让我想想，歌词，歌词，嗯，*The Big Bang Theory* 里面有首 *Soft Kitty*，我记得歌词。我唱道：

“Soft kitty, warm kitty, little ball of fur…”

“要中文的。”

诚心找茬是不是？别跟我说你半夜三更还想爱国啊！中文的，中文的，嗯嗯，舒伯特那首《摇篮曲》：

“睡吧，睡吧，我的小宝贝……”

“要长沙话的。”

这就太过分了！长沙话哪来的摇篮曲！长沙话适合清晨狂吼叫人起床，不适合催眠。正想罢工，突然灵光一闪，我接着唱道：

1=C 2/4

0 5 5 3 5 | 6 5 3 2 3 5 | 2 3 5 3 3 2 | 1 2 5 3 3 2 |
月亮 粑 粑 兜里坐个嗲 嗲 嗲嗲取来买 菜 兜里坐个 奶 奶

5 5 3 2 3 5 | 6 5 3 5 2 3 | 5 3 3 2 1 2 | 5 3 2 — — ‖
奶奶 取来绣 花 绣朵荷花荷花 跌得井 里 变杂 嘎 麻

【注】兜里（里面），嗲嗲（爷爷），取来（出来），嘎麻（蛤蟆）

月亮读 yue li’an，坐个读 zo go，奶奶读 lai lai，绣花读 xiu fa，荷花读 ho fa

Mei 已经有点迷糊了：

“这是什么歌？”

“这都不知道，长沙的古老民谣啊。”

“嗯，好听，好好听，你继续……嗯呼……呼……”

我一边继续唱，一边暗自得意。歌词的确是长沙的古老民谣，小时候外婆念给我听过；曲子却是我自己谱的——我也不知道什么时候脑子里面突然有了这个旋律，上厕所的时候哼过几次，差不多忘记了。没想到临时配上歌词，还真像一首正儿八经的摇篮曲。

摇篮曲还没唱完，Mei 就已经酣睡。看着她恬静的面容，乌黑的长发，微微起伏的胸部，我叹了口气。如果能永远这样待在床上该有多好啊，那样我们就永远没有烦恼了。床上是我和 Mei 最和谐美好的时光——两人安静地躺在床上，把喧嚣的尘世关在卧室门外，温馨，甜蜜，美好。明天一起床，又得面对让她艳羡心动、让我鄙视憎恶的花花世界了，又得要为旅游、买车、名牌而伤脑筋费心思了。

回到长沙，生活继续。有一天回家，Mei 问我：

“你对赴澳旅游签证熟悉不？”

“一无所知。”

“你是不是新东方的老师啊？”

“我们那里分得很细好不好，就连口语和语音都是两门课，由不同的老师教。签证更是由专门的‘留学部’负责。我又没出过国，怎么知道？”

“哼，教洋文的大土鳖。”

“土鳖又怎么了，PK 能完爆海龟就行！ By the way，你问我赴澳签证干什么？”

“咳，被你策得忘了要跟你说什么了。我的死党波波要跟她男朋友去澳洲玩，想问你怎么弄签证。真郁闷，我还在别人面前放话说你能轻易搞定。这下可就没面子了。”

“哼哼，哥不会让你没面子的。哥不懂行，但哥认识懂行的人啊。要她把资料弄来，我找人帮她弄。”

第二天，我找到新东方留学部的老大蓓蓓，请她帮忙。不愧是专业人士，一下午工夫，两套资料就翻译完毕。我对蓓蓓作揖道：

“千恩万谢。”

蓓蓓回礼道：

“不如请客。”

“没问题，就是今晚。”

“当真？”

“废话，哥长得像‘搓把子’[1]吗？”

“那多谢了，正好晚餐没着落呢。请我吃什么？”

哥今儿高兴，就潇洒一回，充充大款！

“吃海鲜不？”

“吃啊，但你不是海鲜过敏？”

“我是请你吃嘛。”

我指了指对面的“徐记海鲜”：

“就去那儿，让你吃个饱。”

蓓蓓眼中透着狡黠：

“让我吃个饱？你带够钱了没？”

看不起哥是不是？哥今天就当一回煤老板：

“钱不是问题。你想吃什么点什么，爱吃多少吃多少，哥买单。”

蓓蓓笑道：

“你会后悔的。”

---

① 搓把子：骗子。

我上下打量了一下她竹竿般的身材，豪迈地一挥手：

“就你这身形，还能把我吃穷不成？放开肚皮吃！”

两小时后，我追悔莫及。

六百五十元，买了个教训：女孩子的胃口和身材，没有直接关系。

蓓蓓一共吃了三斤花螺，一份大龙虾，一份雪蛤木瓜汤，一大碗鲍鱼，一盘炒小章鱼，一打半牡蛎。

我吃了一份小炒黄牛肉和一碗米饭。

蓓蓓吃完，摸摸肚子：

“嗯，基本饱了。”

早知道应该先请她吃几个烤红薯。

告别了蓓蓓（这钱海深仇我一定会报的，等哪天你请我吃饭，哼哼），回家把资料给 Mei，她拿着看了看，脸上表情却并不开心。

“怎么，搞定了还不高兴？”

“我没有不高兴啊。”

“别骗我了，你是那种把心情用大字报写在脸上的人。说，怎么了？”

“我们什么时候也能去国外旅游啊？”

“去国外旅游干什么？到澳大利亚的酒店里面看《天天向上》？”

“你别总拿北京说事儿，我就喜欢旅游。”

“你喜欢的是拍照，发微博，秀自己的幸福生活。”

“我就喜欢这样，别人都这样！”

别人……

我知道 Mei 指的“别人”是谁。Mei 在大学有一群死党，都是漂亮女孩。虽然容貌身材、兴趣爱好、家庭背景千差万别，但择偶时有一个共性：拜金。那个要去澳洲旅游的波波，找了个胖嘟嘟傻乎乎的富二代，整天开着男朋友的保时捷招摇过市；另一个叫露露的，从高中起就是个 playgirl，一周泡吧至少五次，男友三十来岁，离过两次婚，据说家产过亿；还有一个叫小兰的，干脆找了个比自己大二十岁的建筑商当干爹，干爹给她租了个复式楼，买了辆 mini，每月还有几万块钱零花。

好在 Mei 本性纯良，家教甚严，虽然四周都是稀泥，但她仍是白生生的一节好藕。可几年来耳濡目染，对纸醉金迷腐朽堕落的生活也不陌生。特别是毕业后，看着身边的闺蜜们一个个开名车住豪宅一身上下全是名牌隔三岔五出国旅游，Mei 还是十分艳羡的。

“别人怎样，你就要怎样？”

“没错！别人怎样，我就要怎样。我要戴克拉钻戒，要开奔驰宝马，要住豪华大宅。我的婚车要用加长林肯，我的婚宴要在喜来登，我的蜜月要去夏威夷。我要用 LV 的包包、穿 Gucci 的靴子、戴 Tiffany 的珠宝。我们的宝宝身上也要穿名牌，要进最好的幼儿园、小学和中学，以后还要送他去美国欧洲留学深造。”

“这些东西真是你想要的吗？我看那 LV 的包包可能还没有小学生印着奥特曼的书包结实耐用。”

“没错，但挎着它却能让别人用羡慕的目光看着我。”

“这么说，这一切都是为了虚荣？”

“虚荣怎么了？哪个女人不虚荣？我虚荣，我光荣！”

这种逻辑我就没法正常辩论下去了，我冷笑道：

“那你干吗不学小兰，找个大款当二奶？”

“你又不清楚情况，凭什么指责别人？小兰和龙哥是真心相爱好不好？而且龙哥跟他老婆早就感情破裂了，等他把公司的财务整清楚了就会跟老婆离婚，娶小兰回家。”

“噢，会跟老婆离婚是吧？对不起，我说错了，小兰不是二奶，是小三。二奶要钱，小三要感情，这是谁教我的了？噢，对了，是你教的。这方面你很专业啊。”

Mei 虽然也是伶牙俐齿，但吵起架来却不是我的对手。无论攻击力还是防御力她都逊我一筹。但 Mei 有一招“必杀技”可以轻易把我秒掉——她突然哭了起来：

“你欺负人，呜呜呜……你就知道欺负我……”

我方攻击力下降 100%，防御力下降 100%……

“亲爱的，别哭，别哭……”

十句道歉，二十个亲吻，三十分钟搂抱，才把 Mei 哄回常态。这是我俩的第一次大吵，虽然当场就和好，但两人的关系还是不可避免地产生了裂痕。更糟糕的是，裂痕源自关系的最深处：价值观不同。解决不了这个问题，裂痕就无法修复，而且会越来越深，最终让我们的爱情分崩离析。

果然，第一次大吵之后，我和 Mei 又爆发了大大小小许多次争吵。基本上每次都以 Mei 大哭、我道歉收场。经过一次次争吵，一次次和好，一次次比巴以和谈还复杂的协商，我们达成了一些妥协。比如买车，我压根不想买，Mei 却想买高档车，我们协商结果是：结婚后，买一辆十来万的汽车；以后赚了钱再换奔驰宝马什么的；现阶段我坐公交打的士，Mei 先考驾照，上下班就开她老爸的旧丰田。

但我知道这不过是一种无奈的妥协，我见过 Mei 坐在波波男友的保时捷里面的表情，我知道，这种表情我给不了她：一个爱玛仕手提包里面能装下的人民币，还远不够买下这个包——我爹不是王健林，我永远没法对 Mei 豪言：想买就买吧，钱不是问题！

我能理解 Mei 的心态，这不是她一个人的问题，是整个社会的问题。女人拜金，男人花心，其实是千百万年进化的结果。生存的第一目标是生殖。女人的目标是寻找最强大的男性，接受他的基因。男人的目标是把自己的基因播撒到更多的女性体内。虽然人类社会靠宗教、法律、道德等条条框框限制着，但男人女人心中最原始的“兽性”，仍然不断地想要冲破文明的束缚。

何况，Mei 也不是一味胡搅蛮缠，她不止一次向我介绍了三个生财有道的成功案例，希望我能参考学习。成功案例 A：Mei 父亲的同学，外科医生，年收入（包括灰色）四十万。成功案例 B：Mei 的表哥，海归精英，在某外企当高管，年收入五十万。成功案例 C：Mei 的大学英语老师，辞职开学校，年收入百万。

Mei 特别向我强调了案例 C，说那位老师“英文功底真的很一般”，但“特别会自我炒作”，现在在长沙“火得不得了”，一个暑假开两期培训班就能“稳当进账大几十万”。如果我以后也开个 Sonny English School（OMG，名字都替我想好了），说不定还能成为“俞敏洪第二”呢。

我口头唯唯诺诺，心中却不以为然：能教英语不见得能开英语学校，能开学校不见得就能开得下去。你知不知道俞敏洪背后还有多少个开学校破产赔钱的李敏洪张敏洪王敏洪？而且，就算我有本事开得了，我也不会去开。也许你会说我是吃不到葡萄的狐狸，但向老天爷发誓，老俞就是把新东方送给我，我也不愿意接替他去当总裁。老俞有次来长沙，我偷瞄到了他的日程表：9：10 下飞机，10：00~11：30 主持全校会议，12：00~14：00 参加全校聚餐，14：30~17：30 主持高管会议，18：30~20：30 请市委领导吃饭，22：15 的飞机，飞上海新东方指导工作……

听老俞的助理说，老俞 365 天基本天天这样忙。

我很希望央视记者也来采访一下老俞，问问他："你幸福吗？"

报价十亿美元我也不会卖掉我现在的生活：早晨睡到自然醒，带上一瓶矿泉水，一包零食，一个随身听，一本喜欢看的书，骑单车到公园，坐在花丛中的长椅上看书；下午在家边听百度流行音乐 Top500 的新歌，边玩《魔兽世界》；晚上接了女朋友，吃一顿浪漫晚餐，然后逛街、散步、看电影。

用钱换时间，用时间找快乐。

但 Mei 如同这世界上的许多人一样，无法理解。

在她心中，钱 = 快乐。

那怎么办？

卖命去赚钱吗？赚不到，而且觉得不值。

改变 Mei 的价值观吗？试过，改不了。

分手吗？

舍不得啊……真的舍不得啊……

哎，先这样得过且过吧。

几个月把 Mei 逼哭把教练逼疯的培训 + 三次补考，Mei 终于把大学阶段因为种种原因没能拿到的驾照放入了包包。Mei 兴奋地说："要去哪儿？姐姐送你！"

坐了几次 Mei 的车，我发现一个问题：她开车开得不是一般的差。Mei 毫无方向感，心理素质极差，开车时把方向盘捏得紧紧的，一路遇到车遇到人遇到小猫小狗都会大呼小叫。倒车非要一个人站在旁边指挥，停车没有二十分钟绝对停不准位置。不止一次听到她嘟囔："开车真是麻烦啊！"

有时路上人多，Mei 甚至要坐副驾驶位置的我抓着车上面的手刹，说：

“如果前面有紧急情况，你就拉手刹。”

姐姐，能让我下车不？我去买一百万的人寿保险。

而 Mei 的“车运”又特别的差，十字路口必遇红灯，交通干道肯定塞车，需要停车准没车位——而且还经常遇上各式各样的奇葩来找茬。

记得有一次 Mei 把车停在解放西路的一个收费停车场。进去的时候那看门的矮瘦老头正在和人聊天，问他停哪，他爱理不理地努了努嘴。两个小时之后我们购物完毕，回来见到了双眼血红暴跳如雷的老头。一见到我们他就开始破口大骂，原来 Mei 把车停在了出车的过道上，后面三辆车全都出不去了。我点头哈腰地道歉了半天，并且提出缴纳一百元停车费的方案，但老头不依不饶，越骂越凶，竟然命令我们写一份一千字的检讨。

瞟到 Mei 的眼圈有点红，似乎就要哭出来，我好好先生的最后那根弦也被绷断了。

我也开始破口大骂。

在长沙这样彪悍的城市，有时候讲道理是没有用的，“霸蛮”[1]才是王道。

我父母是老师，一辈子没听他们骂过一句脏话，邻居也大多彬彬有礼。但宿舍旁边有条小巷，里面三教九流的人物都有。巷尾住着个老太婆，每天早晨六点准时站在家门口对着街心开始大骂，从下水道的耗子骂到玉皇大帝，声音嘹亮，中气十足，穿透力极强。而且每天一个小时的肺部运动，让她身体特别硬朗，一骂就是十几年，方圆一公里内的百姓都以她为晨起闹钟。

---

① 霸蛮：不讲理。

多年的熏陶，让我成了老太婆不挂名的弟子。

没有五分钟，老头就败下阵来。但他的胆子明显比个头要大很多，居然捋起袖子朝我走了过来。

怕你不成？我比你高二十厘米，重三十斤，年轻四十岁，除非你是内家高手，否则我一招就能把你废掉。何况当着女朋友的面，你就是太极张三丰我也会跟你 PK 到底！

旁边的“受害者”——那些被 Mei 堵了一两个钟头的车主——害怕把事情闹大，一位拉住老头说“没关系没关系反正我们也没等多久”，另外一位则对我们拼命挥手：“美女，帅哥，你们快走吧，不要跟老人家计较了。”

跳上汽车，掉头走人，还省了二十元钱的停车费。

从那以后，Mei 就不怎么开车了，老老实实地坐公交或者打的士。原本以为她学到了宝贵的一课：别人拥有的美好东西——比如汽车——未必真的就合适自己。谁知这事反而为 Mei 提供了攻击我的弹药：

“你为什么不去学开车呢？别人都是男朋友开车接送，为什么我就非要自己开？”

还是“别人”。

战火重燃，我们很快又陷入“争吵—哭泣—哄劝—和好—再争吵”的恶性循环中。我们现在的关系仿佛是在坐过山车。一会儿可以 high 到云霄，恩爱甜蜜得恨不得明天就去扯证结婚——有一次约在公园见面，Mei 先到，我走下的士看到穿着红裙子的 Mei 站在一棵大树下微笑着朝我招手，我仿佛看到了未来六十年手牵手慢慢变老的幸福生活。但过了一会儿，我们又会 low 到谷底，男低音 VS 女高音的唇枪舌剑，吵得面红耳赤声嘶力竭。

有时候牵着Mei的手走在外面，她的头轻轻地靠在我的肩膀上，我却会在幸福中突然打一个冷战：不知道哪一刻我们又会突然爆发争吵。

我更害怕的是，当爱情过山车疯狂俯冲的时候，屡次被拉扯到极限点的安全带会突然断裂。我知道，摔碎的将是两个人要用一辈子来讲述的故事。如果此时能够遇上一个吉普赛女郎，我会让她用塔罗牌帮我算算：我未来的生活中，会不会有Mei的倩影？

到了后来，我们越吵越凶，Mei也不哭了，我也不哄她了，热战之后紧接着冷战。有时我懒得接她的电话，她就报复性地和波波她们出去疯——其实她并不喜欢疯，她觉得KTV太吵，酒吧太乱，露露的处处留情和小兰的酒后飙车更是让她接受不了。但这是她所羡慕的“别人”的生活，因此咬着牙她也要去喜欢。有次大吵之后，Mei跟波波她们出去K歌，一个小时后波波打我的电话，说：

“你快过来把Mei接回去吧，她坐在沙发上唱了两句突然就哭了出来。”

我知道，Mei有一天会明白真正的幸福不是豪车大宅，不是奢华名牌，更不是按照别人的价值观来过日子。找个爱你疼你的男人，建个温馨舒适的小家，生个健康可爱的宝宝，上班的时候相互短信问候，下班一起做一顿美味的营养晚餐，晚上手牵手坐在沙发上看《天天向上》或者美剧，困了累了就洗个热水澡然后上床做“数学证明题”，买车也OK旅游也OK名牌也OK只要收入允许都OK。

但我也知道，不经历一番“纸醉金迷”，Mei理解不了“平淡是真”。

只是，浮华过后，万念归真的时候，Mei的世界里还有没有我呢？

答案是，没有。

在我毕业前夕，把我们牵在一起的最后一根爱情红线也断掉了。

Mei 对我说：

“我们分手吧。”

我说：

“好的。”

最后一次送 Mei 下楼，两人都是泪流满面，“我们还是别分手了”这句话在嘴边滚来滚去，却始终说不出口。默默无言地走到小区大门口，我拉着 Mei 的手，泪眼蒙眬地看着她。她低声抽泣，嘴唇颤抖着似乎想要说些什么。说吧，说“我们不分手吧”。也许，也许我们还有挽回的余地。让我想想，让我再想想，Mei，你也好好想想，难道我们就这样结束了吗？请不要走出小区，请不要走出我的生活……偏偏这平时盼星星盼月亮都盼不来出租车的荒僻街道，今天却出现了一辆可恶的出租车。没等我们招手，司机就把车停在了小区门口。

Mei 看着我，我却哽咽着说不出话。Mei 泪如泉涌，却仍然把手抽回，机械地坐进了出租车。看着出租车缓缓消失在街角，我也泪如泉涌。脑子里突然响起了梁静茹的那首歌：

“可惜不是你，陪我到最后，曾一起走却走失那路口……”

尾声：一切都是为了快乐

分手后一个月，我去湘雅领取了毕业证。新东方人力资源部给我打电话，通知我到学校签合同，算是正式入职。

从一个学校毕业，进入另一个学校工作。

学生生涯告一段落，教师生涯正式开始。

不再为医学而奋斗，继续为英语而奋斗。

和Mei的爱情彻底结束，但愿未来会有痛并快乐的热烈爱情等待着我。

回首望去，人生已经过去了将近三分之一。

突然又开始思考《青年文摘》等励志煽情杂志最喜欢刊登的小品文中经常探讨的一个问题：

为什么？

为什么学习？

为什么工作？

为什么恋爱？

为什么生活？

为什么写这个故事？

一瞬间突然想通了：一切都是为了快乐。

世界上的每一个人的每一种行为，本质上都是为了自己快乐。

特蕾莎修女终身不嫁，把毕生精力奉献给印度贫民窟里的穷人，因为这让她快乐。

希特勒发动第二次世界大战，把六百万犹太人送进集中营处死，也是因为这让他快乐。

决定你是好人还是坏人，牛人还是熊人，勤奋的人还是懒惰的人，可爱的人还是可恶的人，并不在于你是否愿意获得快乐，而是你获取快乐的途径是否符合普世之道德标准。

如果抢劫银行一百万能够让你快乐，你就是坏人。

如果捐给慈善机构一百万能够让你快乐，你就是好人。

甚至连那些反对尘世俗念，要人们过圣洁生活的各种宗教，其终极目标依然是为了快乐：基督教、佛教的终极目标，都是为了脱离凡尘，升入天堂乐土，享受永恒的快乐。

如果范思哲、法拉利、劳力士能够给你带来快乐，你一定要努力地去追求。

但如果穿着二十块钱包邮的文化衫，啃着十块钱一份的大排档烧烤，喝着五块钱一瓶的冰啤酒，抽着四块五一包的香烟，玩着五角钱一个小时的游戏，也能让你快乐，请不要为了证明别人的价值观而放弃了自己的快乐，请你努力地尽情地享受这份快乐。

一定要快乐。

祝愿我爱的人和爱我的人快乐。

祝愿我不爱的人和不爱我的人快乐。

祝愿读这本书的人快乐。

祝愿没有读这本书的人快乐。

祝愿我自己快乐。

嗯，

快乐……